Written

Written

글을 쓰기로 마음먹은 당신을 위한 책

벡 에번스,
크리스 스미스 지음

방수연 옮김

SIDEWAYS

“글쓰기의 가장 어려운 장애물을 극복할 수 있게 돕는, 흥미진진하고도 매우 유익한 안내서다.”

가브리엘레 외팅겐 Gabriele Oettingen
『무한긍정의 덫 Rethinking Positive Thinking』 저자

“이 책은 거의 모든 작가가 직면하는 어려움을 제시하고, 우리가 작업을 끝내지 못하는 이유라고 믿고 있는 여러 잘못된 통념과 신화들에 대한 현실적 해법을 제공한다. 글을 써나가는 삶의 체계를 잡고 글쓰기 기술에 접근하는 방식을 구조화할 수 있게 도와줄 것이다.”

레니 손더스 Rennie Saunders
‘셧업 앤 라이트 Shut Up & Write!’ 창립자·CEO

“이 작품은 생산성에 관해 다룬 그저 그런 책이 아니다. 대다수 작가들은 그런 유의 책을 많이 가지고 있지만, 글쓰기를 지속하는 게 왜 그토록 어려운지 근본적인 원인을 짚어주는 책은 찾기 어렵다. 이 책은 다르다. 저자들의 개인적 경험뿐만 아니라 수년간 함께 작업했던 수천 명의 작가의 경험에도 뿌리를 두고 있기 때문이다. 당신이 무엇을 쓰든, 어떤 어려움을 겪고 있든 책 안에서 현실적인 해결책을 찾을 수 있을 것이다. 따뜻하고 현명하며 실용적인 이 책은 책장에서 가장 눈에 잘 띄는 자리에 꽂아둘 가치가 있다.”

앨리슨 존스 Alison Jones
팟캐스트 〈범상치 않은 비즈니스 북클럽 The Extraordinary Business Book Club〉 진행자,
『쓸수록 선명해진다 Exploratory Writing』 저자

“이 책이 특히 좋은 점은 두 가지다. 첫째, 벡과 크리스는 한 유명 작가에게 효과가 있는 방법이 당신에게도 통하리라고 가정하지 않는다. 각각의 작가에게 가장 잘 맞는 글쓰기 방법을 찾아내는 데 중점을 둔다. 둘째, 그들은 단순한 직감이 아니라 작가들이 어떻게 글을 쓰는지 광범위하게 연구한 결과를 바탕으로 이 책을 집필했다. 강력히 추천한다.”

나이절 워버턴 Nigel Warburton
『철학의 역사 A Little History of Philosophy』 저자

"작가로서 빈 페이지를 마주하는 것보다 무서운 일도 없지만, 책을 완성해 출간하는 것보다 만족스럽고 짜릿한 일도 없다. 그 모든 과정 내내 작가의 손을 잡아 주는 책이다. 벡과 크리스는 실용적인 태도를 유지하면서 글을 '세상에 내놓는 데' 필요한 습관 변화에 감탄스러울 정도로 집중한다. 글을 '쓰는' 사람에서 '써내는' 사람으로 나아가고 싶다면 이 책이 꼭 필요하다."

그레이엄 올컷Graham Allcott
'싱크 프로덕티브Think Productive' 창립자, 『카인드, 친절한 것이 살아남는다KIND』 저자

"매력적이면서도 권위 있는 책이다. 경력을 불문하고 모든 작가에게 도움이 될 만한 검증된 조언으로 가득하다."

데비 테일러Debbie Taylor
문예지 《엠슬렉시아Mslexia》 창립자·편집자

"이 책은 글쓰기 습관을 들이고 다지는 데 어려움을 겪는 모든 이들에게(즉, 우리 대부분에게!) 없어서는 안 될 동반자다. 벡과 크리스와 함께라면 글쓰기의 여정은 훨씬 덜 외롭고 해낼 만하다. 우리 글쓰기 커뮤니티에서 앞으로도 오래도록 널리 공유할 책이다. 작가가 되는 마법의 묘약은 없지만, 이 책은 거의 그것에 가깝다. 본격적으로 시작하려면 우선 이 책을 집어 들자. 그런 다음 책을 내려놓고 글을 쓰자."

매슈 트리네티Matthew Trinetti
온라인 글쓰기 커뮤니티 '런던 작가 살롱London Writers' Salon' 공동 창립자

"이 유용한 가이드북에서 글쓰기 코치인 벡과 크리스는 성공적인 집필 습관에 관해 아낌없이 조언한다. 이 책은 글쓰기란 본래 쉬운 것이 아니며 실수 역시 과정의 일부라는, 참신하고도 솔직한 접근법을 제시한다. 저자들의 활기찬 어조는 독자들의 힘을 기꺼이 북돋아 준다. 당신이 프로 작가든 아마추어든 간에 책을 덮은 뒤엔 곧장 키보드 앞에 앉고 싶어질 것이다."

《퍼블리셔스 위클리Publishers Weekly》

차례

글쓰기를 좋아하지는 않지만, 글을 다 쓴 상태는 좋아합니다.*

— **지미 맥거번** Jimmy McGovern
인기 드라마 시리즈 〈크래커 Cracker〉의 제작자로 잘 알려진 각본가

---

* 주목할 만한 점은 맥거번이 이 말을 한 것은 분명하나, 지난 수십 년 동안 같은 말이나 매우 비슷한 말을 했다고 알려진 작가들이 사실 여부를 떠나서 여럿 있다는 것이다. 실제로 인용문의 진위를 조사하는 사이트 쿼트 인베스티게이터 Quote Investigator에 따르면 그 목록은 아주 길며, 《타임 Time》 전 편집장 헤들리 도너번 Hedley Donovan, 『보물섬 Treasure Island』의 저자 로버트 루이스 스티븐슨 Robert Louis Stevenson, 1970년대 미국 TV 시트콤 시리즈 〈별난 커플 The Odd Couple〉의 작가들, 판타지 작가 조지 R. R. 마틴 George R.R. Martin, 소설가 프랭크 노리스 Frank Norris, 풍자 작가이자 평론가인 도러시 파커 Dorothy Parker, 배우이자 극작가인 코닐리아 오티스 스키너 Cornelia Otis Skinner, 작가이자 연출가인 시드니 셸던 Sidney Sheldon, 활동가 글로리아 스타이넘 Gloria Steinem, 1936년 루이지애나주의 한 지역 신문에 기고하던 익명의 기자를 포함한다. 이 모든 것은 이 말에 어느 정도 보편성과 진실이 있다는 것을 시사한다.

글쓰기 방식엔
정답이 없다

'이곳에서의 삶은 완벽할 거야.' 나는 상자에서 막 꺼낸 새 웰링턴 부츠(전 직장 동료들이 준 사려 깊은 송별 선물이었다)를 신고 새 직장으로 향하는 숲길을 힘차게 걸으며 생각했다. 요크셔주 시골에 있는 명성 높은 작가 레지던시의 운영자로 일하게 된 지금 나는 인생의 새 장new chapter(말장난을 의도한 것이다)을 시작하는 듯한 기분이 들었다. 런던 생활도 좋았지만, 매일 반복되는 고된 일상이 뭐랄까, 나를 점점 갉아먹고 있었다. 어쩌다 보니 스트레스가 많은 관리직으로 일하다가 그게 나에게는 영 맞지 않는 일이라는 사실을 30대가 되어서야 깨달았다. 나의 꿈은 창조적인 삶을 살고, 오랫동안 열정을 품어온 글쓰기에 더 많은 시간을 쏟는 것이었다. 런던에서도 조금씩 글을 쓰기는 했지만 시간이 더 있고 스트레스가 덜했다면 쓸 수 있었을 수준에는 전혀 미치지 못했다. 적어도 그때는 그렇게 생각했다.

나는 활기 넘치던 도시의 사무실을 럼 뱅크Lumb Bank의 고요함과 맞바꿨다. 럼 뱅크는 18세기 방직 공장주의 저택으로 한때 영국 계관 시인 테드 휴스Ted Hughes의 소유였던 곳이다. 2만 4,000여 평 규모의 경사진 산지에 자리한 이 저택 아래로는 숨이 멎을 정도로 아름다운 계곡이 펼쳐져 있기에 구릉과 그 사이를 흐르는 강, 짐말이 다니던 길과 옛 방직 공장 터가 어우러진 페나인Pennine 지역 특유의 풍경이 내려다보인다. 오늘날 이곳은 아르본 재단Arvon Foundation이 주최하는 일주일간의 글쓰기 과정을 위한 공간으로 사용되며, 이제 나는 센터장으로서 세계 최고의 작가들과 어울려 일하면서 사람들이 글을 쓸 수 있도록 지원하게 될 것이었다. 이런 곳에서 일하면서 어떻게 성공한 작가가 되지 않을 수 있을까? 이 정도면 퓰리처상은 떼놓은 당상이었다. 하지만 나의 완벽한 계획은 그리 잘 풀리지 않았다.

런던에서 요크셔주로 이사한 것은 충동적 결정이 아니었다. 몇 년에 걸쳐 심사숙고한 결과였다. 나는 이 결정에 대가가 따르리라는 것을 알았다. 친구들도, 런던에서 받던 연봉과 안정감도 그리워질 것이었다. 당시 남편 크리스(이 책의 공동 저자)는 프리랜서 컨설턴트 겸 대필 작가로 일하고 있었다. 런던에서 고객을 찾는 것은 어려운 일이 아니었지만 새로운 지역에서도 과연 수월할지 의문이었다. 그 외에도 알 수 없는 것은 많았다. 모험이었지만, 우리는 둘 다 그만한 가치가 있다는 데에 동의했다. 가족과 더 가까이 살 수 있고, 대도시의 치열한 경쟁에서 벗어나 글쓰기 같은 다른 목표를 실현할 수 있을 것 같았다.

새집에서는 글을 쓰는 데 필요한 모든 조건을 갖추게 될 터였다. 시간은 많고, 스트레스는 적고, 창조적 에너지와 영감이 샘솟을 게 틀림없었다. 하지만 문제가 있었다. 새 일을 시작한 지 얼마 되지 않아 정작 나는 글쓰기를 완전히 놓아버렸다. 아이디어도 있었고 동기 부여도 충분했다. 공간도 있었고 필요한 지원과 격려도 받았지만, 난 거의 아무것도 쓰지 못했다. 사실 요크셔주로 이사 와서 시간과 영감이 넘쳐날 때보다 런던의 작은 아파트에 살며 번아웃 상태로 매일 열두 시간씩 일하던 시절에 써낸 글의 양이 훨씬 더 많았다.

완벽을 추구할 때 일이 뜻대로 풀리는 경우가 거의 없다는 것을 느껴본 적이 있는가? 우리는 대개 글쓰기를 시작하기 전에 무언가 다른 것이 필요하다고 믿는다. 완벽한 글쓰기 환경을 찾아야 한다거나 **저기 저 성공한 작가**처럼 써야 한다고 생각한다. 물론 그런 생각도 도움이 될 수 있겠지만, 우리에게 정말 필요한 것은 따로 있다.

글을 써내는 방법

—

무언가를 창작하는 일에는 기술과 연습이 모두 필요하다. 글을 쓰려면 (적어도 어느 정도는) 맞춤법을 알아야 하며, 문법과 문체, 어조, 문장 구조와 구성에 관한 기초 지식이 있어야 한다. 그다음으로는 어떤 글을 쓰고 싶은지에 따라 분야와 장르, 하위 장르, 또는 그보다 더 세부적인 장르의 규칙을 이해해야 한다. 이를테면 3막 구조를 쓰거나, 문헌 조사를 계획하거나, 하이쿠[*]를 쓰거나, 매력적인 캐릭터를 만드는 법을 배워야 할 수도 있다. 아니면 연구 결과를 제시하거나, 서사 구조를 짜거나, 논증을 구성하는 법을 익혀야 할지도 모른다. 어떤 글을 쓰든 그 분야와 관련해 알아야 할 기술적, 구조적 요소들이 있다. 하나같이 중요한 지식이다.

하지만 글을 쓰려면 글을 **어떻게** 쓰는지 아는 것만으로는 부족하다. 기술을 아는 것도 물론 중요하지만 기술을 안다고 해서 저절로 글이 써지는 것은 아니다. 어느 시점이 되면 자리에 앉아 글을 **써야** 한다. 그때부터는 완전히 다른 차원의 어려움이 생겨난다. 그 어려움은 우리가 모두 품고 있는 두려움과 걱정, 의심, 희망이 뒤엉킨 복잡한 감정에서 비롯되는 때가 많다. 글을 쓰기로 결심했다면(당신이 지금 이 책을 읽고 있는 이유이기도 할 것이다) 실제로 글을 써낼 방법을 찾아야 한다. 당신이 해야 할 일은 다음과 같다.

- 시간을 내는 게 필요하다. 똑같이 중요한 다른 일들보다 글쓰기를 우선해야 한다.
- 시작하는 방법을 알아내야 한다.

---

[*] 일본의 짧은 정형시―옮긴이

- 막막하거나 벅차거나 지쳤을 때도 계속할 방법을 찾아야 한다.
- 집중력을 유지해야 한다. 휴대전화, 넷플릭스, 청소기, 그뿐 아니라 **말 그대로 당신 주변의 모든 것**이 당신의 주의력을 노리고 있다.

기술도 중요하다. 그렇지만 글을 쓰고 싶다면 글을 마주하고 계속 써나가게 하는 방법 또한 찾아야 한다.

¶ ¶ ¶

런던에 살던 시절 나는 시간의 제약 속에서도 매우 생산적으로 글을 썼다. 당시에는 그렇게 생각하지 않았지만 말이다. 어째서인지 나는 단편소설을 연이어 써낼 수 있었다. 생활이 바쁘기는 했지만, 나의 상황에 맞게끔 글쓰기에 도움이 되는 간단한 지원 체계를 몇 가지 만들어냈다. 예를 들어 나는 매주 기차를 타고 오래 이동해야 했는데 그 시간을 활용해 아이디어를 발전시켜 나가곤 했다. 아주 힘든 작업은 아니었다. 메모를 하거나 창의적인 생각을 떠올리거나 가벼운 편집을 하는 정도였지만, 세상과 단절된 채 보낼 수 있는 그 두세 시간이 늘 기다려졌다.

나는 서로 힘이 되어주는 다정한 분위기의 글쓰기 모임에도 속해있었다. 우리는 지역 대학의 야간 수업에서 처음 만났고 이후 한 펍의 위층 방을 빌려 매주 모임을 이어가기로 했다. 퇴근

길에는 자전거를 타고 돌아오다가 여성 도서관Women's Library에 들러 글을 쓰곤 했다. 조용한 도서관에 앉아 글을 쓰는 것은 고단한 하루 끝에 긴장을 푸는 좋은 방법이었다. 요크셔주에는 그런 것이 전혀 없었다. 아이디어는 있었고, 희망과 포부도 있었다. 창작적 영감도 넘쳐났다. 새로 데려온 강아지와 아침마다 햇빛이 아롱진 숲길을 걸어 출근하곤 했으니 오죽했을까. 하지만 나는 그토록 간절히 원했던 그 한 가지 일을 손에서 놓고 말았다.

글쓰기는 대부분의 사람에게 어렵다

—

사람들은 여러 가지 이유로 글쓰기를 어려워한다. 무엇이 앞을 가로막는지, 무엇이 계속 나아가도록 돕는지는 저마다의 상황에 따라 다를 것이다. 나는 런던에서 갖추고 있던 지원 체계를 대체하지 못했기 때문에 글쓰기에 어려움을 겪고 있었다. 사실 그런 지원 체계가 있었다는 것조차 제대로 인식하지 못했다. 그 결과 책상 옆을 지날 때마다 두려움으로 가슴이 두근거리기 시작했다. 나만 그런 기분을 느껴본 것은 아닐 것이다. 노트북도 준비되어 있고, 공책과 펜도 대기 중이며, 공간도 완벽하고, 시간도 있다. 그런데 무엇이 문제라는 말인가?

지금 생각해 보면 문제는 꽤 분명했다. 나는 내 보잘것없는 습작을 함께 일하게 된 성공한 작가들의 작품과 비교하기 시작했다. 글쓰기 루틴이 사라졌고, 그러면서 자신감도 함께 사라졌다.

나의 글에 대한 의심과 두려움이 스며든 것은 영감을 주는 베스트셀러 작가들과 함께 일했기 **때문**이었다. 원대한 계획이 정반대의 효과를 가져온 것이다.

우리는 대부분 어린 시절에 글쓰기의 기초적 기술을 배웠기 때문에 성인이 되어서도 이 일, '글쓰기'를 쉽게 할 수 있으리라고 생각하는 경향이 있다. 하지만 글쓰기는 기술로 보든 과정으로 보든 쉬운 것이 아니다. 두 가지 모두에 능숙해지는 것은 다른 모든 일과 마찬가지로 배우고 개발해야 하는 능력이다. 실제로 창작 활동의 지속성을 전문으로 연구하는 심리학자들에 따르면 창작 과정 자체에 '비유창성'*을 유발하는 요소가 있다고 한다.[1] 모든 창작 작업은 실수하고, 보이지 않는 길을 헤쳐나가고, 막다른 곳에서 길을 잃고, 초기의 시도에 부끄러움을 느끼는 과정을 포함한다. 이 모든 과정은 우리가 머뭇거리고, 미루고, 한눈을 팔고, 그만두게 될 가능성을 높인다. 신경과학자들은 인간의 뇌가 확실성을 갈망하고 위험을 회피하도록 설계되어 있다고 말하는데, 창작 과정은 이와 정반대다. 글쓰기는 필연적으로 시행착오와 장벽과 돌파구, 그리고 우연과 운을 동반한다. 그래서 결국 글쓰기에는 노력과 근성, 끈기와 인내가 필요하다. 이것은 어려운 일이다. 하지만 어렵기 때문에 그만큼 큰 의미와 성

---

* disfluency, 말이나 글이 유창하지 못한 성질을 주로 뜻하는 말이지만, 여기서는 '물 흐르듯 막힘이 없는 것'과 거리가 먼 창작 과정의 성질을 나타내는 말로 쓰였다.—옮긴이

취감을 가져다주기도 한다.

우리는 종종 자신의 초고를 동시대 작가들이나 성공한 작가들의 다듬어진 결과물과 비교하곤 한다. 그러고는 이 작가들에게는 우리에게 없는 타고난 재능이 있거나 글쓰기가 쉽게 느껴지리라고 생각한다. 하지만 정말 그럴까? 가장 저명한 작가들조차도 장벽과 장애물, 의심을 경험한다. 이들의 공통점은 계속 나아갈 방법을 찾았다는 것이다.

마거릿 애트우드Margaret Atwood를 예로 들어보자. 1983년 겨울 그는 튜더Tudor 시대를 배경으로 하는 소설을 쓸 계획으로 매서운 추위가 한창인 영국 노펔주Norfolk 북부에 집을 빌렸다. 그 소설은 끝내 나오지 못했지만, 대신 다른 일이 일어났다. 그곳에 머무는 동안 그가 쓰고 있던 소설의 플롯은 점점 더 복잡해졌고, 인물들은 점점 더 개연성을 잃어갔으며, 시간 구조는 점점 더 엉켜갔다. 작업에 어려움을 겪던 그는 몇 달 동안 아예 책상을 피해 긴 산책을 하거나 탐조 활동을 하며 대부분 시간을 보냈다. 아마도 그때 자신이 머물던 집(그의 말로는 수녀들의 유령이 출몰한다는 오래된 사제관)에서 영감을 얻었을 것이다. "그 6개월간의 헛된 노력이 어떤 보이지 않는 벽을 돌파하게 해준 것 같아요. 그러고 나서 바로 그동안 피하던 글을 마주하고 『시녀 이야기The Handmaid's Tale』를 쓰기 시작했으니까요." 애트우드는 이어서 다음과 같이 조언한다. "속담에도 있듯이 말에서 떨어졌다면 다시 올라타세요. 그리고 이런 말도 있죠. 성공만큼이나 실패에서도 많은 것을 배운다고요."[2]

원고 한 편을 붙잡고 씨름하기에 6개월은 긴 시간이 아닌가 싶을 수 있지만, 작가 모신 하미드Mohsin Hamid는 첫 소설인 『나방 연기Moth Smoke』를 쓰는 데 7년을 쏟았다. 그는 독자를 더 깊이 몰입시키는 방식으로 이야기를 전달하고자 했으나 그것이 어떻게 가능할지는 전혀 알지 못했다. 원고를 여러 관점에서 몇 번이고 고쳐 쓰며 천천히 방법을 터득해 갔다. 이후 이 책은 인도와 파키스탄에서 베스트셀러가 됐다.[3]

다음 책은 어땠을까. 작업이 더 수월했으리라 생각할 수 있겠지만, 그는 초기 원고들이 '끔찍했다'고 주장한다. 그래도 그는 글을 계속 써나갔다. 그리고 두 번째 책을 완성하기까지는 또다시 7년이 걸렸다. 결과물이 마음에 들 때까지, 아니 적어도 그럭저럭 만족스러울 때까지 수없이 고쳐 썼다. "제가 할 일은 시간이 갈수록 점점 덜 형편없는 책을 쓰는 겁니다." 하지만 그의 끈기는 성공으로 이어졌다. 그의 두 번째 소설 『주저하는 근본주의자The Reluctant Fundamentalist』는 세계적인 베스트셀러가 됐으며 리즈 아메드Riz Ahmed, 키퍼 서덜랜드Kiefer Sutherland, 케이트 허드슨Kate Hudson이 출연한 동명의 영화로도 제작되어 호평을 받았다.

작가들은 저마다 다른 방식으로 장벽을 경험한다. 애트우드처럼 커다란 벽에 한 번 부딪힌 뒤 깨달음의 순간을 맞는 이들이 있는가 하면, 매일 의심이나 두려움과 씨름하는 이들도 있다. 추리소설 작가 수 그래프턴Sue Grafton은 작가의 장벽이 너무 자주 있는 일이라 크게 신경 쓰지 않는다고 했다.[4] 글이 잘 써지는 날보다 안 써지는 날이 훨씬 많았지만, 잘 써지는 날들에서 삶의 목적을 찾았다는 것이다. 시간이 지나면서 그는 자신이 겪는 장벽을 장기적으로 글을 써내는 데 도움이 되는 메시지로 생각하게 됐다. 장벽은 곧 길을 벗어났다는 신호였다. "'장벽'은 제가 내린 잘못된 선택의 부산물이에요. 제가 할 일은 뒤로 물러나서 어느 갈림길에서 잘못된 방향으로 들어섰는지를 정확히 찾아내는 거죠." 그래프턴은 또한 장벽에 부딪혔을 때도 작업을 이어갈 수 있는 몇 가지 전략을 개발했다. 여기에는 소설을 쓸 때마다 집필 과정을 일지에 기록하는 것도 포함된다.

그러니 글쓰기의 장벽을 경험한다면, 이는 당신에게만 해당하는 이야기가 아니다. 하지만 장벽을 극복하고 글을 계속 써나가는 방법은 사람마다 다를 것이다.

완벽한 글쓰기 환경의 수수께끼

—

럼 뱅크의 센터장으로서 나는 매주 새로 도착하는 열정적인 작가들과 인사를 나누곤 했다. 대부분은 처음 오는 학생들이었지만, 다시 돌아오는 이들을 맞을 때도 있었다. 학생들과 친해지고 그들이 어떤 작업을 하는지도 알게 되다 보니 나중에는 오랜 친구를 맞이하는 듯한 기분이 들었다. 그중에 특히 나에게 오래도록 잊히지 않는 수수께끼를 남긴 학생이 있다. 어느 날 나는 저녁 강연이 끝난 뒤 빈 와인잔을 치우다가 그 학생에게 지나가는 말로 물었다. "책 작업은 어떻게 되어가나요?" 그러자 그는 이렇게 대답했다. "아, 작년에 여기 왔을 때 이후로 아무것도 못 썼어요. 저는 럼 뱅크에 있을 때만 글을 쓸 수 있거든요." 정말로? 나는 그의 대답에 깜짝 놀랐다. 그는 작가 레지던시의 세심하게 설계된, 말하자면 '완벽한' 체계에 의존하게 됐다. 집에서도 글을 써보려고 수도 없이 시도했지만 잘되지 않았다며 작업을 방해하는 일이 늘 생긴다고 했다.

나는 그의 이야기를 통해 나 자신을 다시 들여다보게 됐다. 그의 삶이나 심리의 어떤 부분이 집에서는 글쓰기를 시작할 수 없게 만든 것일까? 나는 왜 멈췄을까? 내 경우엔 무엇이 영향을 미치고 있었을까? 나는 다른 작가들, 특히 내가 매주 워크숍과 강연을 위해 초청했던 유명 인사들이 글을 계속 써나갈 수 있는 이유도 궁금해졌다. 그 작가들이 무언가를 제대로 하고 있는 것일까, 아니면 그 학생이나 내가 무언가를 잘못하고 있는 것일까? 우리가 멈췄을 때 그들은 어떻게 계속 나아갈 수 있었을까? 그들에게는 있고 우리에게는 없는 무언가가 있었던 것일까?

그때부터 (이제 와서 인정하자면, 어마어마한 회피 행동이었던 것 같지만) 나는 다른 사람들의 글쓰기 루틴을 조사하고 글로 정리하기 시작했다. 창작 활동과 지속성의 심리학을 다룬 연구 논문들을 파고들었고, 레지던시를 찾은 학생들에게 어떤 과정으로 글을 쓰는지, 어떤 두려움이 있는지, 어떤 어려움에 부딪히는지, 어떤 장애물이 있는지 물어보곤 했다. 매주 방문하는 수상 경력이 있는 성공한 작가들에게도 같은 질문을 던졌다. 이들이 어떻게 다른 사람들과 달리 글을 끝까지 써낼 수 있는지 알고 싶었다. 비결이 있는 것일까? 이 초기 조사에서 내가 알게 된 것은 적성과 재능만으로는 부족하다는 점이었다. 좋은 시기든 나쁜 시기든 작업을 이어갈 수 있었던 작가들은 모두 자신에게 맞는 성공적인 습관과 행동을 개발해 냈다.

그래서 나는 남편 크리스와 함께 작가들이 '장벽'을 극복하도록 돕는 사업을 시작했다. 10년이 지난 지금, 우리가 운영하는 강좌와 코칭 프로그램을 거쳐간 작가는 수천 명에 이른다. 우리의 도움을 받아 소설가들은 작가의 장벽을 이겨낸 뒤 부커상 후보에 올랐고, 교수들은 장애물을 극복하고 승진에 성공했으며, 비즈니스 분야 종사자들은 자신감을 얻고 논픽션 책을 써서 삶의 전환점을 맞았고, 저널리스트들은 끈기 있게 르포 작품을 집필해 보도상을 받았다.

우리는 시장 조사 기관, 학계와 협력해 심층 인터뷰부터 온라인 자가 진단과 설문조사까지 포함하는 자체 연구도 수행했다. 왜 어떤 이들은 글쓰기를 멈추고 어떤 이들은 계속 나아가는지 탐구하는 것이 목적이었다. 2018년 크리스와 나는 미국 내 두 대학교의 연구자들, 전문가들과 팀을 이루어 학술 분야 작가들의 글쓰기 습관과 과정, 실천 방식에 관한 연구를 진행했다(하지만 이 연구의 결과는 모든 유형의 작가에게 적용될 수 있다).[5] 우리는 다양한 집필 경력을 가진 전 세계 약 600명의 작가를 설문조사하고 인터뷰해 그들이 어떻게 글을 써내는지 더 알아보려 했다. 우리는 패턴을 발견할 수 있는지 보고 싶었다. 사람들이 글쓰기를 미룰 때 그 방식은 같을까? 많은 작품을 써내는 작가들은 특별한 방법이나 전략을 사용할까? 차분하고 침착한 작가들은 어떻게 그 상태를 유지할까? 그들이 하는 (또는 하지 않는) 어떤 행동이 차이를 만드는 것일까? 우리는 모든 사람에게 맞는 하나의 공통된 전략이나 접근법을 찾지는 못했지만(숨겨진 마법의 묘약 같은 비법은 없었다), 중대한 사실을 한 가지 발견했다.

생산성은 왜 개인적인가

—

우리는 가장 생산적이고 만족감이 높으며 스트레스를 덜 받는 작가들, 즉 글쓰기의 압박에 더 잘 대처하는 작가들이 모두 자신만의 지원 체계를 구축했다는 사실을 발견했다. 내가 런던에서 했던 것과 마찬가지였다. 이런 의식적인 전략과 루틴은 글쓰기를 시작하고 이어갈 수 있게 도와주는 하나의 시스템을 이루었다. 그 내용은 늘 개인마다 달랐으며 당시 각자의 삶에 맞는 방식들을 바탕으로 구성됐다. 이 작가들을 생산적으로 만든 것은 하나의 비법이 아니라 여러 요소의 조합이었으며, 그 조합은 삶이 바뀌면서 함께 변화했다.

우리는 나이나 경험이 많은 작가가 훨씬 더 회복력이 강하고 장벽이나 장애물과 싸우는 데 능숙하리라고 예상했지만, 전혀 그렇지 않았다. 수십 년간 글을 써온 경험 많은 학자 중에도 글이 막혀 괴로워하며 비생산적인 시기를 보내는 이들이 있었다. 일부는 정체기를 오래 겪고 있었고 한계점에 이르기 직전이었다. 경력에도 타격을 입고 있었다. 반대로 경력이 얼마 되지 않고 경험이 부족한 학자 중에서도 매우 생산적이고 행복한 사람들이 있었다. 그들은 무엇이 자신에게 동기를 주는지 파악하고 있었으며, 글을 쓴 기간이 오래되지 않았다는 것은 중요하지 않았다. 그들에겐 지도교수가 좋은 의도로 건넨 생산성에 관한 조언을 그대로 따르지 않는 경향이 있었다. 요컨대 그들은 그저 자신에게 맞는 방식으로 글을 썼다.

2019년 런던 도서전London Book Fair에서 처음 발표된 우리의 연구는 이후 학술 논문에 인용되고, 블로그에 소개됐으며,《네이처 Nature》[6]와《가디언 The Guardian》[7] 같은 매체에도 게재됐다. 우리는 글쓰기에 도움이 되는 명확한 체계와 구조를 찾았다고 답한 작가들에게 다음과 같은 특징이 있다는 것을 발견했다.

- 단연 가장 생산적이었다. 그들은 가장 많은 수의 논문과 연구물을 쓰고 발표했을 가능성이 가장 컸다.
- 압박감에 더 잘 대처했다. 이 집단에 속하는 작가 중 40퍼센트는 글을 써야 한다는 압박을 전혀 느끼지 않는다고 답했다.
- 만족감과 행복감이 더 높았다. 이 작가들 중 61퍼센트는 자신의 글쓰기 과정에 매우 만족한다고 답했다.
- 장벽과 장애물을 경험할 가능성이 적었다. 사실 그런 일이 거의 없었다.

안타깝게도 어떤 전략이 자신에게 효과적인지 모르거나 그에 관해 깊이 생각해 본 적이 없다고 답한 작가들은 더 힘든 시간을 겪었다. 그들은 불행하고, 스트레스를 받고, 불안을 느낄 가능성이 훨씬 높았다. 또한 미루는 행동이나 죄책감, 자신감 부족처럼 정신 건강과 삶의 질에 영향을 줄 수 있는 해로운 감정적 장애물을 경험할 가능성도 더 컸다.

이 책은 어떻게 도움이 될 것인가

—

우리가 쌓아올린 모든 작업은 하나의 단순한 아이디어에서 출발했다. 자신이 어떻게 글을 쓰는지 알아차리고 어떤 방식이 자신에게 맞거나 맞지 않는지 좀 더 의식적이고 실험적으로 접근하는 게 글쓰기와 더 행복하고 건강하며 생산적인 관계를 맺는 가장 강력한 방법이라는 것이다.

우리의 연구에 따르면, 행동을 바꾸고 지원 체계를 구축한 작가들이 그렇게 할 수 있었던 이유는 그들 모두 자신에게 무엇이 도움이 되고 방해가 되는지 알아차렸기 때문이다. 그들은 그 자각을 바탕으로 행동에 나섰다. 이런 의식적 접근이 행복감과 생산성을 높여주었다. 반면 아무 생각 없이 기계적으로 글을 쓰는 작가들은 자신의 글쓰기 과정에 크게 주의를 기울여 본 적이 없었기 때문에 변화를 만들어내지 못했다. 어떤 이들은 자신만의 글쓰기 루틴이 필요하다고 생각하지도 않았다. 그 결과 효과가 없는 작업 방식을 계속해서 반복했다. 그들은 비생산적이었고, 좌절감을 느꼈으며, 종종 불행해했다.

글쓰기의 생산성에 관한 안내서나 자기계발서는 대체로 좋은 평가를 받지 못한다. 논문 쓰기를 예로 들어보자. 한 연구에 따르면 어느 대학교 도서관에는 석사, 박사과정 학생들에게 '성공의 공식'을 약속하는 책들이 10개의 서가에 걸쳐 빼곡히 꽂혀있다고 한다.[8] 연구자들은 이런 책들 대부분의 문제점이 논문 쓰기 과정을 지나치게 단순화하는, 선형적이고 획일적인 접근법을 취하는 것이라고 말한다. 또한 "이 조언을 따르지 않으면 어떤 일이 벌어질지 보라!"라는 식의 공포 전술을 사용해서 스트레스를 받는 박사과정 학생들을 더욱 불안하게 만들기도 한다.

이 책은 전혀 다르다. 우리도 글쓰기와의 관계를 하루아침에 바꿔줄 간단한 공식을 알려주고 싶지만, 그런 공식은 없다. 모두에게 맞는 선형적 과정은 없다. 모두에게 효과가 보장된 단 하나의 확실한 해결책도 없다. 하지만 자신의 글쓰기 과정을 더 의도적으로 들여다보며 무엇이 효과가 있거나 없는지, 무엇이 도움이 되고 방해가 되는지 알아차린다면 글쓰기와 더 나은 관계를 쌓을 수 있다. 그러면 당신에게 정말 잘 맞는 방식을 찾을 수 있을 것이다.

이 책은 우리가 지난 10년간 글쓰기를 일상으로 만드는 방법을 찾아내고 다른 사람들도 그렇게 할 수 있도록 도우면서 탐구하고 실험한 결과물이다. 우리는 이 책에서 역사를 통틀어 작가들이 겪어온 성공과 분투에 관한 이야기를 들려줄 것이다. 이름을 들어본 작가도 있고 처음 듣는 작가도 있겠지만, 그들의 이야기는 당신이 자신의 삶에 맞는 방식을 선택할 수 있도록 영감을 줄 것이다. 또한 우리가 수백 편에 달하는 신경과학, 심리학, 글쓰기 연구 같은 분야의 학술 논문과 저서, 저널을 읽으며 뇌와 글쓰기에 관해 알게 된 내용도 (당신이 읽지 않아도 되도록!) 요약해 담았다.

우리는 각 장에서 모든 작가들이 답을 알고 싶어 할 만한 질문들을 다룬다. 이를테면 이런 질문들이다.

- 글쓰기 실력을 좌우하는 것은 재능일까, 연습일까?
- 미루고 있는 것인지 아니면 그냥 휴식이 필요한 것인지 어떻게 구분할 수 있을까?
- 매일 써야 할까, 조금씩 써야 할까, 아니면 몰아서 써야 할까? 어느 방식이 더 낫다고 할 수 있을까?
- 글쓰기 '습관'이란 정확히 무엇이며 그 습관은 어떻게 들일 수 있을까?
- 큰 꿈을 꾸는 것이 나을까, 작게 시작하는 것이 나을까?
- 글을 쓸 기분이 아닐 때 어떻게 동기를 유지할 수 있을까? 억지로 밀어붙여야 할까, 아니면 나를 더 다정하게 대해야 할까?
- 누구에게나 맞는 해결책이 없다면 나에게 맞는 방식은 도대체 어떻게 찾을 수 있을까?

그리고 이 외에도 아주 많은 질문이 있다. 이중 어떤 질문은 당신에게 와닿을 수도 있고, 어떤 것은 덜 중요하게 느껴질 수도 있다. 그래도 괜찮다. 이 책은 현재의 당신에게 맞는 방식을 찾도록 돕는 작업이다. 시간이 지나면서 다른 도전을 마주하게 되면 당신에게 더 적절하고 효과적인 접근법도 달라질 수 있다. 그러니 특정 주제의 장만 골라 읽은 뒤 나머지는 건너뛰고 싶은 유혹이 들더라도, 우선 각 장에서 무엇을 발견할 수 있는지는 확인해 보기를 권한다.

각 장의 끝에는 우리가 '작가의 놀이터'라고 이름 붙인 코너가 있다. 이 코너에는 방금 읽은 내용을 적용하는 데 도움이 되는 실용적인 팁과 연습 과제를 담았다. 우리가 수년간 웨비나, 워크숍, 코칭 프로그램에서 작가들과 공유해 온 검증된 접근법이기도 하다. '놀이터'는 말 그대로 안전한 환경에서 놀며 무엇이든 실험할 수 있는 공간이다. 이 책의 놀이터를 통해 당신을 지지해 주는 공간에서 기존의 사고방식을 내려놓고 새로운 시도를 해 보길 바란다. 우리가 곁에 있다.

¶ ¶ ¶

우리의 접근법은 정말 효과가 있었을까? 그 효과는 어떻게 확인할 수 있는가? 우리의 도움으로 수천 명의 사람이 작가의 장벽을 극복한 것도 중요한 사실이겠지만, 일단 나 자신이 그에 관한 살아있는 증거였다. 새집에서 막막함을 느끼던 나는 다른 사람들에게서 배우고 다양한 아이디어를 실험하며 길을 찾아갔다.

시간이 지나는 동안 상자에서 막 꺼냈던 새 부츠는 진흙이 잔뜩 붙은 낡고 닳은 신발이 됐고, 런던에서의 삶은 즐거웠지만 머나먼 추억이 됐다.

이제 나는 기차에 오르는 대신 숲길을 걸어 럼 뱅크로 출퇴근하는 시간(크리스와 래브라두들labradoodle* 페기가 종종 동행한다)에 아이디어를 생각하고 곱씹는다. 요크셔주에서는 런던에서처럼 글쓰기 모임을 하지는 않지만, 나를 계속 쓰게 하는 것은 모임 자체가 아니라 사람들과의 연결감(이 내용은 뒤에서 더 자세히 다룰 것이다)이었다는 사실을 알게 됐다. 나는 '책 쓰기'라는 목표가 스트레스를 준다는 것을 깨닫고 블로그에 꾸준히 글을 쓰는 작은 목표를 세운 뒤 이를 실행하면서 자신감을 쌓았다. 그것을 계기로 다른 매체에 글을 기고할 기회를 얻었고, 그 기회는 다시 출간 제안과 에이전트 계약, 출판 계약으로 이어졌으며, 2020년에는 첫 책으로 상을 받게 됐다.

나는 당시 내 삶에 맞는 글쓰기 방식이 무엇인지를 파악하고, 나만의 시스템을 찾아갔다. 나에게 꾸준히 결과물을 내놓는 작가가 된다는 건 책상에 더 오래 묶여있는 것이 아니라 더 똑똑하게 일하는 것과 같았다. 나는 나의 글쓰기 방식을 찾았다. 그리고 이제는 당신의 방식을 함께 찾아볼 차례다.

그 여정은 몇 가지 규칙을 깨는 것에서 시작한다.

---

* 래브라도labrador 리트리버와 푸들poodle을 교배해 만든 품종이다. —옮긴이

1부

당신 자신으로부터 출발하라

일단 글을 쓰기 시작하면 시간이 지나면서
점점 실력이 좋아지고 자신감도 붙을 것이라는
생각은 매혹적인 신화다. 내 경험상 이것은
전혀 사실이 아니다. 글쓰기는 욕망과 두려움 사이의
줄다리기이며, 그래서 위태로이 비틀거리며
나아가는 것에 훨씬 더 가깝다고 느껴지기 때문이다.

— 캐시 렌첸브링크Cathy Rentzenbrink*

* 캐시 렌첸브링크는 호평받는 회고록 작가로 『안녕, 매튜The Last Act of Love』, 『Dear Reader』 등을 썼다. 2021년에는 첫 소설 『Everyone Is Still Alive』를 출간했다. 회고록 쓰기에 관한 책으로는 『내가 글이 된다면 Write It All Down』이 있다. 렌첸브링크는 정기적으로 문학 행사의 사회를 맡고, 작가들을 인터뷰하고, 서평을 쓰며, 창작 수업을 운영한다.

1장

규칙 깨기

그 규칙은 당신을 위해 만들어진 것이 아니다

작가 셰릴 스트레이드Cheryl Strayed를 두고 게으르다고 말할 사람은 없을 것이다. 오늘날 그의 책들은 베스트셀러 목록에서 자주 보이며, 회고록 『와일드Wild』는 아카데미상 후보에 오른 영화로도 제작됐다. 스트레이드는 어느 모로 보나 성공한 작가다. 하지만 그는 단 한 줄의 글도 쓰지 못하는 정체기를 오래 겪었다. '제대로 된 작가'가 아니라는 생각에 자신을 가혹하게 평가했다. 그러던 어느 날 인생을 완전히 바꿔놓을 생각을 떠올리게 됐다.

글을 처음 쓰기 시작할 때는, 아니, 사실 꼭 글이 아니어도 새로운 것을 배울 때는 '이미 성공한' 다른 사람들을 모방하기 마련이다. 스트레이드도 그랬고 당신도 마찬가지일는지 모른다. 스트레이드는 유명 작가들에게 글쓰기를 배우고자 근사한 대학교 강당에서 강연을 듣고, 서점에서 열리는 낭독회에 참석했다.

물론 이런 자리에서 영감이나 도움을 받을 때도 있었다. 대개 작가들은 마치 석판에 새겨진 계율처럼 절대적인 규칙을 설명하듯 자신의 글쓰기에 관한 '비법'을 공유했다. "저는 매일 글을 씁니다. 매일 쓰지 않으면 작가가 아니죠." 스트레이드가 들은 조언은 이를테면 이런 것이었다.[1]

그는 같은 자리에 모인 다른 열정적인 문학청년들처럼 이런 '규칙'을 절대적 진리라 믿고 서둘러 받아 적곤 했다. 작가 지망생으로서 기성 작가들의 조언을 진지하게 받아들이고 그대로 따라보려 했다. 하지만 그럴 수 없었다. 그는 별수 없이 자신의 능력을 의심하기 시작했다. 글을 쓰고 싶은 생각은 간절했지만, 그들처럼 쓸 수는 없었다. 이 시기에 그의 머릿속은 분명 의심과 두려움으로 가득했을 것이다. 그러던 어느 날 그는 문득 깨달았다. 그동안 잘못된 믿음에 속아왔다는 사실을.

잘못된 믿음이 미치는 영향

—

작가로서 우리는 종종 글쓰기와 우리 자신에 관한 사람들의 말에 사로잡혀 많은 시간을 허비한다. 스트레이드가 그랬듯 다른 작가나 교사, 멘토, 지도교수 등 지위나 영향력이 있고 존경받는 인물이 한 말이니 옳을 것이라고 믿는 경우도 있다. 이런 믿음은 대개 오랜 세월에 걸쳐 형성되며, 사회적 압력, 자존감, 성장 배경, 주변 사람과의 비교 같은 다양한 요인에 영향받는다.

시간이 지나면서 굳어진 믿음은 내면에 깊숙이 자리 잡아 그의 태도에까지 영향을 미친다.

예를 들어보자. 얼마 전 코미디 작가 마이클 레그Michael Legge 가 고민이 있다며 우리를 찾아왔다. 그는 크리스와 처음 나눈 전화 통화에서 자신이 '미루기를 밥 먹듯 하는 구제 불능'이라고 털어놓았다. 그의 내면에 깊이 뿌리박힌 믿음이었다. 집중력과 의지가 부족하고, 글쓰기가 생업인데도 도무지 글이 안 써져서 어떻게 해야 할지 모르겠다고도 했다. "제 노력이 부족한 걸까요? 아니면 그냥 감을 잃어버렸는지도 모르겠어요. 제 안의 무언가가 꺼져버렸는지도요." 레그는 아침에 눈을 뜰 때부터 하루가 버겁게 느껴진다고 설명했다. 아침이면 그는 무거운 몸을 이끌고 책상 앞에 앉아 글을 '써보려' 했다. 몇 시간이고 앉아서 단어들을 쥐어짜 냈다. 마음에 드는 문장을 하나도 쓰지 못했다고 낙담하다가, 잠시 트위터(현 'X')를 들여다보고는 한눈을 팔았다며 후회하고, 이번에는 집안일을 좀 하다가 또 양심의 가책을 느끼고, 강아지와 산책을 나갔다가 결국 다시 돌아와 앉는 일상을 반복했다.

그가 죄책감에 시달리며 하루하루를 괴롭게 보낸다는 이야기를 듣고 크리스는 무척 안쓰러워했다. 레그의 이런 나날은 며칠에서 몇 주로, 몇 주에서 몇 달로 이어졌다고 한다. 마감일과 기회는 눈 깜짝할 사이에 지나갔다. 그러는 내내 그는 '제대로 시작하지' 못하는 자신을 탓했다. 하지만 이내 큰 변화가 일어났다. 그는 코칭 프로그램에 참여하던 도중 메일을 보내 자신이 그동안 글을 어떻게 대해왔으며, 어떤 믿음이 자신의 태도에 영향을 미치는지 깨달았다고 했다(자세한 내용은 뒤에서 살펴보겠다). 스트레이드가 그랬듯 말이다.

스트레이드가 20대 때 정체기를 겪었던 것은 재능이 부족해서가 아니었다(그 뒤로 창작 활동을 왕성하게 이어온 것을 보면 알 수 있다). 의지와 끈기가 부족했다고 말하기도 어렵다. 그는 극한의 도보 여행 코스로 알려진 퍼시픽 크레스트 트레일*에 홀로 올라 1,770킬로미터에 이르는 거리를 종주한 것으로 유명하다. 근성 하면 또 스트레이드였다. 그러나 당시 그는 스스로 확신을 가지지 못했고, 아무것도 써내지 못하며 매우 비참한 기분에 빠져있었다. 무슨 이유였을까. 바로 그가 다른 사람의 기준에 맞추려다 실패했기 때문이다. 그는 경직된 사고방식에 갇혀있었다. 레그가 그랬듯, 닮고 싶은 성공한 유명 작가들에게 효과가 있었던 방법이라면 자신이 글을 쓰는 데도 도움이 될 것이며 또 그래야 한다고 믿었다.

스트레이드는 그 시기에 낭독회와 강연에서 들었던 조언을 돌이켜 보며 말했다. "자세히 들여다보면 이 남자는(대개 남자 작가였어요) 아내가 챙겨주는 점심을 먹으며 작업실에서 글을 쓰는 생활을 하고 있었어요. '내가 보내는 일상하고는 완전 딴판이네, 내 인생을 챙겨주는 사람은 아무도 없는데'라고 생각했죠. 저는

---

*   Pacific Crest Trail, 멕시코 국경에서 캐나다 국경까지 미국 서부를 종단하는 약 4,300킬로미터의 코스를 말한다.—옮긴이

오히려 다른 사람의 점심을 챙기는 쪽이었어요. 웨이트리스였으 니까요."2 스트레이드가 오랫동안 글을 쓰지 못한 것은 자신과 다른 삶의 단계에 있고, 우선순위도 주어진 책임도 다르며, 그 시절 자신보다 훨씬 더 많은 자유와 특권을 누리고 있던 사람을 따라 하려다가 실패했기 때문이었다.

스트레이드는 형편이 넉넉지 않은 노동 계층의 여성이었다. 글쓰기 기술을 연마하도록 지원해 줄 사람은 없었다. 인맥 좋은 친구도, 작업 공간을 거저 내줄 사람도 없었다. 점심을 챙겨줄 사람도 없었다. 있는 것이라고는 그저 박봉의 웨이트리스 일과 온갖 책임과 스트레스, 다달이 내야 할 월세가 전부였다. 스트레 이드가 스스로에 대한 확신을 갖지 못한 채 처음 글을 쓰기 시작 하던 때의 이야기를 여기서 꺼내는 이유는 그 시절 기성 작가들 이 좋은 의도로 건넨 조언을 비판하기 위해서가 아니다. 그들은 의심의 여지 없이 재능과 근성이 있는 작가들이었고, 조언 자체 도 전적으로 틀린 말은 아니었다. 매일 글을 쓰는 것은 효과적인 방법일 수 있다. 하지만 분명 모두에게 도움이 되는 방법은 아니 다. 스트레이드는 그처럼 잘못된 믿음에 속아왔다는 사실을 깨 달은 뒤에야 글을 대하는 태도를 바꿀 수 있었다. 그에게 필요한 것은 자신의 책임과 다른 직업을 병행하기에 적합한, 자기 삶에 꼭 맞는 글쓰기 방법이었다. 3장에서 살펴보겠지만, 그 방법은 이따금 짬을 내어 몰아 쓰는 것이었다.

'매일 써야 한다'라는 철칙

—

우리가 옳다고 생각하는 믿음은 왜 그렇듯 우리에게 큰 영향을 미칠까? 그 이유 중 하나는 우리가 신뢰하고 존경하는 사람들에게 '진리'로서 전달받은 것이기 때문이다. 로버트 보이스Robert Boice 교수는 1980~1990년대에 특히 영향력 있던 인물 중 한 명이다. 널리 존경받는 심리학자였던 보이스는 작가의 장벽에 부딪힌 학자들을 연구한 뒤 '매일 써야 한다'라는 철칙에 학문적 권위를 부여하는 논문을 발표했다. 그는 매일 쓰는 일이 '글을 써내지 못하는' 작가들을 변화시킬 수 있다고 확신했다. 그래서 그의 글은 학술 논문임에도 자기계발서에서 볼 법한 열정이 느껴지기도 한다. 그의 견해가 인기를 끌었던 것은 그래서인지도 모른다. 그는 다른 글쓰기 방법에는 매우 비판적인 태도를 보였는데, 특히 몰아 쓰는 것을 몹시 싫어해서 이 방식이 우울증 같은 정신 건강 문제와 연관이 있다고 주장하기도 했다.

보이스의 신조는 오랫동안 이견 없이 받아들여졌고 수십 권에 달하는 책의 기초가 됐지만, 그의 저술은 최근 심리학자들과 글을 쓰는 학자들에게서 혹평을 받고 있다. 그중 한 사람인 헬렌 소드Helen Sword 교수는 보이스의 저술에 엄밀성이 부족하다고 말한다.[3] 또 '매일 써야 한다'는 보이스의 신조를 따르는 이들이 개인의 경험을 바탕으로 조언하면서도 그 신조의 보편성을 신봉한다고 비판했다. 매일 쓰기가 자신에게 효과가 있었으니 다른 모든 사람에게도 그러리라고 생각한다는 것이다. 많이 들어본 이야기 같지 않은가? 1,300명이 넘는 작가를 대상으로 한 소드의 연구에 따르면, 학자들의 글쓰기 습관은 사실 훨씬 더 독특하고 고유했다. 소드는 매일 글을 쓰는 사람이 그렇지 않은 사람보다 더 생산적이거나 성공적이라는 증거를 전혀 찾지 못했다.

어쩌면 보이스가 자신이 재직하던 뉴욕대학교의 중견 교수들이라는, 그렇게나 작은 집단을 대상으로 연구를 수행했다는 건 그리 놀라운 일이 아닐지도 모른다.[*] 지위와 특권이 있는 학자는 학업에 치이는 학생이나 번아웃이 온 강사, 아르바이트를 뛰는 웨이트리스 같은 보통 사람보다 돈과 시간, 자신의 삶을 조절할 수 있는 여지가 훨씬 더 많았을 것이다. 우리가 잘못된 통념을 믿고 고정된 사고방식에 빠지는 이유는 명확하게 딱 떨어지는 쉬운 답을 갈망하기 때문이다. 우리는 규칙을 알고 싶어 한다. 하지만 글쓰기에 '옳고 그른' 방법은 없다. 이런 말이 불편하게 느껴질 순 있지만, 정답이 없다는 게 오히려 우리를 자유롭게 해줄 수 있다고 생각하는 일도 가능할 것이다.

글을 써내는 방법은 많다

—

10년 동안 코칭을 하며 배운 점이 하나 있다면 작가들이 작업

---

[*]　소드가 논문에서도 언급했듯 학술적 글쓰기의 생산성을 주제로 한 보이스의 1983년 연구는 단 27명의 학자를 대상으로 수행됐다.

을 시작하고, 하루를 계획하고, 글쓰기를 이어가는 방식은 그들 각자만큼이나 고유하다는 것이다. 잘 알려진 사례를 몇 가지 살펴보자.

작가라면 누구나 방해받지 않고 조용히 작업할 수 있는 환경이 필요하다고 생각할지 모르지만, 모든 작가가 그런 것은 아니다. 에세이스트 엘윈 브룩스 화이트E. B. White는 그의 표현을 빌리자면 '시끌벅적한' 집안 분위기 속에서만 글을 쓸 수 있었다. 그의 작업실은 가족이 주로 생활하는 거실을 겸하고 있었다. 지하실과 주방, 옷방으로 이어지는 통로 역할을 하는 곳, 집 안에 난 대로(大路)와 같은 그 공간에서 식구들은 수시로 걸려 오는 전화를 받고 통화했다. 화이트는 1969년 《파리 리뷰Paris Review》 인터뷰에서 "타자기를 두들기는 와중에 카펫 청소기로 책상 밑을 밀어도 딱히 짜증이 나지 않았다."라고 회고했다.[4]

그런가 하면 글을 강박적으로 몰아 쓰며 한 번에 한 작품만 써내는 이들도 있다. 『머니볼Moneyball』과 『빅 쇼트The Big Short』 같은 논픽션 베스트셀러를 쓴 마이클 루이스Michael Lewis는 몰입해서 글을 쓰는 과정이 개인 생활에 상당한 지장을 준다고 고백한다. 써 내려가는 일에 극도로 몰두하다 보면 '몇 달씩 얼빠진 상태'가 된다는 것이다. 하지만 그는 블라인드를 내리고 세상을 차단해야만 글을 쓸 수 있다. "작업을 하다 보면 손바닥에 땀이 차서 키보드가 흥건하게 젖어버리죠. 게다가 아내 말로는 제가 혼자 키득거린다더군요." 그는 제풀에 웃고 소리 내어 대사를 읽으면서도 그런 행동을 의식조차 하지 못한다. "책을 끝내면 다음 책에 들어가기 전까지 긴 휴식기를 보냅니다."[5] 틀림없이 아내가 고마워할 일일 것이다.

어떤 작가들은 '일과'와 '체계'가 필요하다. 작가이자 예술가인 오스틴 클레온Austin Kleon은 여행 중이거나 집을 떠나 북 투어를 다닐 때도 평소처럼 규칙적인 일정에 따라 움직인다. 그는 가족과 함께 아침을 먹은 뒤 '아날로그 책상' 앞에서 (늘 8시 30분경) 작업을 시작하며, 먼저 노트에 (늘 3~5쪽 정도) 생각을 정리한 다음 떠오르는 아이디어를 일기에 빠르게 옮겨 적는다. 그런 다음 '디지털 책상'으로 이동해 떠올린 글감을 바탕으로 한두 시간 정도 블로그에 글을 쓴다. 정오가 되면 점심을 먹고 5킬로미터가량을 걷는다. 오전이 창작을 위한 시간이라면, 오후는 책 관련 행정 업무와 인터뷰, 마케팅 같은 '홍보' 활동에 할애한다. 뉴스레터를 발송하는 목요일 오후를 제외하면 거의 매일 같은 일과다. "일기를 쓰고, 블로그에 글을 올리고, 산책을 다녀오고, 책을 읽었다면 썩 괜찮은 하루를 보낸 거죠."[6]

스스로 정한 규칙을 철저히 지키는 작가들도 있다. 이사벨 아옌데Isabel Allende는 1월 7일이 "정말로 지옥 같다."라고 말한다. 일 년 중 특정 날짜, 즉 1월 8일에만 책 집필을 시작할 수 있기 때문이다. 일단 시작했다 하면 그는 초고를 완성할 때까지 주말에도 새벽같이 일어나 매일 글을 쓴다.[7] 이보단 좀 덜 엄격한 접근법이 필요한 이들도 있다. 이탈리아 소설가 엘레나 페란테Elena Ferrante는 "쓰고 싶을 때 쓴다."라고 말한 바 있다.[8] 그는 "어디서든 밤낮 안 가리고 계속 쓰며" 고정된 일과나 일정은 따로 없다고 했다. 하지만 압박감이 조금은 있어야 한다는 건 안다. "써야 한다는 절박감이 없으면 어떤 의식도 도움이 되지 않는다."라는 것이다.[9]

계획을 빈틈없이 짜고 나서야 시작할 수 있는 부류도 있다. 범죄 소설가 제프리 디버Jeffery Deaver는 소설을 쓰기 전 자료 조사와 개요 작성에 8개월까지도 시간을 쓴다. 때에 따라서는 플롯상의 반전을 모두 담느라 개요가 150쪽에 이르기도 한다. 디버는 글쓰기를 창조적 활동이라기보단 일로 여긴다. 처음에는 메모판에 포스트잇을 붙여가며 이야기를 구상하고, 나중에는 시각화한 계획을 조금씩 컴퓨터로 옮긴다. 이렇게 상세한 계획이 있으면 벽에 가로막힌 것처럼 막막할 일은 없다. 쓰는 속도도 빨라진다. 그는 소설을 쓰기 시작하면 한 달 반 정도 안에 초고를 뚝딱 완성할 수 있다.[10]

사고방식은 어떻게 형성되는가

—

코치로서 우리는 자신에 관한 '잘못된 믿음'에 사로잡혀 있는 작가들을 늘 만난다. 보통 어떤 일을 하는 방법이 한 가지뿐이라고 믿으면 다른 방법은 효과가 없다고 생각해서 받아들일 생각은커녕 고려조차 하지 않기 쉽다. 이럴 때 믿음은 우리에게 해가 되며 심리학자들이 말하는 '부적응적 신념maladaptive belief'이 된다. 단단하게 굳어진 부적응적 신념은 우리가 살아가는 방식과 선택의 범위를 심각하게 제한할 수 있다. 우리는 부적응적 신념 때문에 기회를 놓치거나, 무언가를 할 수 없다고 단정 짓거나, 삶의 방향에 영향을 미치는 엉뚱한 결론에 이르기도 한다.

예를 들어 자신이 어떤 글도 완성하지 못하는 사람이라는 결론을 내린다면, 이 믿음은 이상하게도 현실이 되어버릴 때가 많다. 우리 내면의 비평가는 매우 선택적인 기억력을 가지고 있다. 그래서 '나는 글을 쓰지 못하는 사람이야'라는 믿음이 잘못된 것으로 드러났던 순간을 기억에서 모두 걸러낸다. 주의가 산만해지거나 글을 완성하지 못했던 순간에만 주목하고, 집중해서 문제없이 끝마칠 수 있었던 순간은 편리하게 잊어버린다. 그처럼 우리는 종종 글쓰기에 정해진 방법이 있다는 고정된 사고 패턴에 빠진다. 만약 누군가가 글을 써내는 데 매일 긴 시간을 투자하는 것과 같은 '한 가지 방법'만 있다고 확신한다면 어떨까? 그럼 그는 글을 쓸 때 굳이 다른 접근법을 시도할 이유가 없을 것이다. 그러면 다양한 가능성을 스스로 차단하고 잘못된 믿음에 근거해 결정을 내리게 된다.

바라건대 우리는 이 책을 읽는 것이 '자기 발견의 여정'이 되기를 소망한다. 당신의 코치로서 우리가 할 일은 당신이 자신에 관해 가지고 있는 믿음 중 무엇이 '사실'이 아닌 '가정'인지 알아낼 수 있도록 돕는 것이다. 정체기를 겪고 있던 코미디 작가 마이클 레그의 사례로 돌아가 보자. 그는 우리를 찾아왔을 때 자신이 '미루기를 밥 먹듯 하는 구제 불능'이라고 굳게 믿고 있었다. 첫 코칭 통화를 하던 그의 목소리에는 스트레스와 불안이 가득했다. 레그는 언젠가 "아예 포기해야 할까 봐요."라며 낙담한 적도 있다. 하지만 앞서 말했듯, 그는 코칭 프로그램 도중에 뜻밖의 사실을 깨달았다. 다음은 그가 크리스에게 보내온 메일이다.

저는 제가 생각하는 것만큼 꾸물대지 않더라고요. 뭐, 별로 그렇지 않아요. 제가 알게 된 건 이런 겁니다. 집안일은 글쓰기를 위한 준비 운동이에요. 저는 매일 강아지를 산책시켜야 하니 운이 좋은 편이죠. 일어나서 밖에 나가 움직이게 되니까요. 걸어서 출근하는 거나 다름없어요. 집에 돌아와서는 책상 앞에 바로 앉아봤자 글이 손에 잘 잡히지 않을 걸 알기에 그렇게 하지 않습니다. 대신 트위터나 페이스북을 하고 아마존 특가 상품을 들여다보죠. 하지만 딴짓은 그걸로 끝나지 않고 빨래와 주방 청소, 청소기 돌리기 등으로 이어져요. 그렇게 한두 시간 동안 청소하며 몸을 움직이고 생각하다 보면 어느새 자연스럽게 글을 쓸 준비가 된 느낌이 들어요. 그때부터는 확실히 일이 풀리기 시작합니다. 진전이 있다는 게 눈에 보여요. 속도가 빠르지는 않아도 맞는 방향으로 가고 있으니 좋은 일이죠. 게다가 빨래 바구니도 꼬박꼬박 비울 수 있고요.

놀랍지 않은가? 레그의 이야기에 담긴 메시지를 잠시 생각해 보자. 그는 집중력을 높여주는 묘약을 들이켜지도 않았고, 갑자기 의욕과 몰입이 떨어지지 않게 해주는 비법을 알아내지도 못했다. 애초에 구제할 것이 없었으므로 구제되지도 않았다. 그저 자신에 관해 가지고 있던 경직된 믿음이 잘못된 믿음에 불과하다는 점을 깨닫고 사고방식을 바꾸었을 뿐이다. 그가 갖고 있던 생각을 하나씩 살펴보자.

- 예전에는 '제대로 된 작가'라면 책상 앞에 몇 시간을 내리 앉아 글을 쓸 수 있어야 한다고 믿었다. 자신은 이렇게 하기 어려웠기 때문에 '제대로 된 작가'가 아니라고 생각했다. 이것이 잘못된 믿음이라는 사실을 깨닫고는 더 짧은 시간에 효율적으로 글을 쓰기 시작했고, 그 결과 더 많은 글을 쓸 수 있었으며 행복감도 올라갔다.

- 예전에는 의지와 정신력을 더 키워야 한다고 생각했다. 글을 쓰고, 집중하고, 다른 생각을 하지 않도록 자신을 몰아붙이는 일에 능숙해져야 한다고 생각했다. 하지만 그에게 필요한 것은 책상 앞에 더 오래 앉아있는 것이 절대 아니었다. 필요한 것은 관점의 변화였다.

- 예전에는 강아지 산책이나 집 청소 같은 일을 글이 쓰기 싫어 꾸물대는 행동으로 여겼다. 해서는 '안 되는' 일이라고 생각하니 하면서도 마음이 편치 않았다. 하지만 관점을 바꾸자 이런 신체 활동이 천천히 몸을 풀고 머릿속으로 생각을 굴리는 데 도움이 된다는 것을 알게 됐고, 그렇기에 건강한 글쓰기 과정의 일부가 될 수 있다는 사실을 깨달을 수 있었다. 이렇게 생각하니 자신에게 너그러워질 수 있었다. 죄책감을 느끼며 책상 앞에 앉는 일도 없어졌다.

레그의 실제 행동에는 거의 변화가 없었지만, 글을 어떻게 써야 하는지에 관한 생각은 완전히 바뀌었다. 그는 시간을 들여 자신의 고정된 사고와 행동 패턴을 돌아보고 행동에 나섬으로써 글을 쓰는 태도를 바꾸고, 생산성과 행복감을 끌어올렸다. 또한 당시 집필에 어려움을 겪고 있던 책『돼지에게 딸기를 Strawberries to Pigs』을 마침내 완성해서 2021년 여름 출간할 수 있었다.

레그는 바람직한 사고방식을 받아들였다. 이제 어떻게 하면 당신도 그런 사고방식을 가질 수 있을지 살펴보자.

¶ ¶ ¶

캐럴은 부정적인 자기비판적 사고방식이 열한 살 무렵 '각인'됐다고 했다(각인이라니, 의미심장한 단어 선택이다). 당시 캐럴은 뉴욕 브루클린에서 초등학교 6학년에 재학 중이었다. 때는 1950년대였고 담임교사인 윌슨 선생님은 아이들의 동기를 부여하는 방식에 관해 다소 전통적인 견해를 가지고 있었다. 그는 IQ를 매우 중요하게 생각한 나머지 아이들을 IQ 순으로 앉혔다. IQ가 높으면 교실 앞쪽에, 낮으면 뒤쪽에 자리를 배치했다. 그뿐만 아니라 IQ가 높은 학생들에게 추가로 특권을 주기도 했다. 모두 '선천적 능력'을 보상하는 행위였다. 캐럴은 학창 시절을 회상하며 다음과 같이 말했다. "IQ가 높은 축에 들지 못하면 칠판을 지우거나 지우개를 터는 일도, 학교 행사에서 깃발을 드는 일도, 심지어 교장 선생님께 쪽지를 전달하는 책임도 맡기지 않았어요."[11]

어린 캐럴이 IQ 서열에서 어느 정도의 위치였는지는 모르지만, 사실 그것은 중요하지 않다. 캐럴은 줄 세우기식 교육 환경 때문에 날마다 위경련을 겪었다고 한다. 그런 학생이 캐럴뿐이었을 리는 없다. "돌이켜 보면 IQ를 지나치게 중시하던 문화가 제 성장 과정에 결정적 영향을 미친 것 같아요. 반 아이들은 모두 자신을 증명해야 한다는 목표에 매달렸어요. 똑똑하게 보여야 하고, 멍청해 보이면 안 됐죠. 선생님이 시험을 내거나 수업 중에 질문을 던질 때마다 존재 자체가 위협받는데, 배움의 즐거움을 느낄 여유가 어디 있었겠어요?"

훗날 세계적으로 유명한 『마인드셋Mindset』의 저자이자 스탠퍼드대학교 심리학과 교수가 되는 캐럴 드웩Carol Dweck은 그 시절 선생님의 방침이 주변의 영향을 쉽게 받는 아이들에게 '지능이란 평생 바뀌지 않는 것'이라는 생각을 심어주고 있었다는 사실을 나중에 깨달았다. 드웩은 이처럼 한 사람의 자질과 태도, 재능이 변하지 않는다는 믿음을 가리켜 '고정 마인드셋fixed mindset'이라 부른다. IQ가 높다고 분류된 아이들은 분명 좋은 성적을 내야 한다는 압박감에 끊임없이 시달렸을 것이다. 반대로 IQ가 낮은 아이들의 경우에는 낙인찍혔다고 느끼고 자신이 절대 나아질 수 없다고 생각하며 절망감에 빠졌을 것이다. 드웩이 수년 동안 연구한 결과에 따르면 이와 같은 사고방식은 삶을 살아가는 방식에 중대한 영향을 미칠 수 있다.

고정된 사고방식은 누군가의 잠재력을 제한하고, 그의 행복감과 충족감에 커다란 부정적 영향을 끼친다. 반면 드웩이 '성장 마인드셋growth mindset'이라 부르는 사고방식을 가지고 '기본 자질이란 노력해서 키울 수 있는 것'이라고 믿는다면 삶은 무수히 많은 면에서 나아지는 게 가능하다.

게다가 매우 다행스럽게도 우리는 모두 나이를 얼마나 먹었든 상관없이 언제고 성장 마인드셋으로 돌아설 수 있다. "타고난 재능과 적성, 흥미나 기질 등 모든 면에서 제각기 다를지는 몰라도, 사람은 누구나 노력과 경험을 통해 변화하고 성장할 수 있다."[12] 대개 자신이 어떤 사고방식에 빠져있는지 더 잘 자각하는 것만으로도 변화는 일어난다. 마이클 레그가 그랬듯 말이다.

당신은 어떤 규칙을 믿는가?

—

코칭 프로그램을 시작할 때 항상 던지는 질문이 몇 가지 있다. 공격적이거나 듣는 이를 당황하게 할 의도가 있는 질문은 아니다. 사람들이 자신의 사고방식, 즉 '진리'라고 믿고 따르는 규칙이지만, 사실은 그게 잘못된 믿음에 기반을 둔 고정관념에 불과할 때가 많다는 것을 알아내도록 도우려는 것이다.

당신의 코치로서 우리는 당신이 글을 쓰는 자기 자신이나 글쓰기에 관해 가지게 된 어떤 견해도 '틀렸다'라고 말하지 않을 것이다. '올바른' 해결책을 제시하지도 않을 것이다. 지금은 그저 그동안 믿어왔던 생각을 살펴보고 그게 정말 '사실'이 맞는지, 아니면 '가정'일 수도 있는지 스스로 물어보기를 바란다. 가정이더라도 괜찮다. 우리 코칭의 목적은 자신에 관해 내린 가정을 돌아볼 수 있는 정신적 공간을 제공하는 것이다. 부드러운 질문은, 그 질문에 열린 마음으로만 응한다면, 때때로 변화를 불러오는 강력한 도구가 될 수 있다. 우리가 부탁하는 것도 오로지 열린 마음을 가져달라는 것뿐이다.

여기까지 책을 읽어온 당신은 자신과 글쓰기에 관해 어떤 믿음을 가지고 있는가? 레그와 스트레이드가 그랬던 것처럼 글을 쓰는 훌륭한 방법이 따로 정해져 있다는 생각에 이르렀는가? 더 오래 쓰지 못하거나 '꾸준히 쓰지' 못한다고 자책하고 있는가? '제대로 된 작가'라면 어떤 사람이어야 하고 어떻게 행동해야 한다는 것에 관한 고정관념을 가지고 있지는 않은가? 그동안 해보지 않은 질문이라면 지금 한번 그 답에 관해 곰곰이 생각해 보자.

당신은 마음속으로든 다른 사람에게든 스스로를 어떻게 묘사하는가? 자신을 설명해야 할 일이 있을 때 어떤 표현이 머릿속을 맴도는가? 예를 들어보자.

- 나는 미루기를 밥 먹듯 하는 구제 불능이야.
- 나는 마무리를 할 줄 모르는 사람이야.
- 나는 도무지 집중을 못 해. 매번 주의가 산만해져.
- 나는 [좋아하는 작가나 존경하는 동료의 이름을 넣어보자] 같은 재능이
  없어.

이 중에 익숙하게 들리는 내용이 있는가? 이런 생각 때문에

다른 방법을 택하거나 새로운 것을 시도하지 못한 적이 있는가? 다시 한번 말하지만, 우리가 삶에 어떻게 대응하고 어떤 행동을 취하는지는 우리의 사고방식에 따라 좌우된다. 그러니 자신에게 절대 바꿀 수 없는 부분이 있다고 믿는다면 그건 주체적으로 변화하고 성장할 수 있는 능력을 스스로 박탈하는 것이다.

작가들이 이런저런 거절을 경험하는 것은 흔한 일이다. 어쩌면 당신도 거절당한 경험이 있을지 모른다. 원고를 퇴짜 맞거나, 부정적이거나 비판적인 피드백을 받아봤을 수도 있다. 우리 모두에게 일어나는 일이지만, 모두 같은 방식으로 대응하는 것은 아니다. 당신이라면 어떻게 대응하겠는가? 어떤 생각을 하겠는가? 그 결과 어떤 기분이 들겠는가? 가장 가까운 창문을 찾아 컴퓨터를 던져버리고 싶은 기분이 드는 것도 당연하다(결국 당신도 사람이고, 비판을 좋아하는 사람은 아무도 없다). 하지만 그다음에는 어떻게 행동하겠는가? 절망감에 빠져 자신이 절대 나아지지 않으리라 믿으며 포기하겠는가('고정 마인드셋'), 아니면 거절을 배움과 성장, 변화의 기회로 삼을 수 있겠는가('성장 마인드셋')?

이런 질문을 정면으로 마주하는 게 쉽지만은 않을 것이다. 비판적이거나 부정적인 자기 인식은 고통스러울 수 있다. 하지만 그건 곧 나를 제한하는 잘못된 믿음과 글쓰기에 해가 되는 생각을 알아내는 과정의 출발점에 서는 일과 다름없다.

나 자신과 글쓰기에 관해 갖고 있는 견해는 그저 견해일 뿐이다.

나의 능력을 두고 하는 생각은 그저 생각일 뿐이다.

글을 어떻게 써야 하는지에 관한 가정은 그저 가정일 뿐이다.

나 자신에게 들려주는 이야기가 반드시 사실인 것은 아니다.

이제 나에게 맞는 새로운 규칙을 만들 때다. 이 책을 읽게 된 것을 변화의 계기로 삼고 지금까지와는 다른 접근법을 취해보자. 내 삶에 맞는 건강하고 성공적인 글쓰기 루틴을 만들려면 열린 마음을 가지고, 자신이 적응하고 변화할 수 있다는 것을 믿어야 한다. 그리고 한 가지가 더 필요하다. 글쓰기 여정의 다음 단계는 '알아차림'이라는 간단한 행동에서 시작한다.

2장

규칙 만들기

나에게 맞는
규칙을 세우자

'작가의 장벽 같은 건 없다'라는 것이 소설가이자 문예창작학과 교수인 젠 애슈워스Jenn Ashworth의 생각이었다. 자신에게도 그런 일이 닥치기 전까지는 말이다. 그는 위기의 순간에 처해있었다. 문학상 수상에 빛나는 작가이자 어린 나이에 BBC 〈컬쳐쇼The Culture Show〉에서 선정하는 영국 최고의 신예 소설가 중 하나로 꼽힌 그는 스물한 살이 되기 전 이미 두 편의 장편소설을 썼다. 30대가 된 지금까지 여섯 권의 책을 내고 다수의 단편소설과 에세이, 선집을 발표하며 매번 평단의 찬사를 받았다. 이처럼 학생 때부터 꾸준히, 또 수월하게 글을 써온 그가 어느 날 갑자기 벽에 가로막혀 버렸다. 거대한 장벽 앞에서 그는 무너지고 있었다.

작가들은 저마다 다른 방식으로 벽에 부딪힌다. 거기엔 좀 더 심층적인 원인이 있을 수도 있다. 애슈워스의 경우 가족을 잃은 슬픔 때문에 2년간 작업하던 책을 내려놓아야 했다. 책을 떠나 있는 시간이 길어질수록 다시 시작하기가 더 어려웠다. 그렇게 며칠, 또 몇 주를 보내던 그는 문득 한 달 반이 넘도록 단 한 단어도 쓰지 않았다는 사실을 깨달았다. 누군가에겐 길지 않은 시간처럼 들릴지 몰라도, 글쓰기는 그에게 곧 생명선이었다. "파일을 다시 열었는데 원고가 형편없을까 봐, 끔찍할까 봐 걱정되기 시작했어요." 그는 극심한 공포에 휩싸였다. "쓰던 글로 돌아갈 수 없을까 봐 겁이 났죠. 몇 년 동안 들인 공이 물거품이 된 건 아닌지, 제가 망쳐버린 건 아닌지 정말 두려웠어요."

10대 시절 그는 강박적으로 일기를 썼다고 스스로 표현할 만큼 매일 글을 썼다.[13] 성인이 되어서는 직장과 가정의 책임과 글쓰기 사이에서 균형을 찾아갔다. 일이 잘 되어갈 때는 자기 글쓰기에 리듬이 있다고 느꼈다. 이틀을 쓰면 이틀은 쉬고, 또 이틀을 쓰고 이틀을 쉬는 식이었다. "리듬이 잡히기만 하면 정말 술술 풀려나갔어요." 그에게 정체기가 찾아온 때가 강의 일정이 없어 정해진 한 주 일과가 없고 다른 작가들과 만날 일도 많지 않은 여름이었던 것은 우연이 아닐 것이다. 그는 혼자였고, 체계도 지원도 없었으며, 그래서 두려움과 비탄에 잠겨있었다.

안타깝게도 우리는 이런 이야기를 매주 접한다. 글쓰기에 애정이 있는 사람, 글을 정말로 쓰고 싶거나 써야 하는 사람에게 글쓰기의 동력을 잃는다는 것은 마치 팔다리를 잃는 것처럼 느껴질 수 있다. 하지만 기쁜 소식은 애슈워스의 이야기에 행복한 결말이 있다는 것이다. 그는 장벽을 극복하고 다시 글을 쓰고 있다(어떻게 극복했는지는 뒤에서 살펴볼 것이다). 하지만 애석하게도 많은 작가가 장벽에 막힌 상태에 그저 머물러있을 뿐이다. 그들의 이야기에는 행복한 결말을 떠나 사실 결말 자체가 없다. 그들은 두려움을 이기지 못하고 작업을 미루며 끝없는 악순환에 갇힌다. 하지만 이 또한 정해진 시나리오는 아니다. 장벽을 이겨낼 힘은 이미 우리 안에 있다. 그 힘을 찾는 방법만 알면 된다. 이번 장에서는 그 방법을 소개할 것이다.

미루는 습관과 작가의 장벽

—

심리학자 로버트 보이스(앞의 1장을 참고하라)는 글쓰기를 미루는 학자들의 습관을 오랫동안 연구했다. 그는 자신의 저서에서 미루는 습관과 '생각이 막히는 현상blocking'의 관계를 다음과 같이 설명한다. "미루는 습관에는 적어도 두 가지 특징이 있다. 어렵고 기일을 늦출 수 있으며 중요한 과제(이를테면 글쓰기처럼 보상이 요원하고 어쩌면 불확실하기도 한 행위)는 보류하고, 더 쉽고 빠르며 불안을 적게 유발하는 일(이를테면 글을 쓰기 전에 책상을 정리하는 것)을 선호한다는 점이다." 그는 생각이 막히는 현상도 대개 비슷하다고 말한다. "생각이 막히는 현상은 부담스러운 책임을 앞두어 주저하고, 지체하고, 당황할 때 나타난다. 불안감 때문에 생각의 속도를 늦추거나, 타인의 시선을 의식해 생각의 범위를 좁히거나, 심지어 아예 생각하는 일을 멈춰버리는 방식으로 위협적인 과제를 회피한다. 보통은 (작가의 장벽이 그렇듯) 공개적 평가를 마주할 때 일어나는 일이다."[14]

써야 하는 글을 미뤄본 경험은 다들 있을 것이다. 당신이 지금 읽고 있는 이 책만 해도 도중에 몇 차례나 집필을 중단해야 했다. 이유는 여러 가지였고, 개중에는 아주 심각하고 힘 빠지는 이유도 있었다. 해야 할 업무가 있어서, 코로나19 때문에, 전작이 인기가 없어서, 가족의 상(喪)을 당해서 등등 책을 쓰지 않을 이유는 끊임없이 이어졌다. 길을 잃은 느낌에 압박감까지 더해져서 도무지 글을 쓰거나 고치지 못할 것 같을 때도 많았다. 어찌저찌 그 순간들을 헤쳐 나왔을 뿐이다.

하지만 우리가 몇 주 동안 주춤했던 것과 달리 어마어마한 수준으로 꾸물거리는 사람들 또한 없지 않다. 어떤 이들은 써야 할 글을 쓰는 일만 제외하면 그야말로 무슨 일이든 하며 바쁜 일상을 보낸다. 빅토리아 시대를 살았던 찰스 다윈Charles Darwin의 경우를 생각해 보자. 다윈은 자연 선택 이론을 고안하고도 믿을 수 있는 소수의 지인에게만 이 사실을 털어놓았다. 1844년에는 친구 조지프 후커Joseph Hooker에게 종의 변화에 관한 생각을 밝히는 것이 마치 '살인을 자백하는 것'처럼 느껴진다고 말하기도 했다.[15] 자연 선택 이론을 처음 구상한 것은 1838년 갈라파고스 제도 탐사에서였지만, 훗날 『종의 기원On the Origin of Species』이 되는 책을 쓰고 출판하기까지는 20년이라는 시간이 더 걸렸다. 그마저도 동료 박물학자 앨프리드 러셀 월리스Alfred Russel Wallace가 다윈이 발표하려던 이론과 똑같은 내용의 논문 초안을 검토해 달

라고 보내오지 않았다면 연구 결과를 아예 발표하지 않았을지
도 모른다. 상황이 급박하다 보니 아무리 고집스러운 다윈이라
도 서둘러 마무리를 지을 수밖에 없었을 것이다.

자연 선택이라는 개념을 떠올리고 세상에 발표하기 전까지
다윈은 매우 바쁜 나날을 보냈다. 어쩌면 다윈은 그저 너무 바빴
는지도 모른다. 그는 세계적으로 유명한 따개비 전문가가 됐고,
지렁이에 푹 빠져들었으며, 남아메리카의 지질, 산호초, 새, 꽃을
연구하는 것으로도 모자라 원예 잡지를 편집하기까지 했다.

다윈이 그토록 책을 쓰는 일을 지체했던 것이 미루는 습관 때
문이었다고 단언할 수는 없지만(다윈 자신도 몰랐을 것이다), 그가 연
구 발표가 불러올 결과를 두려워했던 것은 분명하다. 그는 자신
의 이론이 종교의 정통성에 도전하고 과학 사상의 흐름을 영원
히 바꿔놓을 논쟁적 주제를 다루고 있다는 것을 알고 있었다. 그
런 상황에서는 누구라도 부담감을 느낄 것이다. 또한 다윈은 건
강이 매우 좋지 않아 40년 넘게 권태감과 떨림, 두통, 탈진, 극심
한 피로 같은 증상에 시달렸다고 한다. 오늘날 우리가 말하는 불
안과 스트레스, 우울증과 비슷하게 들리지 않는가? 아마도 '살
인'을 자백한다는 생각이 마음을 무겁게 짓누른 탓일 것이다.

데뷔작 『앵무새 죽이기 To Kill a Mockingbird』로 퓰리처상을 수상
한 하퍼 리 Harper Lee는 유일하게 녹음으로 남아있는 인터뷰에서
첫 소설이 거둔 성공과 전 세계 평단의 찬사에 완전히 압도당한
심경을 내비쳤다.[16] 데뷔작을 뛰어넘는 작품을 도대체 어떻게 써
야 할지 분명 막막한 기분이었을 것이다. 『앵무새 죽이기』 출간

4년 뒤인 1964년, 미국 클래식 라디오 채널 'WQXR'의 진행자 로이 뉴퀴스트Roy Newquist와 가진 이 인터뷰에서 그는 다음과 같이 고백했다. "애초에 책이 팔릴 걸 전혀 예상하지 못했어요. 평론가들의 손에서 빠르고 자비로운 죽음을 맞기를 바랐죠. '대중의 격려'를 약간 기대하기는 했지만, 책은 그보다 훨씬 더 큰 호응을 얻었지요. 어떤 면에서는 제가 생각했던 빠르고 자비로운 죽음만큼이나 두려운 일이었습니다." 그는 이어서 자신이 얼마나 열심히 작업하는지를 설명하며 글쓰기에 너무 몰두한 나머지 몇 날 며칠을 틀어박혀 타자기를 두드릴 때도 있다고 말했지만, 그 뒤로 평생 새 작품을 발표하지 않았다. 병환 중이던 89세에 『파수꾼Go Set a Watchman』이라는 또 한 권의 소설이 출간되기는 했으나, 이 소설은 사실상 하퍼 리의 재산 관리인이 『앵무새 죽이기』의 초고를 저자의 인지나 허락 없이 편집해 내놓은 것에 불과하다는 논란이 있다.[17]

그는 그사이 수없이 많은 원고의 작업을 시작했다가 폐기하기를 반복하며 바쁜 나날을 보냈다. 매일 여덟 시간씩 작업하며 커피와 조금 과하다 싶은 술의 힘을 빌려 밤이 깊도록 글을 쓰곤 했다. 1970년대에 일가족 5명을 살해한 혐의로 기소된 시골 목사 윌리 맥스웰Willie Maxwell의 삶을 소재로 한 실화 범죄 소설 『목사The Reverend』는 취재에 많은 공을 들였지만, 그 소설은 10년의 작업 끝에 버려졌다. 그는 생전에 그 이유를 설명하지 않았다.[18] 어쩌면 그의 할 일 목록에는 평생 단 하나의 항목밖에 없었기 때문일 수도 있다. '책 쓰기', 그것도 수백만 부가 팔린 데뷔작

만큼 좋은 책을 써야 한다는 목표 말이다. 아마 역사상 가장 두려운 할 일 목록이 아니었을까.

¶ ¶ ¶

작가들이 부딪히는 장벽과 장애물은 저마다 다르다. 무엇이 자신을 가로막는지 알고 있을 때도 있지만, 그 실체를 알 수 없을 때도 있다. 애슈워스는 다시는 글을 쓰지 못할까 봐 걱정했다. 제 안의 무언가가 꺼져버렸다고 생각했고, 반짝이던 시절이 끝나버렸을까 봐 두려워했다. 글쓰기가 **곧** 삶인 사람, 자신을 작가로 정의하는 사람에게는 무시무시한 전망이었다. 하지만 제대로만 접근한다면 넘지 못할 장애물은 없다. 애슈워스가 그랬듯 말이다.

경험상 작가의 장벽을 (혼자 힘으로든 다른 사람의 도움을 받아서든) 잘 이겨내는 사람들이 공통으로 하는 행동과 하지 않는 행동이 있다. 그들은 자신이 가로막혔다는 사실을 인정한다. 당연한 말처럼 들릴지도 모르겠지만, (이를테면 그저 너무 바쁘다고 말하는 대신) 정체기를 겪고 있다고 스스로 인정하는 것이 정체기를 극복하는 첫걸음이다. 애슈워스도 자신이 아무짝에도 쓸모없는 부정적 사고 패턴에 빠져들고 있다는 사실, '책으로 돌아가야 한다'는 생각에 겁이 나고 버거운 느낌부터 든다는 사실을 알아차렸다. 쓰고 있던 소설을 외면할수록 그의 부정적 태도와 두려움은 더욱 심해지고 있었다. 애슈워스가 그것을 깨달았다는 건 그가 자신의 생각을 바꾸고 정체 상태에서 벗어날 방법을 스스로에게 묻게 했다는 점에서 중요했다.

그들은 '더 열심히 노력하지' 않는다. 다시 말해 정신력에만 의존해 책상 앞에 굳은 표정으로 앉아 단어를 쥐어짜내려 애쓰지 않는다는 뜻이다. 또한 자신에게 맞지 않는 방법을 고집하는 대신 변화하고 적응한다. 애슈워스는 자신을 몰아붙이거나 탓하지 않았다. '두려움과 싸우려 하지도' 않았다. 그런 방법은 통하지 않으리라는 것을 알았기 때문이다. 오히려 자신을 다정하게 대하고, 압박감을 덜어내며, 글쓰기를 조금은 덜 두려운 일로 만들어야 했다. 애슈워스가 시도한 것은 자신을 다시 궤도에 올려놓기 위한 가벼운 실험이었다. 이 실험은 즉흥적으로 시작됐다.

글쓰기의 생산성을 높이는 가벼운 접근법
—

정체기에서 벗어나기 위해 애슈워스는 작은 것부터 시작했다. '100일 글쓰기'라는 프로젝트를 만들고, 이 아이디어를 '#100daysofwriting'이라는 해시태그와 함께 인스타그램에 올렸다. "100일 동안 매일 글을 마주하기로 한 거죠." 특정 시간 동안 글을 써야 한다는 의무는 없었다. 목표나 기준을 정해놓지도 않았다. 그저 100일 안에 원고와 다시 친해질 수 있기를 바라며 무슨 일을 하고 있었든 간에 글 앞에 앉았다. "그냥 제 두려움을 극복하고 싶었어요. 인스타그램에 올린 건 스스로 책임감을 부여하는 방식 같은 거였죠. 공개적으로 말해놓으면 해야만 할 테니까요."

얼마 지나지 않아 다른 사람들이 해시태그를 팔로잉하고 게시물에 '좋아요'를 누르고 댓글을 달며 동참하기 시작했다. 일기 쓰기부터 에세이 쓰기, 소설 시작하기, 작업 중인 글 마무리하기 등 저마다 진행하는 프로젝트는 다양했다. 커뮤니티를 이룬 사람들은 글을 쓰는 과정과 여정을 SNS에 공유했다.

그들은 모두 이 프로젝트가 스트레스를 많이 받고 힘든 도전이 아니라는 원칙, 편안한 마음으로 책임감 있게 글을 마주하는 방식이 되어야 한다는 원칙을 이해했다. 애슈워스는 가볍게 접근할 수 있다는 점이 사람들의 마음을 끄는 데 한몫했다고 생각한다. 100일 글쓰기의 핵심은 '과정'이었다. 당시 결과물은 중요하지 않았다.

그는 100일 동안 매일 원고를 마주했다. 매우 적게 쓸 때도, 많이 쓸 때도 있었다. 그는 집에서도, 직장에서도, 열차에서도, 호텔에서도, 결혼식장에서도, 바닷가에서도, 가족과 함께 휴가를 가서도 글을 썼다. 어떨 때는 새로 썼고, 다른 때는 고치고 손보고 구상했으며, 때로는 한눈을 팔고 꾸물대기도 했다. 모두 도움이 됐다. "20분 정도 문장을 손보기만 했어도 한 걸로 쳤고, 종이 쪼가리에 메모만 했어도 한 걸로 쳤죠. 아주 들쭉날쭉했어요." 중요한 것은 스스로를 압박하지 않으며 부담감을 줄였다는 점이다.

원고를 마주하고 작업을 기록하며 그는 자신의 글쓰기에 관해서도 많이 배웠다. "하루하루를 어떻게 보냈는지 되짚으면서, 결과물보다는 과정을 관찰하려는 게 저의 목적이었어요. 제가 왜 그렇게 두려운지, 저한테 어떤 방법이 잘 맞거나 안 맞는지, 하루 중 어느 시간에 능률이 높거나 낮은지, 작업량은 얼마나 되는지 살펴보고, 그냥 이런 모든 걸 의식적으로 관찰하면서 무언가 알아내려는 거였죠."

¶ ¶ ¶

심리학자 엘런 랭어 Ellen J. Langer의 저서에 나오는 이야기 중에 자주 회자하는 것이 있다.[19] 자신도 모르게 무의식적으로 하는 행동이 시간이 지나면서 자연스레 생겨났을 수 있다는 내용인데, 3대에 걸친 이 일화는 분명 당신의 마음에도 가닿을 것이다.

어느 날 한 여성이 오븐 구이를 하려던 참이었다. 그는 고기를 냄비에 넣기 전에 끝부분을 조금 잘라냈다. 왜 그렇게 하는지 묻자, 그는 잠시 멈칫하다가 약간 민망해하며 말했다. "엄마가 오븐 구이를 할 때 늘 그렇게 하셨거든요." 덩달아 호기심이 생긴 그는 어머니에게 전화를 걸어 왜 오븐 구이를 할 때마다 고기를 한 조각 잘라내는지 물었다. 어머니의 대답도 똑같았다. "너희 할머니가 그렇게 하셨기 때문이지." 결국 그는 더 도움이 되는 대답을 듣기 위해 할머니를 찾았다. 할머니는 망설임 없이 대답했다. "그렇게 해야만 집에 있는 냄비에 들어갔단다."

랭어는 '마음챙김 mindfulness'이란 개념을 '새로운 것을 적극적으로 알아차리는 과정'으로 정의한다. 그가 40년 넘게 진행한 실험과 연구에 따르면, 마음챙김을 실천하며 자신이 어떤 방식으로 행동하는지, 자신에 관해 어떤 가정을 하는지, 스스로에게 어떤 이야기를 들려주는지, 무엇을 당연하게 여기는지 등을 알아차리는 것은 자신의 삶을 개선하기 위해 우리가 할 수 있는 매우 효과적인 일이라고 볼 수 있다. 삶을 더 의식적으로 살면 "현재에 집중하게 되고 맥락과 관점에 더 민감해진다. 몰입의 정수를 경험하는 것이다. 그러면 에너지가 소모되지 않고 오히려 더 생겨난다."[20]

반대로 생각 없이 기계적으로 삶에 접근한다면, 즉 늘 하던 대로 늘 하던 일을 하며 숙고도, 의심도, 성찰도 하지 않는다면 건강, 행복, 관계, 일, 창의성 할 것 없이 삶의 거의 모든 면에 엄청난 부정적 영향을 미칠 수 있다. 랭어의 수많은 연구는 평소 자신이 하는 행동과 생활하고 일하고 소통하는 방식에 주의를 기울이는 것만으로도 커다란 이점을 얻을 수 있다는 사실을 보여준다.

결과가 아닌 과정

—

서론에서 언급했듯 우리는 자신의 초고를 타인의 완성작과 비교하기 쉽다. 벡은 이 사실을 어렵게 깨달았다. 요크셔주에 있는 작가 레지던시에 처음 합류했을 때 벡은 소설을 쓰고 있었다. 그곳에서 벡은 부커상을 수상한 소설가 버나딘 에바리스토Bernardine Evaristo, 영국 아카데미상BAFTA을 수상한 각본가 폴 애벗Paul Abbott, 영국 계관 아동문학가 맬러리 블랙먼Malorie Blackman, 영국 계관 시인 사이먼 아미티지Simon Armitage 같은 작가들을 소개하는 일을 맡았다. 자리에 모인 청중 앞에서 뛰어난 작가들의 재능과 천재성, 아름답게 조탁한 문장을 두고 찬사를 쏟아냈고, 작가들이 책이나 시에 나오는 구절을 낭독할 때면 박수갈채를 보냈다. 하지만 그동안 벡은 속으로 조금씩 죽어가고 있었다. 작가들을 존경하고 동경하는 마음이 너무 큰 나머지 자신이 사기꾼처럼 느껴졌고, 그러자 글이 도무지 써지지 않았다. 이제 벡은 많은 작가들과 마찬가지로 그가 자신의 첫 시도를 타인의 완성된 결과물과 나란히 놓아두는 함정에 빠졌다는 것을 알고 있다.

애슈워스의 접근법이 성공할 수 있었던 비결은 결과가 아닌 과정에 집중했다는 것이다. 그는 매일 가볍게 실천한다는 점이 "부담감을 줄이고 그날그날의 제 모습을 인정하며 글을 쓸 수 있게 해준다"라고 말한다. 1장에서 살펴본 '매일 써야 한다'라는 철칙에는 매일 의미 있는 분량을 써내야 한다는 부담이 따른다. 그와 달리 애슈워스의 방식은 강도가 높지 않아 부담을 주지 않으면서도 매우 큰 효과를 거둘 수 있었다. 그가 100일 글쓰기를 통해 무엇을 했는지 좀 더 자세히 살펴보자.

• 다듬어진 최종 결과물이 아닌 과정에 집중하며 부담감을 덜

어냈다. 그러자 글쓰기가 덜 위협적으로 느껴졌다.

· 매일 글을 마주하며 어떻게, 어디서, 무엇을 쓸지 실험했다.

· 인스타그램에 글을 쓰는 과정을 기록하고 공유하며 자신의
  작업 방식을 의식적으로 알아갔다.

· 지지해 주는 커뮤니티와 함께 글을 쓰며 과정 자체를 더 즐
  겁게 만들었다.

이 모든 방법을 병행하며 그는 자신을 의심하고 글쓰기를 외
면하게 하던 뇌의 공포 중추를 피해 갈 수 있었다. 동시에 매일
의 작은 성공은 뇌의 보상 중추를 자극해 의욕을 북돋우며 그가
다음 날도, 그다음 날도 글로 돌아오고 싶게 만들었다.

알베르트 아인슈타인Albert Einstein이 했다고 잘못 알려진 유명
한 말이 있다. "미친 짓이란 같은 일을 반복하면서 다른 결과를
기대하는 것이다."[21] 엄격한 글쓰기 루틴이 맞는 사람도 있겠지
만, 사람에 따라서는 틀에 갇혀 제 능력을 부정적으로 평가하게
되는 원인이 될 수도 있다. 애슈워스가 그랬듯 글을 쓰는 방식이
다양하다는 사실을 깨달으면 사고방식이 바뀌고 결국 태도도
달라진다. 때로는 그저 다른 방법을 시도해 봐야 할 때도 있다.

이제는 나만의 규칙을 만들어야 할 때

—

수천 시간 동안 글쓰기 코칭을 하며 알게 된 사실은 글을 쓰는

과정에서 일어나는 일을 알아차리는 것만큼 효과가 좋은 방법도 없다는 것이다. 내가 어떻게 글을 쓰는지 기록하고(방법은 뒤에서 다룰 것이다) 글쓰기에 관한 나의 생각과 가정을 솔직하게 평가하다 보면, 내 사고와 행동에서 '패턴'이 보이기 시작한다. 좋은 것이든 나쁜 것이든 패턴을 찾아내야만 나에게 맞는 방식과 맞지 않는 방식을 알아낼 수 있다.

알아차리라거나 더 의식적으로 관찰하라는 말이 다소 모호하게 들린다면, 개인 데이터를 수집하는 과정이라고 생각해 보자. 연구자라면 절대 일련의 가정만으로 결론에 이르지는 않을 것이다. 모아둔 증거를 바탕으로 결론을 도출할 것이다. 더 의식적인 접근법이란 결국 잘못된 통념이나 가정이 아닌, 분명한 사실을 토대로 자신을 이해할 수 있도록 데이터를 쌓아가는 일을 뜻한다. 애슈워스의 100일 글쓰기가 매우 효과적이었던 것도 그래서다. 매일 글을 마주하고 그 과정을 공유하려 했을 뿐인데 결과적으로 엄청난 양의 데이터를 모으게 된 것이다. 애슈워스가 100일 글쓰기를 처음 시작한 지 5년이 지난 지금, 우리는 그에게 무엇을 배웠는지 물었다.

그는 나쁜 일은 늘 일어날 수 있다는 말로 시작했다. "가족 중 가까운 이가 세상을 떠나는 일이 매년 있는 건 아니지만, 글쓰기를 방해하는 일은 매일 일어나죠. 그런 온갖 평범한 일이 일어나는 와중에도 우리는 글을 마주하고 써낼 수 있어요." 첫 100일 글쓰기의 취지가 가볍게 시작해 보자는 것이었다면, 이후의 시도는 달랐다. 예를 들어 2019년에는 당장 글로 풀어내지 않으면

안 될 아이디어가 있었고, 그해의 100일 글쓰기는 '넘쳐흐르는 열정'을 담아내는 그릇이 됐다. 그 결과 그로서는 매우 드물게 소설 한 편을 끝까지 써낼 수 있었다. 2020년 코로나19 팬데믹이 닥쳤을 때는 상황이 정반대였다. 집에서 공부하는 아이들을 챙기느라 글쓰기를 도중에 포기해야 했다. 다시 말하지만, 모든 것은 결국 알아차림의 문제다. "내려놓아야 할 때를 알아야 해요. 전 세계에 전염병이 돌 때는 앉아서 입 다물고 TV나 봐야지 뭘 어쩌겠어요. 그때는 그게 저한테 정말 필요한 일이었어요." 2021년의 100일 글쓰기에서 중요한 것은 커뮤니티였다. 애슈워스는 사람들을 초대해 매일 글을 마주하고, 인스타그램에 과정을 공유하고, 일요일마다 줌Zoom에서 만나 글을 쓰는 것이 어떤 의미인지 함께 탐구하도록 이끌었다.

알아차림은 놀라운 힘을 발휘한다

—

알아차림은 큰 노력이 들지 않는 간단한 일이다. 그러니 **해야 할 일이 또 생겼다고** 생각할 필요는 없다. 글쓰기를 마칠 때마다 잠시 회고할 시간을 내기만 하면 된다. 다음 세 가지 질문을 스스로에게 던져보자.

- 잘된 것은 무엇인가?
- 잘 안된 것은 무엇인가?

• 다음에는 무엇을 다르게 해볼 것인가?

관찰한 결과는 노트에 적든, 엑셀 시트에 입력하든, 휴대전화에 음성 메모로 저장하든 편한 방법으로 남겨두자. 여기서 핵심은 내 생각과 행동에서 패턴을 발견할 수 있도록 기록을 남기는 것이다. 처음에는 이상하게 느껴질 수도 있다. 무슨 의미가 있는지 모르겠다고 생각할 수도 있다. 그래도 계속해 보자. 장담하건대 며칠만 지나면 커다란 변화를 가져다줄 통찰을 얻게 될 것이다. 이런 통찰도 꼭 기록해 두자. 자책하거나 죄책감을 느낄 때가 아니다. 마치 과학자가 실험실에서 연구 대상을 관찰하듯, 판단하지 말고 그저 살펴보자. 다음은 통찰을 얻는 데 도움이 될 다섯 가지 질문이다.

1. 글이 잘 써지거나 안 써지는 요일이나 시간이 있는가?
2. 글쓰기가 '어렵게' 느껴진다면 그 이유는 무엇인가?
3. 글이 '술술' 풀렸다면 그 이유는 무엇인가?
4. 내면의 비평가가 특히 목소리를 높이는 날이 있는가? 그럴 때 그는 무슨 말을 하는가?
5. 집중이 안 되거나 작업을 미루고 있다고 느낄 때 당신의 주의를 빼앗는 것은 무엇인가?

중요한 것은 알아차림이 행동으로 이어져야 한다는 점이다. 행동으로 옮겨지지 못한다면 알아차림은 지나친 자기 몰두에 그치기 십상이다. 현실적 문제가 걸림돌이 된다면 문제를 피하거나 극복할 방법을 생각해 보자. 정서적이거나 심리적인 문제에 더 가깝다면 그에 관한 자신의 사고 과정을 기록으로 남겨두자.

모든 글쓰기는 시행착오의 과정이자 모종의 답을 얻기 위한 작은 실험이다. 우리는 사업가이자 논픽션 작가인 마거릿 헤퍼넌Margaret Heffernan의 이 말을 무척 좋아한다. 글을 쓰는 과정에 대해 매우 긍정적인 관점을 제시하기 때문이다. "실험의 큰 장점은 정체되는 것을 막아준다는 것이다. 실험은 우리가 원한다고 생각하는 미래의 밑그림을 그려보는 하나의 방법이다. 어떤 의미에선, 실험을 통해 모든 것을 배운다고도 할 수 있다. 일어서려고 시도하고, 넘어지고, 다시 조정하다 보면 어느새 1~2초 동안 비틀거리며 서있을 수 있게 된다. 실험을 계속하다 보면 숙달되는 순간이 찾아온다."[22]

애슈워스는 저명한 작가이자 매우 존경받는 문예창작학 교수지만, 100일 글쓰기가 자신의 전문성을 과시하기 위한 수단이 아니라 무엇을 쓰든, 어떤 기분이 들든 글을 대면하자고 초대하는 일임을 강조한다. "어떤 날은 평생 갈 깨달음을 얻었다는 생각이 들어 온 나라에 알려야겠다 싶다가도, 다음 날이면 이 모든 게 터무니없는 생각처럼 느껴져서 침대에 틀어박혀 프링글스나 먹으며 뚱하게 있고 싶어지죠." 그는 사람들이 속으로는 자신에게 무엇이 좋으며 무엇을 해야 하는지 알고 있다고 믿는다. 그러니 그들이 마음을 바꿔먹고 작업 방식에 변화를 주는 것은 그 앎을 실천하는 과정의 일부일 뿐이다. 예를 들어 벡은 첫 책을 쓸 때

애슈워스의 방식을 차용했다. 출판사와 계약을 마치고 나니 6만 단어를 써서 제출해야 할 기한까지 남은 시간은 겨우 100일 남짓이었다. 벡은 당시 자기 삶의 상황을 고려해 가볍게 쓰는 대신 빠르게 몰아치듯 쓰는 방식을 택했다. 플래너를 꺼내 100일을 글쓰기에 할당하고(며칠의 휴식과 일주일의 휴가도 감안했다) 바로 작업에 들어갔다.[23]

애슈워스는 글을 쓰는 방법이 한 가지만 있는 것은 아니므로 자신(그리고 벡)에게 효과가 있었던 방법이 당신에게는 맞지 않을 수도 있다고 강조한다. 하지만 나에게 맞는 방법을 찾으려면 우선 내가 어떻게 글을 쓰는지 살펴보고 다양한 접근법을 시도해 봐야 한다.

글을 써내는 방법(시간을 내고, 작업의 우선순위를 정하고, 의욕을 잃지 않고, 미루는 일을 피하고, 방해 요소를 차단하는 방법)은 개인에 따라 다르다. 다른 사람의 작업 방식이 도움이 될 수도 있겠지만, 그렇지 않을 수도 있다. 전문가나 지도교수, 유명 작가, 교사 등 주변 사람이 좋은 의도로 건네는 조언을 무시하지는 말자. 폭넓게 읽고 전부 귀담아듣되, 절대적 진리라고도 생각하지 말자.

나만의 방식을 찾자

—

서론에서 우리가 글쓰기가 어려운 이유에 대해 이야기했던 것을 기억할 것이다. 창작 과정 자체에 인간의 뇌가 싫어하는 미지의 영역과 잘못된 출발 지점, 막다른 골목 같은 것이 가득하기 때문이다. 우리는 글을 쓰면서도 그렇지만 지난 10년간 코칭 모델을 설계하면서 이 사실을 경험으로 체득했다. 그 설계 과정은 그야말로 시행착오의 연속이었다. 처음 시작했던 코칭 프로그램은 수업에 가까웠다. 글이 막힐 때 어떻게 풀어가면 좋은지, 동기를 유지하려면 어떻게 해야 하는지 같은 팁을 알려주곤 했다. 프로그램 자체는 괜찮았지만, 무언가가 빠져있다는 느낌을 떨칠 수 없었다. 하지만 그것이 무엇이었는지를 당장 알 도리는 없었다. 알아내는 방법은 계속 나아가는 것, 즉 꾸준히 코칭 프로그램을 개발하고, 아이디어를 실험하고, 피드백을 받는 것뿐이었다. 그 과정이 쉽지는 않았다. 우리 둘 사이에 의견이 충돌할 때도 있었고, 돈에 쪼들릴 때도 많았다. 하지만 그러던 어느 날 우리는 돌파구를 찾았다.

이런 책을 읽을 때는 첫 부분을 건너뛰고 중간에 나오는 실속 있는 팁과 조언을 빨리 확인하고 싶어질 수도 있다. 그럼에도 여기까지 읽어주어 감사하다는 말씀을 드리고 싶다. 우리가 1부에서 전달하고 싶었던 메시지는 타인의 조언을 어떻게 받아들이고, 자신의 방식을 어떻게 실험하는지가 어떤 아이디어나 접근법을 시도하는지만큼이나 중요하다는 것이었다. 우리는 코칭 모델을 개발하며 문득 이 점을 깨달았다. 그전까지는 조언과 전략을 (그리고 해야 할 일을 너무도 많이) 제시했을 뿐 여기 1부에 담긴 메시지를 전달하진 못했다. 무엇을 해야 하는지는 말했지만, 어떻게 해야 하는지는 말하지 않았던 것이다.

앞으로 2부를 읽으며 '당신만의 방식'을 만들어갈 때는 이제 의도를 가지고, 의식적으로 글을 써보기를 권한다. 다시 말해 늘 하던 대로, 기계적으로 쓰지 말자! 나에게 어떤 전략이 맞거나 맞지 않는지 알아차리자. 데이터를 모으자. 그 결과를 바탕으로 방향을 조정하고 변화를 솔직하게 인정하자. 무의식중에 받아들인 잘못된 믿음은 없었는지 생각해 보자. 글쓰기에 '옳고 그른' 방법이 있다는 선입견이 있었는가? 그렇다면 지금은 한쪽으로 치워두자. 실험하고 놀아볼 준비를 하자. 그러면서 스스로를 알아가자. 어떤 접근법은 효과가 있을 것이고, 어떤 것은 없을 것이다. 하나씩 시도해 보며 맞는 것은 취하고 맞지 않는 것은 과감히 버리자.

아래 모델이 도움이 될 것이다.

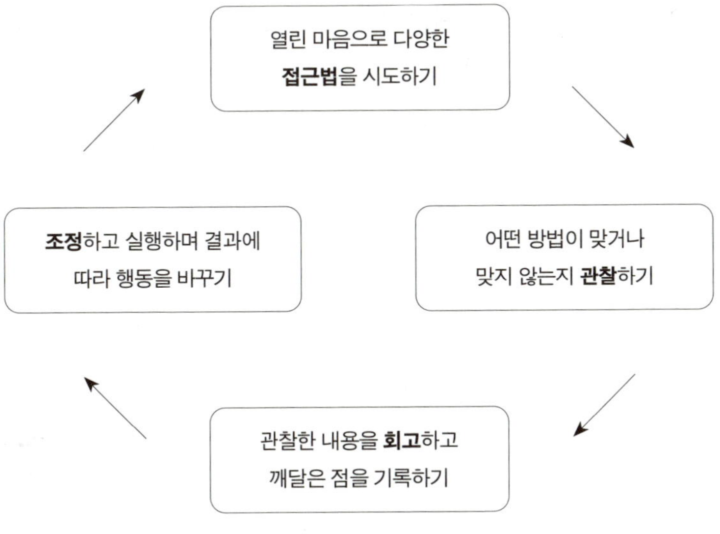

앞에서 우린 심리학자 엘런 랭어의 마음챙김에 관한 연구를 언급했다. 글을 쓸 때 지침이 될 만한 랭어의 말이 있어 그를 또 한 번 인용하려 한다. "당신에게 주어진 규칙은 그 규칙을 만든 사람에게 효과가 있었던 것이며, 당신이 그 사람과 다를수록 효과는 더욱 떨어질 것이다. 모든 고정된 규칙과 일과, 그리고 목표는 오로지 당신이 의식적으로 살아갈 때만 당신을 지배하는 것이 아니라 더 나은 길을 향해 인도해 줄 수 있다."[24]

이 책을 읽는 것을 자신의 글쓰기에 관해 정립해 두었던 그 모든 가정에 의문을 제기할 기회로 생각하자. 리셋 버튼을 누르고 다른 방식을 시도해 볼 기회라고도 할 수 있다. 그러니 두려워하지 말고 붙잡아 보자. 당신은 이제 '알아차림'을 실천하는 방법도, 글쓰기에 더 '의식적으로' 접근하는 방법도 알고 있다. 그때 '열린 사고방식'이 얼마나 큰 힘을 발휘하는지도 이해하고 있다. 지금부턴 본격적으로 글쓰기의 여러 방식과 전략을 알아가는 일을 시작해 보자.

2부

글쓰기를 시작하라

나는 미래를 미끼로 나를 유인했다.
탐욕으로 이글거리는 눈앞에 내가 원하는 것을 흔들어 보였다.
그렇게 욕망으로 한껏 들뜬 순간,
지금 당장 500단어를 쓰면 원하는 세상을 손에 넣을 수 있다는 것을
상기했다. 지금 당장 할 수 있는 일은 언제나 있다.
아무리 사소할지언정 첫걸음은 늘 있기 마련이다.

— 아콰에케 에메지Akwaeke Emezi*

* 아콰에케 에메지는 나이지리아 출신 비디오 아티스트이자 다수의 상을 받은 소설가로 『Freshwater』, 『Pet』, 『You Made a Fool of Death With Your Beauty』, 《뉴욕타임스》 베스트셀러 소설 『The Death of Vivek Oji』으로 가장 잘 알려져 있다. 놀라운 회고록 『Dear Senthuran』에서는 작가로서 자신의 미래를 개척하는 방법을 탐구한다.

시간

아주 가끔이라도
글을 쓰는 시간을 계획하고 준비하자

월요일 아침, 그레이엄 올컷 Graham Allcott은 일주일 동안 해야 할 일의 목록을 살펴보고 있었다. 지난 한 해 동안 진척이 거의 없는 항목이 하나 있었는데, 바로 '책 쓰기'였다. 많은 사람이 그렇듯 올컷에게는 글을 쓰겠다는 포부가 있었다. 그의 생각을 궁금해하는 사람이 늘고 있었고, 그가 사업을 시작한 뒤로 얻은 교훈을 배우려는 수요도 있었다. 하지만 그는 목표 분량인 8만 단어에 근접하지도 못했다. "진도가 안 나가는 이유를 생각해 보니, 책을 쓰려면 정신적 여력과 집중력이 많이 필요하기 때문이더군요. 사업을 운영하며 그날그날 일정을 소화하기에 급급해 그럴 여력이 생기지 않았어요."[1]

올컷은 작가를 지망하는 여느 사람과는 달랐다. 그는 '생산성

닌자'*의 원조이자 전 세계 기업의 업무 혁신을 돕는 회사인 싱크 프로덕티브Think Productive의 창립자였다. 그런데도 다른 사람의 생산성 향상을 돕느라 바빠 정작 자기 책은 쓰지 못하고 있었으니 얼마나 아이러니한가. 시간이 부족하다는 건 많은 작가가 겪는 문제다. 우리가 2014년 500여 명의 작가에게 글쓰기의 가장 큰 걸림돌이 무엇인지 물었을 때도 '시간 부족'은 1위로 꼽혔다.[2] 다행히 올컷은 해결책을 찾아냈다(그러지 못했다면 조금 창피한 일이었을지도 모른다). 글을 쓰기 위해 자리를 비우는 동안 사업을 대신 운영해 줄 사람을 두는 것이었다.[3] "조금 극단적인 해결책이었지만, 효과는 있었습니다. 저는 스리랑카 해변의 오두막에서 한 달간 생활하며 집에서 만든 스리랑카 음식과 와이파이가 닿지 않는 길게 뻗은 해안 지대, 아름다운 경치, 제가 마련한 집필 공간을 이용하는 것 말고는 할 일이 없다는 사실에 힘입어 글을 썼어요. 그렇게 한 달 만에 전체 초고를 완성했습니다."

이처럼 '거창한 행동grand gesture'을 택하는 방식은 야심 찬 목표나 장기 목표와 씨름하는 작가와 창작자, 작업자의 습관을 연구할 때 많이 등장한다. 거창한 행동은 일을 그만두는 것부터 집필용 오두막에 틀어박히거나, 안식년을 갖거나, 글쓰기 휴가를 떠나는 것까지 다양한 형태로 나타날 수 있다. 작가 칼 뉴포트Cal Newport는 저서 『딥 워크Deep Work』에서 이런 행동이 당면한 과제

---

* 그레이엄 올컷은 2012년 저서 『How to Be a Productivity Ninja』에서 생산성 고수를 뜻하는 이 용어를 최초로 만들어 사용했다. —옮긴이

에 진지하게 전념하려는 심리에서 비롯된다고 주장하며 그 가치를 극찬한다. 그의 설명에 따르면 이국적인 장소로 떠나거나, 일주일 휴가를 내거나, 호텔 방에 자신을 가두는 것과 같은 행동은 "목표를 더 높은 우선순위로 끌어올려 당신에게 필요한 정신적 자원을 활용하는 데 도움을 준다. 때때로 깊이 몰입하려면 먼저 크게 시작해야 한다."[4]

당신이 분통을 터뜨리며 방 저편으로 책을 내던지기 전에 말씀드리자면, 무인도로 훌쩍 떠나는 것이 많은 사람에게 현실적인 해결책이라는 뜻은 아니다. 하지만 우리가 3,500명 이상의 작가를 대상으로 글쓰기를 어떻게 일상으로 만들었는지 조사했을 때 나온 네 가지 접근법 중에는 이 방법도 포함되어 있었다(각각의 내용은 곧 하나씩 자세히 살펴볼 것이다).[5]

1. **즉흥적 쓰기**spontaneous writing는 일정을 예측할 수 없거나 빡빡한 일정을 보내는 사람들이 사용하는 방법이다.

2. **매일 쓰기**daily writing는 대개 매일 같은 시간, 같은 장소에서 글을 쓰는 방법으로, 생산성 전문가들과 습관의 달인들이 애용한다.

3. **몰아 쓰기**binge writing는 글쓰기 휴가를 떠나거나 안식년을 맞아 (또는 올컷의 경우처럼 스리랑카의 오두막에서) 드물지만 매우 생산적으로 글을 쓰는 시간을 의미한다.

4. **시간 상자 기법**time boxing은 삶의 다른 요구를 고려해 글쓰기 시간을 조율하는 현실적인 방법이다.

올컷은 극단적이라고 표현했지만, 사실 그의 접근법은 매우 실용적이었다. 책 집필은 그의 사업에서 가장 중요한 장기 목표였으므로, 해결책도 크고 대담하고 용감해야 했다. 그렇지 않으면 책이 써질 리 만무했다.[6] 물론 이런 거창한 행동을 늘 실행에 옮길 수 있는 것은 아니다. 올컷은 그래도 중요한 일을 위한 '공간'을 마련해야 한다고 작가들에게 조언한다. "다음 책을 쓸 때 스리랑카를 대신했던 건 집 안의 빈방이었습니다. 옆방에서 6개월 된 아이가 우는 소리가 들려오곤 했지만, 아이와 함께할 수 있어서 정말 값진 시간이었어요."

글을 쓸 시간이 없다고?

—

"사실 방해받지 않고 오랫동안 여유롭게 글을 쓸 수 있는 사람은 이제 없다고 봐야죠." 신시아 셀프 Cynthia Selfe의 말이다.[7] 오하이오주립대학교 인문대학의 저명한 명예교수인 셀프는 디지털 글쓰기 분야의 선구자다. 그는 고등 교육에서 컴퓨터를 활용한 공로로 권위 있는 에듀컴 메달*을 받은 최초의 여성이자 영문과 교수다. 다작하는 작가이기도 해서, 지금까지 다섯 권의 저서와

---

*   EDUCOM Medal, 미국 고등 교육 연구소 에듀코즈EDUCAUSE의 전신 에듀컴EDUCOM이 1995년부터 1999년까지 정보기술을 혁신적으로 활용해 학부 교육의 질을 향상한 이들에게 수여한 상이다. —옮긴이

열 권의 편저, 백 편에 가까운 논문을 집필했다. 하지만 그가 글을 쓸 수 있는 시간은 매우 제한적이다. 그런데 어떻게 그 많은 글을 써낼 수 있었을까?

셸프의 해결책은 올컷의 거창한 행동과는 정반대다. 그는 다른 업무를 보는 중간중간, '하루의 소소한 순간'이라고 부르는 시간에 글을 쓴다. 10분이나 5분일 때도 있고, 고작 2분일 때도 있다. 학생 회의와 위원회 회의 사이, 강의와 요가 수련 사이에 틈틈이 시간을 낸다. TV를 보는 등 다른 일을 할 때나 교수진 회의 중에 글을 쓰는 것도 좋아하는데, 이때는 색인을 다는 일처럼 필수적인 문서 작업이나 머리를 쓰지 않으면서 동시에 집중할 수 있는 간단한 업무를 처리한다. "하루에도 해야 할 일이 수없이 많아서, 이런 짧은 시간이나 틈새를 활용하지 못하면 글을 끝마칠 수 없어요."

하루의 자투리 시간을 모두 모아봤자 얼마 되지 않으리라고 생각할지 모르지만 실제로는 그렇지 않다. 아이 둘을 키우는 워킹맘 작가 브리지드 셜트Brigid Schulte도 글을 쓸 시간이 없다고 생각했다. 하지만 시간 활용 스터디에 참여하면서 매주 무려 27시간이나 되는 가용 시간이 있다는 사실을 알게 됐다. 안타깝게도 이 시간은 아이들의 투정과 매일 해야 하는 집안일 때문에 조각나고 방해받았다. 셜트는 "여기저기 5분, 10분씩 흩어져 있는 시간이나 침대에서 일어나려 애쓰며 지친 채로 라디오를 듣는 시간, 운동하는 시간, 길가에서 견인차를 기다리는 시간처럼 쓸모없어 보이고 조각난 자투리 시간"을 묘사하기 위해 '시간 부스러

기 time confetti'라는 표현을 만들어냈다.[8]

이런 시간을 창의성이 넘쳐흐르는 매우 생산적인 시간으로 생각하지는 말자. 자동차 타이어를 교체하는 몇 분 동안 글을 들여다본다고 해서 명문장이 나오지는 않겠지만, 얼마간의 작업은 할 수 있을지도 모른다. 성인의 다섯 명 중 네 명이 해야 할 일은 너무 많고 시간은 부족하다고 생각한다.* 한 연구에 따르면 시간의 빈곤을 **느끼는** 사람은 그러지 않는 사람에 비해 날마다 기쁨을 덜 느낀다고 한다. 덜 웃고, 덜 건강하고, 덜 생산적이며, 이혼할 가능성은 더 크다.[9] 시간의 덫에서 벗어나는 방법으로 제시되는 해결책 중 하나는 주어진 시간을 더 잘 활용하는 것이다. 이것이 바로 우리가 연구했던 어느 집단의 작가들이 한 일이었다.

1. 즉흥적 쓰기

우리가 조사한 결과에 따르면 새벽부터 밤까지 너무 바쁘거나 일정을 예측하기 어려울 만큼 정신없는 나날을 보내느라 즉흥적으로 글을 쓸 수밖에 없는 사람들이 있다.[10] 즉흥적으로 쓴다는 것은 언제든 바로 글을 쓸 준비가 되어있다는 뜻이다. 이

---

* 우리가 자체적으로 작가들을 설문 조사한 결과, 글을 쓸 시간이 넘친다고 대답한 비율은 약 11퍼센트였다. 시간이 많다는 것이 축복처럼 느껴질 수도 있지만, 체계가 없는 작가들은 대개 글쓰기만 아니라면 그야말로 무엇이든 할 거리를 찾아내는 미루기의 달인 중 달인이다. 당신이 여기에 해당한다면 이 책의 6장에 방해 요소를 관리하는 방법을 다룬 조언이 있으니 참고하기를 바란다.

방법을 사용하는 작가들은 기차가 연착되거나, 회의가 취소되거나, 아이가 잠들었을 때 등등 어떤 기회라도 글쓰기에 활용하는 데 능숙해져 있다. 셀프가 보여주듯 충동이나 영감에 이끌려 쓰는 것이 아니라 그저 글을 쓸 만반의 준비를 해두는 것이다. 이 장의 끝에서는 그런 체계를 갖추는 일에 도움이 될 연습 과제를 제시할 것이다.

즉흥적 쓰기는 학술적 글쓰기를 하는 사람들을 대상으로 연구됐다. 즉흥적으로 접근하기에 적합할 것 같지 않은 분야이지만, 『글쓰기 교수들은 어떻게 쓰는가How Writing Faculty Write』의 저자 크리스틴 털리Christine Tulley의 말에 따르면 학술 부문에도 이 방식을 충분히 적용할 수 있다. 털리의 목표는 학술적 글쓰기를 주제로 《파리 리뷰》 인터뷰집** 같은 책을 만드는 것이었다. 이 책에서 그는 글쓰기 연구 분야의 '록스타'라 할 수 있는 사람들, 즉 글쓰기에 관한 글을 쓰고, 글쓰기 기술을 가르치며, 글쓰기 방식을 연구하는 사람들의 습관과 전략을 탐구했다. 그리고 이 학자들이 오랜 시간에 걸쳐 개발한 글쓰기 전략이 '필요'에서 탄생했다는 사실을 발견했다. 책에 나오는 작업 간 '전환toggling'이라는 기법을 예로 들어보자. 시간에 쫓기는 학자들이 이 기법을

** 미국의 저명한 문학잡지 《파리 리뷰》에 실린 작가 인터뷰를 편집해 모은 선집으로 주로 대가의 반열에 오른 소설가들의 글쓰기와 삶에 관한 이야기를 다룬다. 국내에는 『작가란 무엇인가 1~3』, 『쓰기라는 오만한 세계』라는 제목으로 소개됐다. ─옮긴이

실제로 어떻게 활용하는지 묻자, 털리는 다음과 같이 대답했다.
"전화 통화를 하거나 회의에 들어가기 전에 5분이나 10분만 시간이 나도 글쓰기로 바로 전환해요. 이메일을 확인하거나 행정 업무를 하며 시간을 채우는 대신 글쓰기에 우선순위를 둡니다. 다른 무엇보다도 말이죠."[11]

이런 접근법은 생산성을 높이는 방법에 관한 대부분의 조언과 상반된다. 글쓰기 입문서를 봐도 집중력을 최대로 활용하려면 매일 한두 시간을 글쓰기에 통째로 할애하라고 권하는 경우가 많다. 털리도 자투리 시간에 깊게 집중해서 글을 쓰기는 어렵다고 인정한다. 하지만 그 시간에 단락 하나를 쭉 살펴보거나 여기저기 문장을 손보는 것처럼 작업 진행에 도움이 되는 일은 할 수 있다. "일과 중에 틈틈이 원고를 들여다보면 흐름이 끊기지 않을 수 있죠." 사실 글쓰기 시간을 길게 잡기보다 틈틈이 시간을 내는 편이 더 도움이 될 수도 있다. "어떤 작가는 틈새 시간이 워낙 짧아서 효과가 있는 거라더군요. 10분밖에 안 되는 시간을 뺏으려는 사람은 아무도 없다는 거죠. 30분의 여유 시간이 생기면 그 시간을 내달라는 사람이 나올 거예요."

요컨대 즉흥적 쓰기란 고도의 집중과 창조적 흐름을 위해 고안된 것이 아니라 필요와 상황이 만들어낸 것이다. 사람에 따라서는 글쓰기에 한 시간을 온전히 쓸 수 없어서 시간 부스러기에 의존해야 할 수도 있다. 이 접근법을 사용하는 작가들은 5분이나 10분, 15분씩 짬짬이 글을 썼지만, 그 시간을 다 모으면 대개 하루에 한 시간 이상이었다. 물론 이 방식에도 단점이 있기는 하다. 더 전략적인 관점이 필요한 작업의 경우 즉흥적 쓰기로는 한 걸음 물러서서 큰 그림을 보기가 어려울 수도 있다. 대규모 프로젝트라면 작업을 마치는 데 상당한 끈기가 필요할 것이다. 하지만 작업 중인 원고를 반복해 접하면서 작가들은 글을 쓰지 않는 시간에 머릿속으로 문장을 굴리며 새로운 아이디어를 떠올릴 수 있었고, 미루지 않고 빠르게 다시 시작하는 법도 배울 수 있었다. 그러니 즉흥적 쓰기는 가장 효율적인 글쓰기 방식은 아닐지 몰라도, 주어지는 모든 순간을 활용할 수 있게 도와주는 매우 유익한 도구란 건 틀림없다.

2. 매일 쓰기

앤서니 트롤럽Anthony Trollope은 『자서전An Autobiography』에서 "그 시절에 나만큼 양적으로 영문학에 기여한 작가는 없다고 확신한다."라고 말하며 자신의 삶을 매우 만족스럽게 조망한다.[12] 자화자찬을 서슴지 않기는 했으나, 그가 보여준 생산성은 실로 놀라운 수준이었다. 그는 60권이 넘는 책을 출간했을 뿐만 아니라 비평, 사회, 스포츠 기사를 썼고, 중앙 우체국에서 일했으며(사람들에게 사랑받는 빨간 우체통을 대영제국에 도입한 것으로 유명하다), 그러면서도 매주 두 번씩 여우 사냥을 다니고(1815년에 태어났으니 그럴 만도 하다), 개릭 클럽Garrick Club*에서 카드놀이를 하고, 집에서 사교

---

* 　　영국의 유서 깊은 남성 중심 사교 클럽으로 1831년 윌리엄 4세의 남동생인 오거스터스 프레더릭 왕자의 후원으로 설립됐다. 개릭 클럽이라는 명

모임을 열고, 일 년에 최소 6주 이상 외국에서 휴가를 보냈다. 트롤럽은 다음과 같이 결론 내린다. "나보다 더 충만한 삶을 산 사람은 드물 것이며, 이 모든 일을 해낼 수 있었던 것은 아침 일찍 일어나 보낸 시간의 힘 덕분이라고 생각한다."

트롤럽에게는 최고의 아침 의식이 있었는데, 잠을 깨우고 커피를 가져다주도록 고용한 '늙은 하인'의 도움을 받아* 매일 아침 출근 전에 글을 쓰는 것이었다. "매일 아침 5시 30분에 책상 앞에 앉는 것이 내 습관이었다. 또한 자신에게 어떤 자비도 베풀지 않는 것이 내 습관이었다. 그 시간에 시작하면 옷을 입고 아침 식사를 하러 가기 전에 글을 쓰는 작업을 마칠 수 있었다."**

매일 같은 시간, 같은 장소에서 습관적으로 글을 쓰는 사람들은 종종 글쓰기의 생산성 면에서 모범 사례로 여겨진다.[13] 우리가 진행한 연구 프로젝트에 따르면 매일 쓰는 사람들은 (트롤럽 수준의 만족감까지는 아닐지라도) 자신의 글쓰기에 더 큰 만족감을 느끼는 것으로 나타났다. 그 이유는 예측할 수 있는 방식으로 글을

칭은 18세기 영국 배우이자 극작가인 데이비드 개릭의 이름에서 유래했다.—옮긴이

* 재력과 특권의 도움을 받아

** 분명 맞춤 제작한 근사한 집필용 재킷을 입고 글을 썼겠지만, 이 인용문을 읽을 때면 그가 옷도 입지 않고 벌거벗은 채로 작업하는 모습이 상상되어 매번 키득거리며 웃게 된다. 어쨌거나 글을 쓰는 데 도움이 된다면야 어떤 차림을 택하든 존중한다는 말씀을 드리고 싶다.

계속 마주하고 있기 때문일 것이다.[14] 규칙적인 일과는 심리적 안정감을 주고, 의지력과 씨름하거나 따로 시간을 내야 하는 부담을 덜어준다.

트롤럽은 매일 글을 쓰는 문필가라면 끊임없이 써 내려갈 수 있도록 훈련해야 한다고 믿었다. '생각을 표현하기에 적당한 단어를 찾을 때까지 자리에 앉아 펜 끝을 잘근잘근 씹으며 눈앞의 벽을 응시하는' 방식은 그에게 맞지 않았다.[15] 매일 쓰면 즉흥적으로 쓸 때와 마찬가지로 미룰 틈이 거의 없다. 트롤럽의 접근법에는 본받을 만한 점이 많다.

트롤럽의 집필량(그리고 넉넉한 휴가 일수)을 자신과 비교하기에 앞서 우리가 관심 있게 봐야 할 그의 접근법은 바로 '알아차림'이다. 앞 장에서 살펴봤듯 자신이 글을 어떻게 써내는지(또는 써내지 못하는지) 더 의식적으로 주의를 기울이기 시작하면 변화가 가능해진다. 트롤럽은 특히 작업량을 중심으로 글쓰기의 과정을 일지에 기록했다. 그는 다음과 같이 설명한다.

나는 새로운 책을 시작할 때면 일주일 단위로 나누어진 일지를 준비해 작업을 마치기로 정한 날까지 지니고 다녔다. 여기에 날마다 그날 쓴 페이지 수를 기록했고, 그러면 하루 이틀 나태해지는 날이 있더라도 나태의 기록이 바로 눈앞에 보여서 부족한 분량을 채우기 위해 더 열심히 작업할 수밖에 없었다.

트롤럽은 꼼꼼한 'A형 성격'*답게 매우 정확한 목표치와 비교
해 자신의 작업량을 평가했다. 주당 목표 페이지 수를 설정하고,
단어는 '불규칙하게 배치되는 경향'이 있으므로 페이지당 단어
수를 250개로 계산했다. 그는 작가 생활 내내 주당 평균 40페이
지를 썼으며, 스스로 주장한 바에 따르면 '최저치'는 20페이지,
최고치는 112페이지로 편차가 있었다. 주당 28,000단어라는, 작
가라면 누구나 부러워할 만한 최고 기록에 깜짝 놀랄 수도 있겠
지만, 그것이 주당 5,000단어인 '최저치'와 차이가 꽤 크다는 점
에 주목하자. 루틴의 달인인 그에게도 좋은 날과 나쁜 날이 있었
고, 우리가 이 '매일 쓰기' 챕터를 위해 인터뷰한 다른 작가들도
상황은 마찬가지였다. 이들은 매일 글을 마주하며 글쓰기의 기
복을 더 잘 견뎌내는 힘을 키운다. 잘 안 풀리는 날이 있더라도
다음 날, 그다음 날, 또 그다음 날도 그저 작업을 이어가며, 이 모
든 것이 합쳐져서 꾸준한 진전을 만들어낸다.

트롤럽이 계획한 범위에 '정확히' 맞춰 작업을 완료하는 스스
로에게 자부심을 느꼈다는 사실을 비웃는 사람도 없진 않을 것
이다. 그렇지만 그는 만족감을 느끼는 만큼이나 자신을 가혹하
게 평가했다. 일지를 적어 "외면할 수 없는 기록"을 남기는 일이
중요하다고 여겼고, "페이지 수를 못 채우고 지나간 한 주는 눈

엣가시 같았고, 그렇게 수치스럽게 흘려보낸 한 달은 내 마음에 큰 슬픔으로 남았을 것"이라고 말하기도 했다. 이처럼 자신이 어떻게 글을 쓰는지 관찰하고 증거를 수집하는 일은 도움이 될 수 있으나 자칫하면 부정적인 자기 판단과 실패감으로 이어지기 쉽다는 단점이 있다. 하지만 트롤럽에게 '슬픔'은 행동의 동력이 됐고, 그는 평생에 걸친 시행착오 끝에 다양한 활동을 하면서도 창작을 병행할 수 있는 루틴을 만들어냈다. 그는 자신이 겪은 실패와 다른 일로 생계를 유지해야 했던 상황을 허심탄회하게 털어놓는다. 그가 '젊은 작가 지망생'들에게 전하는 조언은 인내심을 가지라는 것, 꾸준히 시도하고 실패하라는 것이다. 다시 말해 실험을 계속하며 무엇이 효과가 있거나 없는지 관찰하고, 증거를 바탕으로 글쓰기의 접근 방식을 조정하라는 뜻이다.

이제 두 가지 접근법을 더 살펴보려 한다. 많은 전문가들이 가장 못마땅해하는 '몰아 쓰기'부터 시작해 보자.

3. 몰아 쓰기

"제 이름은 셰릴 스트레이드이고 저는 몰아 쓰는 사람입니다."[**][16] 1장에서 작가 경력 초기에 잘못된 믿음에 빠졌던 셰릴

[**] 알코올중독자 자조 모임인 익명의 알코올중독자들AA에서 신입 회원이 자기소개를 할 때 "제 이름은 아무개이고 저는 알코올중독자입니다"라고 말하는 것을 본뜬 표현으로, 자신의 상황을 인정하고 비슷한 처지인 사람들과 연대하겠다는 뜻을 담고 있다. —옮긴이

스트레이드를 만난 것을 기억할 것이다. 스트레이드는 자신이 제대로 된 작가가 아니라는 생각에 오랫동안 자책했다. 이런 의심은 작가들에게 매우 해로운 자기 파괴의 형태 중 하나인 '비교'에서 비롯된 것이었다. 그는 "매일 쓰지 않으면 작가가 아니죠." 같은 조언을 건네는 작가들에게 귀 기울이곤 했다.

스트레이드가 본받고 싶은 유명 작가들과 똑같은 방식으로 글을 써야 한다는 압박감을 느꼈던 것을 기억하는가? 마치 트롤럽 같은 사람이 되고 싶었지만 그의 현실은 트롤럽의 하인과 같은 처지였다 해야 할까. 스트레이드는 오히려 다른 사람의 점심을 챙겨야 하는 현실에서 출발해 자신만의 글쓰기 방식을 고안했다. 그의 조언은 우리 모두에게 해방감을 선사한다. 인생의 모든 일이 그렇듯 글쓰기도 자신에게 맞는 방식으로 해야 한다는 조언이 그것이다. 그가 택한 방식은 매일 쓰는 습관을 들여야 한다는 압박감을 버리고 가능한 시간 안에서 일정을 짜는 것이었다. 우선은 언제 글을 쓸 수 없는지부터 파악했다. "이 기간에는 글을 쓸 수 없다고 인정할 때 오히려 작업이 가장 잘 돼요. 그런 날이 며칠 정도일 수도 있고, 몇 달이 될 수도 있죠." 이 단계가 중요한 이유는 글을 쓰고 있지 않을 때 드는 온갖 죄책감이나 수치심에서 벗어날 수 있게 해주기 때문이다. 그가 '보완적 접근'이라고 부르는 다음 단계는 반대로 언제 글을 쓸지 정하고 그 시간에 맞춰 생활을 조정하는 것이다. "그러니까 저는 매일 글을 쓴다기보다 한 달 일정을 보면서 글을 쓸 수 있는 시간과 쓰지 않을 시간을 파악하는 편이에요."[17]

스트레이드는 자신이 몰아 쓰는 사람이라고 당당히 주장한다. 그가 써내는 작품들만 봐도 몰아 쓰기가 효과가 있다는 증거를 찾을 수 있다. 스트레이드식 몰아 쓰기는 이 장의 서두에서 설명한 '거창한 행동'과 공통점이 더 많다. 결국은 둘 다 일상의 요구에서 벗어나 오로지 글쓰기에만 집중하는 방식이다. 존경받는 교육학자이자 작가인 로위나 머리 Rowena Murray는 자신의 연구에서 글쓰기를 위한 휴가나 집중 프로그램이 매우 효과적인 이유는 글쓰기에 정당성과 최우선 순위를 부여해 주기 때문이라고 설명한다. 머리는 집중 프로그램의 원칙을 다음과 같이 정의한다. "방해도, 방해받을 걱정도 없는 글쓰기만을 위한 시간을 내야 한다. 사람에 따라서는 집에서도, 직장에서도 쉽게 누릴 수 없는 시간일 것이다. 또한 참가자들이 쓴 글을 누구도 평가하지 않는다는 점에서 외부의 감시가 없는 환경이기도 하다."[18] 그의 설명에 따르면, 이런 몰입 환경을 만들거나 찾아가는 것은 '최후의 수단'이 아니라 글쓰기의 생산성을 높이는 하나의 방법으로 바라봐야 한다.

하지만 몰아 쓰기를 둘러싼 부정적인 시각은 여전히 존재한다. 모든 것은 1980년대에 심리학과 교수 로버트 보이스가 주도한 미루는 습관에 관한 연구에서 시작됐다. 보이스의 연구는 글쓰기를 미루다가 "비현실적인 마감일을 맞추기 위해 가벼운 조증 상태로 희열에 차 마라톤을 뛰듯" 몰아 쓰는 사람들에게 주목했다.[19] 미루다가 몰아 쓰는 사람을 매일 조금씩 쓰는 사람과 비교했을 때 결론은 매우 분명했다. 몰아 쓰는 사람은 다음과 같은 특징을 보였다.

- 글을 현저히 적게 썼다.
- 창의적 발상을 더 적게 떠올렸다.
- 원고 채택률이 더 낮았다.
- 경력 면에서 성장이 더뎠다.
- 우울증 검사에서 더 높은 점수를 받았다.

보이스의 연구는 몰아 쓰기가 역효과를 낳을 뿐만 아니라 작가의 장벽과 우울증의 원인이 될 수 있다고까지 지적했다. "생산적인 창의성은 몰아 쓰기가 주는 피로와 그로 인한 우울감을 느낄 때가 아니라 작업 시간과 감정을 적절히 조절할 때 더 확실하게 나타나는 듯하다." 어느 모로 보나 상당히 가혹한 평가다. 장시간 집중적으로 글을 쓰면 페이지를 채울 수 있을지는 몰라도 창의적 발상이 줄어들고 정신 건강에 문제가 생기는 심리적 비용이 발생한다. 적어도 보이스의 주장에 따르면 그렇다.

하지만 사실 이 연구의 주제는 미루는 습관이지 몰아 쓰기가 아니었다. 어떤 일을 하든 시간을 충분히 남겨두지 않고 막판까지 미루다가 허둥지둥 처리하면 스트레스를 받게 된다. 하지만 몰아 쓰기가 꼭 이런 식일 필요는 없다. 스트레이드는 몰아 쓰기도 계획만 잘 세우면 효과적인 글쓰기 방식이 될 수 있다는 것을 보여준다. 몰아 쓰기를 미리 계획해 의도적으로 실행한다고 해도 똑같이 부정적인 결과가 나올까? 우리가 연구한 결과에 따르면 몰아 쓰기를 잘 활용하는 사람들은 마감일에 쫓겨 허둥대며 글을 쓰지 않는다. 그들은 방해받지 않고 작업에 몰입할 시간을 정해둔다. 그렇게 작업에만 집중할 수 있는 날은 드물지만 그만큼 생산적이다.[20] 그런 면에서 계획적으로 몰아 쓰는 사람과 미루다가 몰아 쓰는 사람을 비교하는 연구가 필요할 것이다. 물론 이 방식엔 부정적인 면도 없지 않다. 몰아 쓰는 사람들은 예컨대 안식년에 글을 쓰기로 계획하는 학자들이 그렇듯 이상적인 조건을 갖춰놓고 글을 쓰고 싶어 하므로 높은 기대치와 완벽주의 성향을 보이기 쉽다. 하지만 반드시 그래야만 하는 것은 아니다.

자신만의 스리랑카를 상상해 보고, 자신이 글쓰기에 집중할 수 있는 환경을 형편에 맞게 마련하자. 이를테면 하루 동안 아이를 봐줄 사람을 구해놓고 동네 도서관에 가거나, 이웃이 일하러 간 사이에 그 집 부엌 식탁에서 작업하는 것도 가능하다(먼저 허락을 받기를 권한다). 약간의 고민과 보답이 필요하겠지만, 꼭 돈을 들여야 하는 것은 아니다. 스트레이드가 택한 방법은 집 근처 호텔에서 이틀 밤을 머무는 것이었다. 남편에게는 '누군가 숨이 넘어가지' 않는 한 방해하지 말라고 말해두었다. 다행히 모두가 무사히 숨을 쉬어준 덕에 그는 작업 흐름을 찾을 수 있었고, 그 48시간 동안 집에서 몇 주간 쓴 분량보다 더 많은 글을 써낼 수 있었다. 스트레이드는 글을 쓰고 싶어 하는 자신과 같은 사람들, 그러니까 직업과 가족이 있고, 돌봐야 할 대상이 있으며, 식사 준비와 장보기, 각종 잡무를 매일 도움 없이 혼자 해내며 너무나도 바쁜 일정을 소화하고 있는 이들에게 조언을 건넨다. 그의 조언은 목표나 기준을 정하든, 아니면 그저 마음을 다잡든 간에 글을 쓸 결심을 하고 굳게 지키라는 것이다.

"결심했다면 끝까지 밀고 나가세요. 글을 쓸 수 있는 날이 한 달에 하루밖에 없다면 '한 달에 하루는 오롯이 글쓰기에 쓸 거야'라고 말하는 거죠. 일 년이면 12일이나 되니 많은 분량을 써낼 수 있어요."

일정이 지나치게 바쁘다는 사실을 받아들이면 현실적인 글쓰기 계획을 세울 수 있다. 몰아 쓰기가 성공하려면 '의도적인' 접근이 중요하다. 이것은 매우 실용적인 시간 관리법일 뿐만 아니라 여유 시간이 얼마나 부족한지 인정함으로써 죄책감까지 없앨 수 있는 좋은 방법이다.

4. 시간 상자 기법

2008년 한 박사과정 학생이 자신의 일과를 상세히 공유했다.[21] 매사추세츠공과대학교MIT의 많은 연구자가 정오부터 새벽 3시까지 일하는 'MIT 주기'를 따랐지만, 그는 오전 9시부터 오후 5시까지 근무하고 일요일 오전에만 보충 작업을 하는 일정을 유지할 수 있었다. 업무량이 더 가벼웠는가 하면, 오히려 반대였다. 그는 최종 학위 논문과 여러 편의 연구 논문을 동시에 써야 하는 힘든 대학원 과정을 밟으면서도 조교 일과 잡지사의 전속 작가 일을 병행했고, 블로그를 활발히 운영했으며, 추가로 다른 강의를 수강했고, 집필 중인 책을 위한 자료 조사도 하고 있었다. 이 박사과정 학생은 바로 앞에서 만난 칼 뉴포트다. 뉴포트는 디지털 미니멀리스트이자 딥 워크 운동의 창시자로, 일과 삶의 균형을 이루려면 더 전략적인 접근 방식이 필요하다고 주장한다. 삶에서 중요한 것, 그의 경우엔 집필과 연구, 가족과 보내는 시간을 우선순위에 놓는 방식이다. 그가 방대한 업무량과 전략적으로 간소화한 일정 사이에서 균형을 잡을 수 있었던 비결은 바로 '고정 일과 생산성 fixed-schedule productivity'이라는 접근법이었다.

뉴포트의 체계에는 두 가지 규칙이 있다.

1. 노력과 휴식의 균형을 이상적으로 맞출 수 있는 업무 일정을 정한다.
2. 무슨 수를 써서라도 이 일정을 반드시 지킨다.

간단하게 들리지 않는가? 하지만 우리에게는 이미 할 일이 너무 많아서 두 번째 규칙을 지키기가 굉장히 어렵다. 그가 제시하는 해결책은 작업 중인 프로젝트의 수를 줄이는 '과감한 조치'를 취하고, 일상에서 비효율적인 습관을 걸러내고, 미루는 행동을 멈추는 것이다. 우선순위를 설정하는 기본 중의 기본이다. 그다음 조언은 받아들이기가 조금 더 까다롭다. 바로 시간의 자유를 얻는 대신 다른 사람을 짜증 나게 하거나 언짢게 할 위험을 감수하라는 것이다. 뉴포트는 팬이 많지만, 남의 비위를 잘 맞춘다고 할 만한 사람은 아니다.

뉴포트는 우리의 시간을 요구하는 여러 변수를 통제하라고,

끝없이 이어지는 일에 끌려다니며 소모적이고 비효율적인 일정을 보내지 말라고 조언한다. "원하는 일정을 정하라. 그런 다음 다른 모든 일을 자신의 필요에 맞게 조정하라." 이 말이 실제로 어떤 의미인지 한번 살펴보자.

뉴포트식 일정 관리의 핵심은 노트다. 그는 하루를 30분 단위의 시간 상자로 나누고 점심 식사와 휴식, 사전에 정한 시점까지 마쳐야 하는 일에 시간을 할당한다. 학술 작가 버지니아 밸리언 Virginia Valian은 '현실과 친구 friends with reality'가 되자는 원칙에 기반해 비슷한 방법을 고안했고, 책임감을 높이기 위해 '동료ally' 한 명을 두었다.[22] 그는 동료와 함께 매주 일정을 점검하며 글을 쓰는 동시에 "일을 하고, 가정에서 책임을 다하며, 사랑하고 좋아하는 사람들과 시간을 보내고, 순전히 재미를 위한 시간도 누릴 수 있었다." 뉴포트와 밸리언은 모두 직업상 글을 써야 했고, 근무 시간에 다른 업무와 함께 글쓰기를 위한 일정을 잡을 수 있었다.

시간 상자 기법을 활용하는 사람들은 이처럼 글쓰기와 다른 업무를 위한 시간을 구분함으로써 어느 정도 일과 삶의 균형을 찾는다. 그리고 미리 정한 일정을 지킴으로써 의지력이나 미루는 습관과 싸우는 일을 피한다. 시간 상자 기법은 시간 관리 전문가들이 매우 애용하는 방법으로, 이 기법을 쓰는 사람들은 효과가 확실하다고 입을 모은다.* 하지만 일정 관리는 꽤 복잡한 체계가

---

*   시간 상자 기법을 지지하는 사람 중에는 일정 관리를 극도로 중시해서 단 1분도 허투루 쓰지 않으려는 이들도 있다. 소위 '일정표에 여백이 없는 사

될 수 있고, 대부분의 사람은 본업과 챙겨야 할 다른 일들도 있기 때문에 낮에는 글을 쓰지 못한다. 더 간단한 방법은 글을 쓸 수 있는 시간대를 파악해서 일정표에 상자 모양으로 표시해 넣는 것이다(이 내용은 이 장의 마지막 부분에서 더 자세히 다뤄볼 것이다).

우리는 시간 상자 기법을 쓰는 사람들이 일정에 차질이 생기는 것을 특히 힘들어한다는 사실을 발견했다.[23] 질서와 통제를 좋아하는 부류의 사람들은 일이 계획대로 되지 않는 상황을 잘 견디지 못한다. 그러니 이 방법을 시도하는 경우엔 살다 보면 때로는 이런저런 일이 끼어들기도 하고, 일이 잘못되기도 하고, 방해받기도 하며, 새로운 책임이 생겨날 수도 있다는 점을 받아들여야 한다. 뉴포트가 말하듯 "목표는 주어진 일정을 무리해서라도 지키는 것이 아니라, 매 순간 앞으로 시간을 어떻게 쓸지 신중하고 주도적으로 결정하는 태도를 유지하는 것이다. 하루를 보내며 그런 결정을 몇 번이고 다시 내려야 하더라도 말이다." 그의 접근법은 고정 일과 생산성이라고 불리지만, 그의 사고방식은 결코 고정되어 있지 않다. 결국 우리의 목표는 변화에 열려 있으면서도 우선순위가 뒷전으로 밀려나지 않도록 늘 유의하는 것이다. 여기서 등장하는 것이 바로 '알아차림'이다.

람들zero white space planners'은 하루에 할 일을 하나도 빠짐없이 일정표에 기록하며, 여기에는 취미나 운동, 친구나 가족과의 대화 시간도 포함된다.

글쓰기 시간을 알아차리자

글쓰기 일정을 하루나 일주일, 또는 한 달 단위로 재조정하든, 아니면 아예 일정을 세우지 않든 간에 중요한 건 현재 상황을 알아차리는 것이다. 글을 쓸 시간을 찾는 방법은 한 가지가 아니다. 사람마다 각자의 바쁜 생활에 맞는 방법이 따로 있다. 글쓰기에 할애할 수 있는 시간이 얼마나 적은지 깨닫고 나면 낙심할 수도 있지만, 완벽한 글쓰기 시간을 찾으려 하기보단 자신의 상황을 염두에 두고 변화에 유연하게 대응하는 것이 더 필요하다. 글쓰기 루틴을 찾기까지는 시간이 오래 걸릴 수도 있다. 뉴포트는 아직 초보 작가이던 시절에 체계를 정립했지만, 트롤럽은 작가 생활을 거의 마칠 무렵이 되어서야 그간의 경험을 바탕으로 자기 방식을 설명할 수 있었다.

한 가지 방식만 계속 고집할 필요는 없다. 생활이 바뀌면 글쓰기 시간도 달라지기 마련이다. 우리가 조사한 내용에 따르면 학술 작가들은 처음에는 매일 글을 썼지만, 박사과정을 마치고 강의 부담과 함께 가정 내 역할과 돌봄 책임이 늘어나면서 시간 상자 기법으로 전환했다. 그러다가 경력 말기에 이르러 행정 업무에서 벗어날 수 있는 특권이 생기자 그들에게도 안식년에 몰아쓰는 경향이 나타났다. 반면 소설가들은 처음에는 해야 할 일 사이에 취미나 부업처럼 글쓰기를 끼워 넣다가 본업을 줄여도 될 정도로 성공을 거두면 매일 쓰는 방식으로 전환했다.

마찬가지로 한 프로젝트를 진행하는 동안에도 글쓰기 방식은 달라질 수 있다. 글쓰기가 여러 측면에서 요구하는 주의력과 몰입도의 수준은 일률적으로 정해져 있지 않다. 스트레이드처럼 방 안에 틀어박혀 초고 작업에 몰두할 수도 있고, 셀프처럼 TV를 보며 글쓰기와 관련된 행정 업무를 틈틈이 처리할 수도 있다. 이번 장에서 소개한 작가들이 공통적으로 실천한 일은 날마다든 한 달에 몇 번이든 글을 쓸 시간을 확보하고, 계획하고, 준비하는 의도적인 접근법을 취했다는 것이다. 이제 당신이 직접 해 볼 차례다. 이어지는 연습 과제는 1부에서 다룬 이론을 실제로 적용해 볼 수 있는 활동이다. 안내에 따라 관찰하고, 회고하고, 실험하며 글을 쓸 시간을 어떻게 마련할 수 있을지 생각해 보자.

시간

1. 자가 진단: 나에게 맞는 방식 선택하기

현재 생활을 돌아보자. 최근 몇 달간 챙겨야 했던 업무나 집안일, 다른 우선순위를 고려할 때 당신이 평소 일상에서 글을 쓰는 방식을 가장 잘 묘사하는 설명은 다음 중 무엇인가?

- **매일 쓰기:** '매일 쓰는 습관이 필요하고, 루틴이 주는 안정감을 좋아해.'
- **시간 상자 기법:** '일주일이나 한 달 단위로 글쓰기 시간을 따로 할당해.'
- **즉흥적 쓰기:** '언제 글을 쓸지 예측할 수 없어. 그러니 루틴 같은 건 필요하지 않아.'
- **몰아 쓰기:** '오랫동안 방해받지 않는 시간이 필요해. 세상과 단절되어야 글이 잘 써져.'

2. 유사한 사례 찾기

최근에 글을 쓰지 않았다면 삶의 다른 영역에서 큰 목표를 달성하거나, 프로젝트를 끝마치거나, 새로운 습관을 들였던 비슷한 사례를 찾아보자.

이를테면 취미나 새 운동 루틴을 시작하거나 외국어나 악기를 배우는 것 등이 있을 수 있다. 업무적으로는 새 직장으로 옮기거나, 장기 프로젝트에 참여하거나, 승진을 했을지도 모른다. 가정에서는 요리를 배우거나, 이사를 하거나, 결혼식 같은 큰 행사를 준비하거나, 아이를 낳았을 수도 있다. 이때도 시간을 내기 위해 앞에서 언급한 방식 중 하나를 활용했을 것이다.

3. 시간 사용 방식 재고하기

직감에 귀를 기울이는 것은 자신의 가치관과 과거 경험에 부합하는 글쓰기 방식을 찾을 수 있는 좋은 출발점이다. 하지만 더 정확한 그림을 그리려면 구체적으로 접근해야 한다. 지난 1~2주(몰아쓰는 편이라면 더 긴 기간)를 돌아보며 내가 시간과 주의를 어디에 쏟고 있는지 생각해 보자. 평소에 일지나 다이어리를 쓴다면 어떤 일을 했는지 기록을 확인해 봐도 좋다. 이제 그 시간을 다시 살아볼 수 있다고 상상해 보자. 다만 현재 떠안고 있는 내 책임들도 염두에 두어야 한다.

- 일정을 어떻게 다시 조정하겠는가? 다른 선택지는 무엇인가?
- 글을 쓸 기회였는데 놓쳐버린 때가 있는가? 언제였는가?

시간이 지나고 나서 얻게 되는 깨달음이란 참으로 귀중한 것이다. 이 깨달음을 활용해 글쓰기 일정을 새롭게 상상해 보자. 상상하는 과정이 뇌 속에서 긍정적 연결을 만들어낼 것이며, 덕분에 글을 쓸 시간을 찾는 일이 가능하다고 **느끼게** 될 것이다.

4. 실제 시간 사용 방식 기록하기

앞에서 한 사고 실험을 데이터 수집 활동으로 전환해 보자. 앞으로 일주일 정도 자신이 시간을 어떻게 쓰는지 기록해 보자. 매일의 활동을 그때그때 기록하며 정확한 그림을 그려가는 것이다. 그런 다음 기록을 살펴보며 글쓰기에 할애할 수 있었던 시간을 다시 평가해 본다.

시간 관리 전문가들은 15분 간격으로 살펴볼 것을 권하지만, 일어나서 잠들 때까지 한 시간 간격으로만 기록해도 전반적인 상황을 충분히 잘 파악할 수 있을 것이다.[24]

5. 미리 계획 세우기: 매일 또는 매주 쓰기를 위한 일정표 만들기

앞의 연습을 한 개 이상 해봤다면 자신이 어떤 방식을 선호하는지 감이 잡혔을 것이고, 글쓰기 시간을 어떻게 확보할 수 있을지에 관한 근거도 생겼을 것이다. 매일 쓰거나 일주일 단위로 글쓰기 시간을 할당할 계획이라면 다음 연습이 일정을 짜는 데 도움이 될 수 있다. 다이어리를 꺼내거나, 일정표 양식을 내려받거나, 상단에는 날짜를, 측면에는 하루 중 깨어있는 시간을 적은 표를 그려보자.

- 업무와 돌봄, 모임, 운동에 이미 할당한 시간을 일정표에 모두 표시하자.
- 무엇이 남는가? 글을 쓸 기회가 있는가? 있다면 다른 약속과 마찬가지로 일정을 잡아두고 꼭 지키자. 날마다든 한 달에 한 번이든 상관없다.
- 시간을 찾지 못했는가? 그렇다면 다른 일정을 조정해 시간을 확보해야 한다. 그만두거나 다른 사람에게 맡길 수 있는 일이 있을까? 아니면 더 일찍 일어나거나 출근 시간을 늦추는 것은 어떨까? 쉽지 않겠지만, 글을 쓰고 싶다면 글쓰기가 삶의 다른 중요한 일들만큼이나 우선순위가 되어야 한다.

우리가 만든 간단한 타임 로그와 스케줄러를 사용하면 글쓰기에 할애할 수 있는 시간이 얼마나 되는지 파악하는 데 도움이 될 것이다. 자료를 내려받으려면 다음 사이트를 참고하라. prolifiko.com/writtenresources

6. 시간 상자 활용 팁

달력에 일정을 적어놓는 것만으로도 충분히 동기 부여가 되는 사람들이 있는가 하면, 설득이 더 필요한 사람들도 있다. 그럴 때는 사전 약속이 도움이 된다. 오프라인이나 온라인 글쓰기 모임을 예약해 보자(우리는 셧업 앤 라이트Shut Up & Write!, 포커스메이트Focusmate, 라이터스 아워Writers' Hour를 좋아한다[*]).[25] 글쓰기가 점점 더 중요한 우선순위가 되면서 그 일정을 존중하게 될 것이고, 약속을 지키지 못해 사람들을 실망시키고 싶지 않다는 마음이 생길 것이다.

7. 매일 쓰기 루틴 찾기

매일 쓰는 사람들은 습관을 개발하는 것으로 의지력과의 정신적 싸움을 극복한다. 습관에 관해서는 나중에 더 자세히 다루겠지만, 우선 시작하는 데 도움이 될 만한 몇 가지 팁을 소개한다.

- 기록 연습을 활용해 하루 중 글을 쓸 기회를 찾아보자.
- 습관을 유발하는 신호를 찾자. 아침에 커피를 마시고 나서 바로 글을 쓰는 것처럼 매일 반복하는 행동일 수도 있고, 특정 장소나 시간이 신호가 될 수도 있다.
- 루틴을 세우자. 최대한 빨리 글쓰기를 시작하자. 30분 동안 쓰는 것을 목표로 하든 단어 수를 목표로 하든 자리에 앉아 무엇을 할지 알고 있는 것이 중요하다.
- 습관이 자리 잡을 수 있도록 자신에게 보상을 주자. 다음에도 자신의 글을 마주할 가능성이 높아진다.

---

[*] 각 모임에 관한 설명은 9장에서 찾아볼 수 있다. —옮긴이

8. 충분히 준비된 즉흥적 쓰기

즉흥적 쓰기에 성공하는 비결은 미리 준비하는 것이다. 모순된 말 같지만 그렇지 않다! 짧은 시간에 할 수 있는 작업 목록을 만들고 공책이나 노트북, 휴대전화 앱을 늘 준비해 다니자. 글을 쓸 기회가 생기면 망설이거나 미루지 말자. 그런 다음 몇 주 뒤에 언제 글을 썼는지 검토해 본다. 패턴을 찾아내 더 규칙적인 습관을 만들 수 있을 것이다. 즉흥적으로 쓰는 사람들은 작업 중인 글을 틈틈이 자주 들여다보는 경향이 있다. 이런 방식은 작업의 빠른 시작을 돕고, 필요할 때는 미련 없이 멈출 수 있게 해준다.

9. 몰아 쓰기 성공 전략

몰아 쓰기는 의도를 가지고 계획적으로 해야 한다. 마감일을 맞추려고 허둥대며 마라톤을 뛰듯 장시간 무리하게 글을 쓰는 것은 몰아 쓰기가 아니다. 몰아 쓸 때는 긴 시간을 쓰게 될 테니 하루 이상 온전히 몰입할 수 있는 시간을 확보하자. 방해 없이 글을 쓸 수 있는 장소도 찾아보자. 도서관이나 호텔, 친구 집, 아니면 정식으로 창작 레지던시를 찾아가도 좋다. 빈 페이지 앞에서 막막해지지 않으려면 무엇이 필요한지 알아두어야 한다. 다음에 할 작업을 미리 숙지하고, 몸풀기용으로 써볼 글감이나 연습 과제를 준비하자.

10. 시간을 최대로 활용하기 (특히 시간이 너무 많을 때)

언제 글을 쓸지 정했다면 그 시간을 잘 활용해야 한다. 주어진 시간이 10분이든 10시간이든 같은 기법으로 주의력을 관리할 수 있다. 비장의 무기는 타이머다.

25분 일하고 5분 쉬는 포모도로 기법Pomodoro® Technique을 그대로 따르든 상황에 맞게 변형하든 중요한 것은 그 시간 동안 집중해서 계속 작업하는 것이다.[26] 다른 일이 집중을 방해하거든 '그걸 **꼭 지금** 해야 할까?'라고 자문해 보자. 대개는 그렇지 않을 것이다. 그러니 머릿속에 떠오른 것을 메모해 두고 글쓰기로 돌아가 알람이 울릴 때까지 계속하자. 미뤄둔 생각이나 일은 그때 가서 처리하면 된다.

11. 유연하게 접근하고 준비하며 계속 실험하기

글을 쓸 시간을 확보하는 방법 중에 선호하는 것이 있을 수 있지만, 실제 일상에서는 여러 방법을 병행해야 글쓰기를 꾸준하게 이어갈 수 있다. 유연하게 접근하며 다양한 방법을 계속 실험하자. 나를 다른 사람과 비교하지 말자. 가장 중요한 것은 이상적으로 그린 미래의 나 혹은 미화된 과거의 나를 현재의 나 자신과 비교하지 않는 일이다.

글쓰기 시간 사이의 여유 시간을 활용해 자료 조사를 하고, 아이디어를 수집하고, 계획을 세우자. 직접 글을 쓸 시간은 없더라도 프로젝트를 염두에 두고 관련된 활동을 하며 작업을 진행할 수 있다. 글쓰기 시간은 미리 준비하자. 빠르게 시작할 수 있도록 (즉흥적으로 쓰는 사람이라면 특히나) 필요한 도구를 곁에 갖춰두고 다음에 무엇을 쓸지도 생각해 놓자.

시간을 내서 글 앞에 앉았다면 자신에게 보상을 주는 것이 중요하다. 그렇게 글쓰기에 관한 긍정적 연상을 만들면 시작을 가로막는 정신적 장벽을 낮출 수 있다. 글을 쓸 시간이 정말 없더라도 죄책감을 느끼지 말자. 살다 보면 예상치 못한 일이 앞을 막아서기 마련이다. 죄책감은 앞으로 나아가는 데 도움이 안 된다. 대신 다른 접근법을 시도하며 나에게 맞는 방법을 찾자. 그 좌절감을 결의로 바꾸자.

작가로서의 포부를 언어로 표현하고,
나아갈 방향을 정하자

"나는 베스트셀러 작가가 될 것이다." 옥타비아 버틀러Octavia
E. Butler가 자신에게 썼던 메모의 첫 문장이다. 스프링 노트 앞표
지에 독특한 필체로 적힌 이 개인적인 성공 선언문은 수백만 명
의 사람이 그의 책을 읽는 세상, 즉 버틀러가 꿈꾸었던 미래를
자세히 그리고 있다. 작가로서 이루고 싶은 꿈을 종이에 기록해
본 적이 있는가? 앞으로 받게 될 상이나 그간의 노력을 보상해
줄 찬사나 평론, 인용문을 상상해 적어본 적은? 만약 그래본 적
이 있다면 분명 당신만 그런 것은 아니다. 작가들은 본래 세상을
창조하는 사람들이며, 그들의 노트에서는 가장 내밀한 소망과
말하지 않은 포부를 엿볼 수 있다. 버틀러의 선언문은 다음과 같
이 이어진다.

이것이 내 삶이다. 나는 베스트셀러 소설을 쓴다. 내 소설은 출간과 동시에 또는 출간 직후 베스트셀러 목록에 오른다. 내 소설은 각각 베스트셀러 목록 최상위권으로 올라서서 정상을 차지하고 몇 달 동안 자리를 유지한다. 내 소설은 하나같이 모두 그렇게 될 것이다.

버틀러의 꿈은 어머니에게 타자기를 사달라고 했던 열 살 때 처음 형태를 갖추기 시작했다. 레밍턴 타자기를 손에 넣자마자 그는 '독수리 타법'으로 이야기를 써 내려가며[27] 타자 실력뿐만 아니라 글솜씨도 연마했다. 고등학생 때는 과학 선생님의 도움으로 사이언스 픽션 Sceince Fiction, SF 잡지에 원고를 투고했고, 그 뒤로도 평생 저명한 멘토들에게 도움을 받았다. 그중 SF 작가 할란 엘리슨 Harlan Ellison 은 편집 중이던 선집을 위해 버틀러의 초창기 소설을 산 사람 중 하나였다.

버틀러의 초기 경력은 작은 성공, 그리고 좌절의 연속으로 평가된다. 그는 "작가의 길을 걷고 있다고 생각했으나, 사실 그 뒤로 다른 글을 팔기까지 숱한 거절을 통보받으며 끔찍하고 하찮은 일자리를 5년이나 더 견뎌야 했다."[28] 버틀러는 1970~1980년대 내내 업무 부담이 적은 임시직을 전전하며 글을 썼다. 1988년 자신에게 보내는 메모를 썼을 무렵에는 이미 패터니스트 Patternist 시리즈 5부작을 완성하고 단편소설로 상을 받기 시작했지만, 성공은 여전히 손에 닿을 듯 닿지 않았다. 그의 재능을 믿어주는 사람이 거의 없던 시절에도 그는 자신을 믿고 지지했다.

버틀러가 자신에게 쓴 메모는 시각화visualisation의 한 예시라고 할 수 있다. 더 정확하게는 목표를 이미 달성한 것처럼 현재 시제로 작성한 확언affirmation을 가리킨다. "나는 베스트셀러 소설을 쓴다."라는 버틀러의 확언은 이루고 싶은 목표를 나타내지만 동시에 그는 목표가 이미 현실이 된 것처럼 표현하고 있다. 확언은 자기 제한적 신념을 의심하고 극복할 수 있게 하며, 자주 반복하다 보면 그 말을 실제로 믿게 되어 삶에 긍정적 변화를 일으킬 수 있다.

긍정적 확언의 잠재력

—

"나는 작가다"라는 단순한 확언을 예로 들어보자. 여러 연구에 따르면 스스로 작가라고 말하는 것은 자아상에 영향을 주며, 자아상은 행동에도 영향을 미칠 수 있다. '정체성 계약'*으로 알려진 이런 심리적 연결은 결심을 지키는 데 도움이 된다.[29] 고기를 끊기로 결심했다 해보자. 이때 '채식주의자'의 정체성을 받아들이면 그 선택을 뒷받침하는 결정에 도움이 된다. 채식주의자들은 고기를 먹을지 말지 고민하느라 시간을 쓰지 않는다. 정체성이 식단을 지키는 일을 더 쉽게 만들어주기 때문이다. 그러니 이 이론에 따르면 '자신을 작가라고 부르는 것'은 글을 쓰는 데

---

*　identity pact, "나는 이러이러한 사람이다"라는 말로 자신의 정체성을 스스로 약속하는 것을 말한다. —옮긴이

도움을 줄 수 있다.

우리는 작가들에게서 늘 이런 문제를 발견한다. 그들은 업무나 학업을 위해 글을 써야 하면서도 쓰지 않는다. 이루어야 할 목표가 있고 무엇을 해야 하는지 알면서도 그냥 하지 않는다. 그리고는 그 문제 해결을 돕는 우리를 찾아와서 글을 쓸 수 없다고 토로한다. '글을 쓸 시간이 없다'라는 것이 대개 1위로 꼽히는 문제라면, 그다음 문제는 '글쓰기를 시작하는 것 자체'다. 그들은 우리에게 무엇을 해야 하는지 말하곤 한다. "논문을 끝내야 해요." "책을 쓰는 게 사업에 중요해요." "제가 쓴 이야기/시/논문/블로그 글을 모아 책으로 내야 해요." 하지만 분명한 목표가 있으면서도 시작하지 못한다. 이번 장과 다음 장에서는 그 문턱을 넘게 해줄 방법들을 소개하려 한다. 우선은 '꿈을 꾸는 일'에 관해서부터 시작하자.

오랜 목표를 이룬 상황처럼 긍정적인 결과를 상상하면 기분이 좋아진다. 뇌에서 행복감을 만드는 화학 물질이 다량 분비되기 때문이다. 마찬가지로 부정적 결과를 상상하면 기분이 나빠진다. 상상일 뿐인데도 뇌에서는 실제로 관찰할 수 있는 신경 화학 반응이 일어난다. 단순히 화학 물질이 뇌를 스쳐 지나가고 마는 것이 아니다. 어떤 일을 하는 모습을 떠올리면 새 신경 경로가 생겨난다. 바로 '신경 가소성'**의 작용이다. 시각화가 신경망

**   neuroplasticity, 뇌가 새로운 경험이나 자극, 손상에 적응해 구조와 기능을 스스로 바꾸는 능력을 말한다. —옮긴이

을 만들고 변화시키는 것이다. 이는 개별 신경세포 간의 연결처럼 작은 변화일 수도 있고, 대규모의 체계적 변화와 재조직이 일어날 수도 있다. 신경 가소성은 인간의 발달에 핵심적 역할을 하며 성장과 학습, 부상 회복에 도움을 준다.[30]

하지만 바로 여기에 긍정적 사고의 문제가 있다. 노먼 빈센트 필Norman Vincent Peale은 1952년 저서 『노먼 빈센트 필의 긍정적 사고방식The Power of Positive Thinking』에서 "자신을 믿어라! 자기 능력을 신뢰하라! 겸손하지만 근거 있는 자신감 없이는 성공할 수도, 행복할 수도 없다."라고 충고한다.[31] 그는 자기 전과 일어난 직후에 긍정적인 말과 문구를 소리 내어 읽는 확언의 과정을 설명한다. 그렇게 하면 삶의 모든 영역이 완전히 달라질 것이라고 주장한다. 그는 자신의 접근법이 '과학적이면서도 단순하다'고 말하지만, 책에는 과학적 근거가 부족하다. 대신 그의 원칙이 약속하는 효과를 뒷받침하는 사례 연구로 가득하다.

필과 마찬가지로 론다 번Rhonda Byrne도 자신의 책 『시크릿The Secret』에서 순전히 미래의 성공을 상상하는 것만으로 불가능한 일을 해낸 '평범한 사람들의 실화'를 공유한다.[32] 긍정적 사고를 적극 권장하는 것은 그들만이 아니다. 2020년 여름 틱톡 인플루언서들은 이른바 '매니페스팅 manifesting'*을 유행시켰다.[33] 코로

---

* 간절히 바라면 이루어진다고 믿으며 시각화나 확언 등의 방법을 사용해 원하는 미래를 상상하는 것을 말한다. 2024년 영국 케임브리지 사전은 올해의 단어로 '매니페스트manifest'를 선정하기도 했다. —옮긴이

나19 팬데믹이 시작되고 몇 달 뒤 봉쇄령이 내려졌던 시기에 매니페스팅이라는 용어는 구글에서 어느 때보다 많이 검색됐다.[34] 끌어당김의 법칙(긍정적 생각이 부와 건강, 행복을 끌어당기는 자석이라는 믿음)을 교육받은 자기계발 코치들은 생각만으로도 원하는 결과를 얻을 수 있다고 약속했다.

변화를 경험했다는 사례는 많지만, 개인의 경험담은 과학적 데이터가 될 수 없다. 어떤 일이 일어난 뒤에 그 일을 분석하고 설명을 만들어내는 것은 너무나도 쉽다. 그런 접근은 온갖 잘못된 결론으로 이어질 수 있고, 작가를 꿈꾸는 이들이 꿈을 이루지 못했을 때 자신을 탓하게 만들 수 있다. 그래서 많은 사람이 '매니페스팅'을 위험한 유사 과학으로 여기는 것이다.

과학과 유사 과학 구별하기

—

연구자들은 시각화가 뇌 속에서 관찰 가능한 변화를 만들어 낼 수 있다는 점에 동의한다. 미래의 결과를 상상할 때 밀려드는 기분 좋은 감정이 시간이 지나면서 새 신경 경로를 만든다는 것이다. 하지만 시각화가 실제 수행 능력 향상에도 도움이 될 수 있을까?

스포츠에서 시각화는 선수들이 대회나 경기를 앞두고 예행연습을 하는 데 도움을 준다. 2020 도쿄 올림픽을 준비하던 엘리트 선수들은 코로나19 봉쇄 기간에 훈련 시설을 이용할 수 없게 되자 '재택' 형태의 시각화 훈련에 점점 더 의존했다. 영국 올림픽 다이빙 챔피언이자 뜨개질 애호가인 톰 데일리Tom Daley는 "경기를 할 수 없을 때는 경기장에서 다이빙하는 모습을 상상한다."[35]라며, 이런 유형의 정신적 예행연습은 훈련할 수 없을 때도 마음의 힘으로 실전에 대비할 수 있는 '기막힌' 방법이라고 설명했다.[36] 그리고 그는 실제로 그해 올림픽에서 동메달과 금메달을 따내는 성과를 거두었다. 골프 선수를 대상으로 한 연구에 따르면 선수들은 실제 코스에서 연습 샷을 하고, 머릿속으로 샷을 연습하고, 다른 선수의 플레이를 관찰하는 방식을 조합해 훈련한다. 한 연구는 다른 선수의 연습 장면을 지켜보는 것만으로도 새 신경 경로가 형성될 수 있다는 사실을 밝혀냈다.[37] 이점은 선수들만 누리는 것이 아니다. 골프 캐디 역시 전문 기술을 가까이서 접하며 훈련과 연습에 들인 시간 이상의 능력을 습득한다. 여기서 우리는 글을 잘 쓰려면 읽는 것이 중요하다는 고전적인 조언을 떠올릴 수도 있다. 과연 독서는 글쓰기 실력 향상에 도움이 될까?* 이 질문에 대한 답은 모의 훈련을 하거나 연습 장면을 관찰할 때 활성화되는 '거울 신경세포mirror neurons'에 있다. 거울 신경세포는 관찰한 경험이 마치 실제 경험인 것처럼 반응한다.

---

* 아니면 작가들이 글을 쓰는 모습을 지켜보는 것은 어떨까? 작가를 대상으로 한 연구는 아직 없지만, 트위치(Twitch, 다른 게이머들의 플레이를 실시간으로 시청할 수 있는 게임 스트리밍 사이트)의 작가 버전을 상상해 보는 것도 무척 재미있는 일이다.

과학적 근거로 돌아가 보자. 뇌가 관찰하거나 상상한 것을 실제 경험과 구분하지 못한다면, 그런 경험으로도 같은 이점을 얻을 수 있지 않을까? 심리학자들은 정신적 연습이 수행 능력을 지원하고 향상할 수 있는지 알아보기 위해 스포츠를 비롯하여 음악[38]과 재활 등 다양한 영역을 연구했다. 이점이 있다는 점에서는 학자들의 의견이 일치했지만, 측정은 쉽지 않았다. '정신적 연습mental practice'이라는 용어는 개념적으로 모호하고, 연구마다 다루는 인지적 예행연습 방법 또한 다르기에 같은 기준으로 비교하기가 어려웠기 때문이다.[39] 그럼에도 한 메타분석 결과에 따르면, "정신적 연습은 수행 능력에 긍정적이고 유의미한 영향을 미친다." 과업의 유형이나 연습 기간, 연습과 수행 사이의 시간 간격 등 주의해야 할 변수가 있기는 하나, 이 연구는 정신적 연습이 효과가 있다는 것을 보여준다.[40] 중요한 것은 '목적을 가지고 임하는 것'이다. 그냥 공상하는 것으로는 충분하지 않다. 정신적 예행연습으로 효과를 보기 위해서는 이를테면 계획 수립과 자기평가, 문제 파악, 실수 교정 단계를 거치는 식으로 실제 연습을 하듯 의도적인 접근이 필요하다. 의도가 결부된 연습과 자기 코칭에 관해선 나중에 더 자세히 다룰 것이다. 지금은 시각화가 어떤 조건에서 글쓰기 실력 향상에 도움이 될 수 있는지부터 살펴보자.

사고방식에서 행동으로

—

베스트셀러 작가가 될 것이라는 확언을 작성했을 때 옥타비아 버틀러는 생계를 위해 형편없는 일자리를 전전하며 아등바등 글을 쓰던 작가였다. 소설을 쓰고 싶다는 어릴 적 꿈은 오랜 시간 거절과 편견에 부딪히며 수없이 꺾여나갔다. 하지만 버틀러는 결국 천재들의 상으로 불리는 맥아더 펠로십 MacArthur Fellowship을 수상한 최초의 SF 작가가 됐으며, 세계 최고 권위를 자랑하는 SF 문학상인 휴고상 Hugo Award과 네뷸러상 Nebula Award, 국제 문인 단체 펜 아메리카 PEN America가 수여하는 평생 공로상을 비롯한 다수의 상을 받았다. 오늘날 그의 책을 읽는 독자는 수백만 명에 이르며, 특히 『킨 Kindred』과 같은 책은 꾸준히 독자의 사랑을 받고 있다.

아프로퓨처리즘 Afro-Futurism*의 어머니라고 불리는 버틀러는 당대에 매우 영향력 있는 작가 중 한 명이 됐고 특권층에만 열려있던 문학계의 문턱을 낮추는 역할을 했다.[41] 그는 29만 5,000달러에 달하는 맥아더 펠로십 상금의 도움으로 어머니와 함께 의료보험에 가입하고, '훌륭한' 동네에 '아름다운' 집을 장만하고, 원할 때면 언제든지 차를 빌릴 수 있는 여유를 누린다

---

* 아프리카 디아스포라의 문화와 역사를 접목한 SF 장르로, 백인 남성의 전유물이었던 기존의 SF를 거부하고 흑인을 중심으로 한 새로운 미래관과 대안적 서사를 제시한다. —옮긴이

는 꿈을 이루었다. 이 모든 것은 버틀러가 자신에게 쓴 메모에서 상상했던 내용이다. 그 메모에는 다른 사람을 돕고 싶다는 버틀러의 열망도 드러나 있다. "나는 가난한 흑인 청소년들을 클라리온 워크숍Clarion Workshop[**]이나 다른 작가들의 워크숍에 보낼 것이다. 나는 가난한 흑인 청소년들이 시야를 넓힐 수 있게 도울 것이다. 나는 가난한 흑인 청소년들이 대학교에 갈 수 있게 도울 것이다."

버틀러의 메모에 얽힌 이야기는 참으로 흥미진진하다. 고군분투하던 한 작가가 자신의 꿈을 기록하고는 10년 안에 그 꿈을 모두 이루었으니 말이다. 하지만 그의 확언에는 단순한 말 이상의 의미가 있다. 확언은 행동할 각오를 다지는 자기 대화다. 버틀러는 다음과 같이 썼다. "나는 이 일을 해낼 방법을 찾을 것이다. 꼭 그렇게 하자! 그렇게 될 것이다! 반드시 해내자!" 사고방식도 중요하지만, 꿈을 현실로 바꾸려면 행동이 필요하다. 버틀러는 미래에 대한 명확한 비전이 있었다. 그는 글쓰기 기술을 연마하고 인맥을 쌓아가며 작가로서의 경력을 치밀하게 설계했다

[**] SF 작가 지망생과 신진 작가를 위한 6주간의 창작 워크숍이다. SF 작가 부부인 데이먼 나이트와 케이트 윌헬름이 운영하던 워크숍을 모태로 1968년 미국 펜실베이니아주 클라리온주립대학교에서 시작됐다. 옥타비아 버틀러 외에도 테드 창, 브루스 스털링 등 수많은 SF 작가를 배출한 산실로 알려져 있다. 버틀러는 1970년 어머니가 딸의 치과 치료를 위해 모아둔 돈으로 워크숍에 참가할 수 있었으며, 이곳에서 처음으로 단편소설을 팔며 작가의 삶을 시작했다. —옮긴이

(이에 관해선 책 후반부에서 상세하게 살펴볼 것이다). 한마디로 그는 목표가 있었고, 계획을 세웠으며, 목표를 이루기 위해 끝까지 버텨냈다.

¶ ¶ ¶

인간은 목표를 설정하는 존재다. 미래에 좋은 일이 생기기를 본능적으로 바라기 때문이다. 우리는 상황이 나아질 수 있다고 믿는다. 내일 날씨가 맑기를 바라는 것도, 생일 선물을 기대하는 것도, 불평등을 종식하기 위해 싸우는 것도 그래서다. 그런 희망을 계획으로 바꾸는 역할을 하는 것이 바로 목표 설정이다. 목표 설정이 어떻게 작동하는지 이해하면 작가로서의 꿈을 현실로 바꾸는 데 도움이 될 수 있다.

심리학자 에드윈 로크Edwin Locke는 1960년대에 목표와 동기, 성과의 관계를 설명하는 목표 설정 이론goal-setting theory을 제시했다. 오늘날 생산성 향상을 위한 조언의 상당수는 그의 이론에 기반을 두고 있다. 목표 설정을 다룬 연구는 대부분 직원 성과에 초점을 맞추고 있지만(자본주의 논리에 따른 결과다), 연구의 결과는 다른 영역에도 적용할 수 있다. 로크는 목표 설정이 "주의를 집중시키고, 노력을 기울이게 하고, 끈기를 키우며, 전략을 수립하도록 동기를 부여하는" 네 가지 방식으로 성과에 영향을 미친다고 설명한다.[42]

매우 당연한 말이지만, 목표가 있으면 우선순위를 정하는 데 도움이 된다는 것은 언급할 가치가 있는 사실이다. 목표는 그와 무관한 활동에서 주의를 돌려 꿈을 이루는 일에 집중할 수 있게 해준다. 버틀러에게 우선순위는 글쓰기였다. 주의를 분산시키고 귀중한 시간과 정신적 에너지를 빼앗았을 직업적 성공은 그의 고려 사항이 아니었다. 목표는 활력을 불어넣는다. 앞에서 살펴본 것처럼 미래의 모습을 상상하는 것만으로도 뇌는 활성화된다. 몇 년 전 벡의 글쓰기 모임이 단편집 출간을 계획했을 때 그들은 계획을 현실로 만드는 설렘을 나누었다. 동기가 있으면 목표한 일을 해내려고 더 열심히 노력하게 되므로 끈기를 발휘하는 데 도움이 된다. 동기는 또한 꿈을 이루기 위해 새로운 기술을 배우도록 독려한다(아시다시피 글을 쓸 때는 기교적인 면에도 주의를 기울여야 한다). 목표는 현재 능력을 넘어서도록 우리를 밀어붙일 수 있다. 하지만 성공적인 목표 설정을 위해서는 따라야 할 공식이 하나 있다.

성공적인 목표 설정 방법

—

로크는 어렵지만 구체적인 목표를 세우는 것이 가장 효과적이라는 사실을 밝혀냈다. 그의 메타분석에 따르면 "90퍼센트의 연구에서 구체적이고 도전적인 목표는 쉬운 목표나 '최선을 다한다'라는 모호한 목표, 또는 '목표가 없는' 경우보다 더 높은 성과로 이어졌다." 그는 게리 레이섬 Gary Latham 박사와 협력해 지금은 고전이 된 『목표 설정과 과업 수행 이론 A Theory of Goal-Setting and Task Performance』을 공동 출간했으며, 이 책에서 성공적인 목표 설정의 다섯 가지 특징을 다음과 같이 설명했다.[43]

- **명확성**Clarity: 무엇을 언제까지 할 것인지 구체적인 목표를 세워야 한다.
- **난이도**Challenge: 목표는 어려우면서도 달성할 수 있는 수준이어야 한다.
- **몰입**Commitment: 당사자가 목표를 설정하고 수용해야 한다.
- **피드백**Feedback: 진행 상황을 측정할 방법이 있어야 한다.
- **과업의 복잡성**Task complexity: 복잡하거나 장기적인 목표는 관리할 수 있는 더 작은 단계로 나눠야 한다.

성공을 시각화하는 목적은 현재 궤도 너머의 미래를 상상하기 위해서다. 그렇지 않다면 시각화를 굳이 왜 하겠는가? 꿈이란 본래 불가능하고 도저히 닿을 수 없을 것처럼 느껴지기 마련이므로, 버겁고 막막하고 첫걸음을 내딛기가 어려운 것도 당연하다. 사고방식을 행동으로 전환하는 열쇠는 심리학자들이 말하는 '최적의 동기 부여 목표optimum motivational goals', 즉 당신을 자극하되 압도하지는 않는 목표다. 로크와 레이섬이 필요하다고 말하는 도전 수준과 구체성의 이상적 조합이다.

¶ ¶ ¶

버나딘 에바리스토는 순문학 소설을 쓰는 실험적 산문시인이다. 1980년대에 글을 쓰기 시작했을 때 그의 작품은 주류와는 전혀 거리가 멀었고 상업 출판사의 관심을 끌지도 못했다. 그는 '허공에 대고' 글을 쓰면서도[44] 속으로는 큰 포부를 품었다. 흑인 영국 문학, 특히 자신이 선호하는 급진적 소설이 외면당하는 현실에 대처하는 전략으로 긍정적 마음가짐을 키웠다. 자기계발과 개인적 성장에 몰두했으며, 확언을 쓰는 습관을 통해 자신의 포부를 불가능한 목표까지 달성하게 만드는 비전으로 바꿔나갔다. 그는 이렇게 말했다. "쉽게 도달할 수 있는 목표는 비전이 아니며 그저 하나의 단계이자 작은 발걸음일 뿐이라는 사실을 깨달았다."

1997년 첫 산문집 『라라Lara』가 출간됐을 때 그는 부커상을 받을 것이라는 확언을 작성했다. "가능성이 희박했을 때도 언젠가는 어떻게든 돌파구를 찾아내리라 믿었다." 그는 20년이 넘도록 실험적인 소설을 써나갔고, 결국 2019년 소설 『소녀, 여자, 다른 사람들Girl, Woman, Other』로 부커상을 수상했다. 이 책은 44주 동안 베스트셀러 10위권에 머물렀다. 에바리스토는 "노력하지 않으면서 원하는 결과를 상상하는 것은 효과가 없다."라고 경고한다. 그의 말이 맞다. 긍정적 사고의 위험한 면은 마치 자신은 이미 노력을 다한 것처럼 느끼게 할 수 있다는 것이다(이 내용은 6장에서 더 살펴볼 것이다). 에바리스토는 현재 꿈꾸던 것 이상을 이루었지만, 새 책을 작업할 때마다 여전히 확언의 글을 쓴다. 그렇게 하면 '자신감과 열의'가 차오르기 때문이다. 확언을 작성하는 과정은 긍정적 기운과 활력을 불어넣으며 앞에 놓인 과제를 마주할 동기를 부여한다.

에바리스토의 사례는 로크와 레이섬이 제시한 성공적인 목표 설정의 다섯 가지 특징을 모두 충족한다. 또한 최적의 동기 부여 목표가 앞에 놓인 프로젝트에 관해 의욕적이고 긍정적인 기분을 느끼게 함으로써 작동한다는 것을 보여준다. 우리도 이 개념을 목표 설정에 적용해 볼 수 있다. 도전적 목표(포부를 자극하는 큰 꿈)와 계획 수립에 도움이 되는 구체적 목표를 함께 세우는 방식으로 말이다.

지금까지는 꿈을 크게 꾼다는 것이 어떤 의미인지 살펴봤다. 이제 구체적으로 들어가 볼 차례다.

목표는 스마트SMART하게
—

직장에서 SMART 목표 설정을 접해본 적이 있을 것이다. 관리자들은 분기 목표를 세울 때마다 기억하기 쉽게 만든 이 약어[*]를 반복해서 주입받는다. 인사부에서 하는 교육에 트라우마가 있는 게 아니라면, 이 기법은 성공적인 목표 설정의 모든 요건을 충족하는 간단하면서도 효과적인 틀이 되어줄 수 있다. 게다가 이 방

---

[*]　하지만 시간이 지나면서 각 글자가 여러 의미를 지니게 된 탓에 기억을 돕기 위한 도구로서의 목적이 다소 무색해졌다.

법은 목표 설정 전문가인 로크와 레이섬도 지지하는 기법이다. 이제 꿈을 스마트하게 만드는 방법을 알아보자.

구체성 Specific

모호한 목표는 모호한 결과로 이어진다. 목표를 구체적으로 정하면 원하는 최종 목적을 달성하기 위해 해야 할 일을 정의하는 데 도움이 된다. 우선 무엇을 이루고 싶은지부터 명확히 하자. "나는 글을 더 써야 해"라고 막연하게 말하는 대신 '글쓰기'가 자신에게 구체적으로 무엇을 의미하는지부터 정의하자. 페이지에 초고를 써 내려가는 것을 말하는가, 아니면 읽고 조사하고 계획하는 시간도 포함하는가? 그리고 '더'는 무엇을 뜻하는가? 더 많은 단어, 더 자주, 아니면 더 오래? 구체성은 글을 쓸 날짜나 시간, 장소에도 해당된다. 이를 일상에 어떻게 적용할 수 있을지 생각해 보자. 예를 들어 글을 쓸 기회가 얼마나 있는지, 집이나 직장, 또는 다른 공간 등 언제 어디서 글을 쓸 수 있는지 살펴보자.

측정 가능성 Measurable

측정할 수 없으면 관리할 수 없다. "앞으로 몇 주 동안 글을 더 쓸 거야" 같은 목표는 달성 여부를 알아차리기 어렵다. 반면 "한 번 쓸 때마다 500단어를 쓸 거야", "일주일에 세 번 글을 쓸 거야" 같은 목표는 진행 상황을 점검하고 달성 여부를 확인하는 데 도움이 된다. 목표를 어떻게 측정할지는 전적으로 당신에게 달렸지만, 기록을 남기는 것은 가능한 작업량을 파악하고 진행 상황을 추적하는 훌륭한 방법이다. 데이터가 쌓이면 도중에 목표를 수정하고 재조정하는 데 활용할 수 있다.

달성 가능성Achievable

목표가 제 역할을 하려면 현실적으로 달성할 수 있어야 한다. 목표가 너무 높으면 버겁고 두렵게 느껴질 수 있고, 반대로 너무 낮으면 지루해져서 미루거나 지체하게 될 수 있다. 예를 들어 매번 일정한 분량을 쓰는 것을 목표로 한다면 당신이 그때마다 쓸 수 있는 단어 수는 2,000단어인가, 250단어인가? 현실을 직시하되, 자신에게 가능한 작업량을 파악하려면 연습이 필요하다는 사실을 기억하자(그래서 측정이 현실에 뿌리를 둔 목표를 세우는 데 도움이 되는 것이다).

관련성Relevant

목표는 이루려는 목적에 부합해야 한다. 당연한 말처럼 들리겠지만, 논문을 쓰는 것이 목표인데 하이쿠를 쓰는 데 모든 시간을 쏟는 것은 좋은 생각이 아니다. 다른 일에 주의를 빼앗기지 않으려면 최종 목적과 그 목적을 달성하기 위해 해야 하는 일에 집중하자. 꿈이나 포부를 목적지로 인도해 주는 북극성으로 생각하고, 지금 하는 일이 목적지로 가는 데 도움이 되는지 점검하자. 글을 '더' 쓰는 것이 목표라면 책 쓰기 같은 구체적인 프로젝트가 목표인지, 아니면 다양한 주제나 형식으로 일주일에 세 번 글을 쓰는 실천이 목표인지 구분하자.

기한Timed

기한은 목표의 효과를 높인다. 정해진 기간과 약간의 압박이 없다면 긴박감도 생기지 않을 것이다. 달갑지 않을 수 있어도 기한은 집중력을 높이고 한정된 에너지를 효율적으로 쓸 수 있게 해준다. 다시 말하지만, 작업에 시간이 얼마나 걸리는지 파악하려면 연습이 필요하므로 진행 상황을 점검하며 상황에 맞게 기한을 조정하자. 당신에게 적합한 일정은 무엇인가? 장기적인 포부가 있다면 최종 기한을 (대략적으로라도) 정하고 중간 목표를 추가해 목표를 세분화하자.

로크와 레이섬에 따르면, 목표는 "행동을 직접적으로 조절하는 요인"으로서 자신의 정체성sense of self을 형성하고 실현 가능한 미래의 모습을 제시해 행동 동기를 유발할 수 있다.[45] 시각화가 글쓰기의 노고를 대신할 수는 없지만, 출발점이 될 수는 있다. 버틀러는 자신의 노트에 흥미와 동기를 불러일으키는 원대한 목표, 즉 도전적 목표를 설정했다. 도전적 목표(꿈)를 구체적 계획SMART과 결합하면 불가능한 일도 이룰 수 있다. 목표를 세울 때는 그 목표를 이룬 미래를 상상했을 때 짜릿한 기분이 들고 의욕이 샘솟는지를 기준으로 삼자. 또한 잘 추려진 몇 개의 큰 꿈은 작업의 우선순위를 정하는 데 도움이 되며, 그걸 통해 더 쉽지만 덜 중요한 일에 주의를 빼앗기지 않을 수 있다.

모든 좋은 일에는 시작이 필요하다

—

작가로서 우리는 "꿈을 좇아라. 그리고 꿈이 이루어질 때까지 꿈꾸기를 멈추지 마라."라는 말을 자주 듣는다. 하지만 드라마 제작자 겸 각본가이자 저자인 숀다 라임스 Shonda Rhimes는 그 조언이 '헛소리'라고 말한다.[46] 많은 사람이 꿈을 꾸지만, "그들이 꿈을 꾸느라 바쁠 때 정말 행복한 사람들, 정말 성공한 사람들, 정말 흥미롭고 영향력 있고 적극적인 사람들은 행동하느라 바쁘다."라는 것이다. 그런 의미에서 버틀러의 노트는 창작 과정에 관한 귀중한 통찰을 제공한다.[*] 버틀러의 전기와 함께 노트를 읽으면 그가 작품을 통해 꿈을 현실로 만들어간 과정을 추적할 수 있다. 버틀러는 왜 메모를 썼는지, 메모가 자신의 삶에 어떤 역할을 했는지는 밝히지 않았다. 하지만 버틀러의 메모를 보면 그가 자기 글과 책의 성공에 관해 상상했던 미래의 모습이 분명하게 그려진다. 버틀러는 글쓰기가 그와 그의 가족에게 무엇을 가져다줄지, 그리고 자신이 성취한 것을 주위에 어떻게 환원할지를 상세하게 기록했다.

버틀러가 오래전 마음속에 그렸던 꿈을 그대로 이루었다는

---

[*] 버틀러의 꿈이 실현된 것은 평생에 걸친 노력의 결실이었으며, 그 기록은 학창 시절부터 써온 일지와 문서에 남아있다. 이 귀중한 자료는 작품 초고와 사진, 기념품과 함께 캘리포니아주 산마리노에 있는 헌팅턴 도서관에 소장되어 있다. 연구자들은 이곳에서 아카이브를 탐구하며 작가의 내적 과정에 관한 독특한 통찰을 얻을 수 있다.

것에는 의심의 여지가 없다. 우리는 그의 일지 속 기록에서 격려를 얻을 수 있으며, 목표를 명확히 하는 것이 성공으로 가는 여정에서 필수적인 단계였다는 점도 알 수 있다. 버틀러는 에바리스토와 함께 글을 써내는 데 필요한 영감과 실용적 접근법을 제공한다. 이에 관해선 다음 장에서 더 자세히 살펴볼 것이다. 본격적으로 시작하기 전에 우선 신념과 포부를 말로 표현하고, 목표를 명확히 하고, 나아갈 방향을 정해보자. 이어지는 연습 과제는 미래를 향한 기대감을 통해 신경세포를 활성화하고 글쓰기를 준비할 수 있도록 고안한 것이다. 큰 꿈을 꾸고 포부를 키우는 동시에 SMART 기법으로 목표를 구체화하는 데 도움이 될 것이다. 버틀러가 노트에 적었던 말처럼, "모든 좋은 일에는 시작이 필요하다."

목표

1. 간단한 확언

확언은 현재 시제로 쓴 긍정적인 문장을 활용해서 자기 제한적 신념에 도전하는 말이다. 확언을 자주 반복하다 보면 그 말을 실제로 믿게 되어 삶의 긍정적 변화를 만드는 데 도움이 될 수 있다. 상상만으로 성공을 이룰 수 있는 것은 아니지만, 상상함으로써 작가로서의 방향성 또는 각 프로젝트의 방향성을 더 잘 설정할 수는 있다. 확언을 작성하는 것은 자신을 작가로 받아들이고 글쓰기 목표를 향해 나아가는 빠른 첫걸음이다.

2. 목표 시각화하기

글쓰기 목표를 시각화하면 나아갈 방향이 보인다. 목적지를 알아야 가는 길도 계획할 수 있다. 우선 목표를 적어보자. 무엇을 이루고 싶은지 말로 표현하자. 이 단계에서는 구체적으로 적으려 하지 않아도 된다. 구체화는 나중에 하게 될 것이다. 대신 흥미로운 도전을 앞두고 있을 때 드는 기대감이 느껴지는지 살펴본다. 시각적 도구를 활용해 볼 수도 있다. 이 책의 삽화를 맡아준 그래픽 레코더*이자 작가인 카라 홀랜드Cara Holland는 "미래를 상상해 시각적으로 표현하는 비전 그리기visioning 활동이 포부를 명확히 하는 데 도움이 될 수 있다."라고 말한다.[47] 줄리아 캐머런Julia Cameron의 『아티스트 웨이The Artist's Way』에서 매우 인기 있는 과제 중 하나도 콜라주 만들기다.[48] 연필과 종이를 집어 들고 작가로서의 꿈과 목표를 간략하게 그려보자. 메시지를 마음속 깊이 새길 수 있고 더 오래, 더 선명하게 기억하는 데도 도움이 될 것이다.

3. 성공 시각화하기

오랜 목표를 이룬 상황처럼 긍정적인 결과를 상상하면 기분이 좋아진다. 뇌에서 긍정적인 화학 물질이 다량 분비되기 때문이다. 신경과학 연구에 따르면 어떤 일을 상상하면 실제로 그 일을 할 때와 같은 뇌 영역이 자극되어 새 신경 경로가 생겨난다고 한다. 신경 가소성의 과정은 인간의 발달에 핵심적 역할을 한다.

목표를 달성했을 때 일어날 모든 좋은 일을 목록으로 적어보자. 그때 당신은 무슨 생각을 할까? 무엇을 할까? 어떤 말을 할까? 어떤 기분이 들까? 결과는 어떨까? 우리가 인터뷰했던 한 신경과학자는 50가지 항목을 적어보라고 권하기도 했다.[49] 어렵게 들리겠

---

*　visual-thinking recorder, 회의나 워크숍 등 다양한 현장에서 실시간으로 오가는 대화를 그림과 텍스트로 기록해 정리하는 전문가를 말한다. —옮긴이

지만, 이 활동은 뇌를 활성화하고 기분 좋은 감정으로 채워줄 것이다.

4. 최적의 동기 부여 목표: 도전적 목표와 구체적 목표

목표를 간단한 문장으로 작성하자. 도전적 목표를 세우는 것이니 지금 당장 할 수 있는 것보다 더 높은 목표를 잡자.

이제 계획을 세울 수 있게 목표를 구체화하자. SMART 기법을 활용해 구체적이고Specific, 측정할 수 있고Measurable, 달성할 수 있으며Achievable, 관련성 있고Relevant, 기한이 있는Timed 목표를 만들자.

5. 목표에 짜릿한 요소가 있는지 점검하기

목표를 정했다면 그 목표를 떠올렸을 때 어떤 느낌이 드는지 자신을 돌아보자. 당신의 목표는 다음 중 어디에 해당하는가?

  1) 벅차고 버거운가?
  2) 식은 죽 먹기일 것 같은가?
  3) 흥미롭고 도전 의식을 불러일으키면서도 달성할 수 있는 목표인가?

1)을 선택했다면 시작조차 못 할 가능성이 크다. 지나치게 야심 찬 목표는 오히려 미루는 습관을 부를 수 있다. 더 작은 목표를 세

우자. 2)를 선택했다면 끝내기도 전에 흥미를 잃을 수 있다. 자신을 좀 더 밀어붙이자. 3)을 선택했다면 가장 이상적이다. 짜릿한 요소를 찾은 것이다. 약간 도전적이지만 벅차게 느껴질 정도는 아닌 목표다.

6. 목표 재점검하기

마지막으로 중요한 사항은 꿈과 목표를 계속 상기하는 것이다. 옥타비아 버틀러는 스프링 노트 앞표지에 꿈을 적어두었다. 버나딘 에바리스토는 새로운 작업에 들어갈 때마다 확언을 작성하고 지난 기록을 여행용 트렁크에 보관한다. 포스트잇에 적어 컴퓨터에 붙여놓거나 화면보호기 문구로 설정하는 간단한 방법도 있다. 목표를 잊지 않도록 도와줄 장치가 필요하다면 캘린더 알람을 맞춰놓자. 예를 들어 벡은 매월 자신의 생일 날짜에 목표를 점검한다. 아니면 미래의 나에게 편지를 써서 몇 년 뒤에 도착하게 할 수도 있다.[50]

목표는 고정된 것도, 불변의 것도 아니라는 점을 기억하자. 작업의 성격이나 현재 상황에 맞게 목표를 조정하자. 나에게 맞는 목표도 있지만, 그렇지 않은 것도 있을 것이다. 글을 쓰는 방식은 삶에서 일어나는 여러 일에 따라 시간이 지나며 달라질 것이다. 목표에 접근하는 방식을 유연하게 하고, 다른 사람이나 과거의 내 방식과 비교하지 않도록 하자.

우리가 만든 글쓰기 목표 플래너는 꿈을 명확히 하고 SMART 기법으로 구체화해 가장 먼저 해야 할 행동을 파악할 수 있게 도와준다. 자료를 내려받으려면 다음 사이트를 참고하라. prolifiko.com/writtenresources

첫걸음

추진력이 동기를 만든다: 작게 시작하자,
그러면 진전이 뒤따를 것이다

11월의 첫날이다. 아침 공기는 서리가 내려 쌀쌀하다. 전날 밤 받은 달콤한 간식으로 가득한 바구니는 그새 매력을 잃었다. 화려하고 무시무시하던 핼러윈 의상도 이제 세탁소나 분리수거함으로 보내질 처지다. 어떤 이들은 다가오는 본파이어 나이트Bonfire Night*나 디왈리Diwali**로 눈길을 돌린다. 다른 이들은 점점 길어지는 밤과 공기 중에 희미하게 떠도는 폭죽의 유황

---

* 11월 5일 밤 영국 전역에서 펼쳐지는 불꽃 축제로 1605년 11월 5일 영국 가톨릭교도들의 제임스 1세 암살 기도가 실패한 것을 축하하며 모닥불 bonfire을 피웠던 일에서 유래한다. ─옮긴이

** 10월 중순부터 11월 중순까지 집마다 구석구석 등불을 밝히고 신들에게 감사 기도를 올리는 힌두교 최대의 축제다. 인도계 이민자가 많은 영국에서도 다양한 기념행사가 열린다. ─옮긴이

냄새를 한 달간의 대담한 행사를 알리는 신호로 받아들인다. 11월 1일 전 세계의 작가들은 컴퓨터를 켜고 소매를 걷어붙인 채 30일간 매일 1,667단어를 쓰는 과제를 마주한다. 전국 소설 쓰기의 달 National Novel Writing Month, 일명 '나노라이모 NaNoWriMo' 의 시작이다.*

2021년 벡은 11월이 끝날 때까지 5만 단어 분량의 소설을 완성하겠다는 목표로 작가들과 함께 출발선에 섰다. 첫날은 얼른 시작하고 싶어 몸이 근질거렸다. 의욕이 가득했고 목표를 달성하기 위한 견고한 계획도 세워놓은 상태였다. 벡은 예약해 둔 집중 캠프의 도움으로 첫 주를 달렸고, 나흘 동안 실로 어마어마한 양의 글을 몰아 써냈다. 하지만 집에 돌아오니 현실이 들이닥쳤다. '며칠 정도는 쉬어도 괜찮겠지'라고 생각했지만, 며칠은 한 주가 됐고 어느새 진도를 따라잡을 방법도 없이 수천 단어가 밀려있었다.

벡은 목표를 포기했다.

당신도 비슷한 경험이 있을 것이다. 한때는 무척 구미가 당기던 목표가 금방 부담스러워지고 마는 일 말이다. 새해를 맞아 새로운 사람이 되겠다는 결심이 실패로 돌아가는 1월에 많은 사람

---

* 11월 한 달 동안 소설 초안을 완성하는 것을 목표로 하는 이 운동은 1999년 미국 샌프란시스코에서 21명이 발족한 오프라인 모임으로 시작되었다. 이후 전 세계적인 온라인 커뮤니티로 발전했으며, 2025년 4월 재정과 운영상의 문제로 막을 내렸다. ─옮긴이

이 이런 일을 겪는다. 앞 장에서 우리는 글을 쓸 동기를 부여하기 위해 꿈을 크게 꾸기를 권했다. 하지만 미래를 상상할 때 느껴지는 짜릿한 기분만이 동기의 전부는 아니다. 사실 이런 짜릿한 기분은 목표를 이미 달성한 것처럼 착각하게 해서 행동할 동기를 줄어들게 할 수도 있다. 크고 야심 찬 목표가 있으면 설레는 것은 사실이지만, 아이러니하게도 필요한 행동을 하기보다 아무 행동도 하지 않는 결과를 낳을 가능성이 높다. 이에 관한 과학적 근거는 다음 장에서 더 살펴볼 것이다. 지금은 큰 목표가 우리 몸의 투쟁-도피fight or flight 기제를 자극한다는 점을 이해하는 것으로도 충분하다. 목표가 중요할수록, 그리고 그 결과에 달린 것이 많을수록 두려움은 점점 더 커지다가 결국 우리를 압도한다. 한때 흥미로웠던 목표가 이룰 수 없는 것처럼 느껴지면서 실행을 미루고 지체하게 되며, 종종 그 목표에 다가서는 일에 완전히 실패하기도 한다.[51]

나노라이모에 참여하는 사람은 매년 수십만 명에 이른다. 그중 20퍼센트가 목표를 가뿐히 달성하는 것을 보면 큰 목표를 세우는 것이 어떤 이들에게는 효과가 있다는 사실을 알 수 있다. 하지만 당신이 그렇지 못한 80퍼센트에 속한다면, 이번 장에서 진전을 이루는 다른 접근법을 알아보자. 프로젝트를 시작하든 마무리하든, 초보 작가든 베테랑이든 간에 써볼 수 있는 방법이다. 이 방법은 우리가 글쓰기 과정의 모든 단계에 있는 작가들에게 권하는 것이며, 실제로 효과가 있다. 어떻게 활용할 수 있는지 살펴보기 전에 먼저 인종 차별에 관해 글을 쓰겠다는 커다란 목표에 도전한 놀라운 여성을 만나보자.

레일라 사드Layla F. Saad는 인스타그램 활동에 적극적이었다. 여성의 영성과 리더십을 주제로 한 게시물을 계정에 공유하며 팔로워 수 1만 9,000명의 커뮤니티를 구축했다. 2017년 8월 그는 미국 버지니아주 샬러츠빌Charlottesville에서 백인 민족주의자 집회가 벌어졌다는 소식에 큰 충격을 받았다. 특히 자신의 커뮤니티에서 이 사건을 언급하는 사람이 아무도 없다는 사실을 알아챘을 때 더욱 그랬다. 그는 자신이 받은 충격을 블로그에 글을 쓰는 것으로 풀어냈다.[52]

그 뒤로 거의 1년이 지난 어느 날 밤 그는 자신의 커뮤니티가 무엇을 배웠는지 생각하느라 잠을 이루지 못하고 있었다. "그게 불씨였어요." 그는 휴대전화로 메모를 하기 시작했다.[53] 처음에는 인스타그램에 '던질' 질문을 하나 적었지만, 단순히 게시물 하나로 끝날 문제가 아니라는 사실을 곧 깨달았다. 사드는 28일간 인스타그램 챌린지를 하겠다고 알리고 팔로워들에게 동참해달라고 청했다. 다음 날 그는 이것이 좋은 생각이었는지 의심하며 두려움에 가득 찬 채로 잠에서 깼다.

작게 시작하자

—

수천 년 전 중국 철학자 노자(老子)는 다음과 같이 말했다. "어려운 일을 만나거든 쉬운 일부터 풀어나가고, 큰일을 이루려거든 작은 일부터 차근차근 해나가라."[54] 백인 우월주의에 맞서 싸우는 것은 분명 어려운 일이다. 사드는 사소해 보이는 질문을 차근차근 던지며 사람들과 개인적인 차원에서 큰 대화의 물꼬를 트는 방식으로 접근했다. 다음 날 인스타그램을 열었을 때 게시물 아래에는 댓글이 줄줄이 달려있었다. 사람들의 호응은 뜨거웠다. 그는 "좋아요, 그럼 시작해 보죠."라고 화답했다.[55]

목표를 위해 해야 하는 일이 용기를 내어 SNS에 게시물을 올리는 것이든, 블로그를 세상에 공개하는 것이든, 책을 쓰는 것이든 간에 모든 것은 그 첫걸음에서 시작된다. 사드가 인스타그램에 글을 올리기로 한 결정을 의심했던 것과 마찬가지로 우리는 무서운 일을 피하도록 심리적으로 프로그래밍 되어있다. 투쟁-도피 반응을 극복하는 해결책은 원시적 생존 본능을 자극하지 않는 작은 행동에 집중하는 것이다. 더 작은 목표에 집중하면 뇌의 공포 중추를 우회할 수 있다. 심리학자 로버트 마우어 Robert Maurer 박사는 다음과 같이 설명한다.

쉽게 달성할 수 있는 작은 목표는 잠든 편도체를 깨워 경보기를 울리는 일 없이 그 옆을 까치발로 살금살금 지나갈 수 있게 해준다. 작은 걸음을 계속 내딛다 보면 대뇌피질이 작동하기 시작하면서 뇌가 당신이 원하는 변화를 위한 소프트웨어를 만들기 시작한다. 실제로 새 신경 경로를 구축하고 새로운 습관을 형성하는 것이다.[56]

작게 생각하면 뇌의 공포 중추를 자극하는 일을 피할 수 있을 뿐만 아니라 장기적으로 글쓰기 습관을 지탱해 줄 새 신경망을 만들 수 있다. 시작하기 위해 동기에 의존하거나, 계속하기 위해 의지력에 기대는 것보다 훨씬 효과적이다. 큰 꿈을 꾸는 것이 성공을 시각화하는 데 필수적이기는 하지만, 성공에 도달하게 도와주는 것은 그 과정에서의 작은 목표들이다.

심리학적 관점에서 동기motivation란 무언가를 원하는 것이다. 이를테면 글을 더 쓰거나 덜 미루는 것과 같은 행동 변화를 가리킨다. 동기는 종종 변화를 갈망하는 '내면'의 충동이나 욕구로 묘사된다. 성공을 상상할 때 느껴지는 설레고 의욕이 넘치는 기분, 행동 지향적이고 목표 지향적인 에너지로 가득 찬 기분이 바로 동기다. 하지만 동기는 성공적인 습관을 형성하는 데는 매우 불확실한 예측 변수다. 우리는 동기가 함정이라고까지 말하고 싶다. 새해 목표를 세우거나, 야심 찬 글쓰기 챌린지에 참여하거나, 박사 과정 지원서를 제출하고 나서 며칠 지나지 않아 대부분의 사람들이 빠져들기 쉬운 함정 말이다.

변덕스러운 친구, 동기

—

동기는 변화의 중요한 동인 중 하나지만, 믿을 만한 것은 못된다. 스탠퍼드대학교 사회과학 연구자 B. J. 포그Brian Jeffrey Fogg는 동기를 하룻밤 같이 나가 놀기는 좋지만 중요한 일엔 의지할 수 없는 파티광 친구에 비유한다. 동기는 변덕스러울 뿐만 아니라 종종 서로 충돌한다. 일과 삶의 균형을 어느 정도 지켜가면서 예컨대 책을 쓰는 것처럼 수년이 걸리는 목표와 씨름해 본 사람이라면 무슨 말인지 정확히 알 것이다.

포그는 동기와 행동 능력의 관계를 설명하는 간단하면서도 설득력 있는 모형을 만들었다. 포그 행동 모형Fogg Behavior Model[57]은 글을 쓰기로 결심한 새해의 첫 며칠 동안이나 나노라이모의 일일 목표(또는 사실상 모든 야심 찬 목표)를 달성하려고 시도할 때 무슨 일이 일어나는지 이해할 수 있게 도와준다. 행동은 동기, 능력, 자극이라는 세 가지 요소가 동시에 결합할 때 일어나며, 보통 'B=MAP'라는 방정식으로 표현된다.

- B는 행동behaviour이다. 당신이 하고 싶어 하는 일, 즉 글쓰기를 말한다.
- M은 동기motivation다. 변덕스러운 친구이자 우리를 행동하게 하는 수수께끼 같은 내적 동인이다.
- A는 능력ability이다. 행동할 수 있는 능력으로, 여기엔 기술과 적성이 필요할 수도 있다.
- P는 자극prompt이다. 행동을 촉발하는 방아쇠trigger와 같은 자극을 말한다.

포그 행동 모형 그래프를 보면 세로축에는 행동 동기가 '낮음'에서 '높음'으로, 가로축에는 행동 능력이 '하기 어렵다'에서 '하기 쉽다'로 표시되어 있다. 그래프 위 곡선은 동기와 능력의 관계를 설명하는 '행동 곡선'이다. 이를테면 책이나 시나리오, 논문을 쓰는 일처럼 매우 어려운 행동을 해야 할 때는 상당한 동기 부여가 필요하지만, 문장 하나를 쓰는 일처럼 손쉬운 행동은 낮은 수준의 동기로도 충분하다. 행동 곡선은 어떤 일을 실제 행동으로 옮길 가능성을 결정하며, 곡선의 한쪽은 성공 영역, 다른 한쪽은 실패 영역으로 나뉘어 있다.

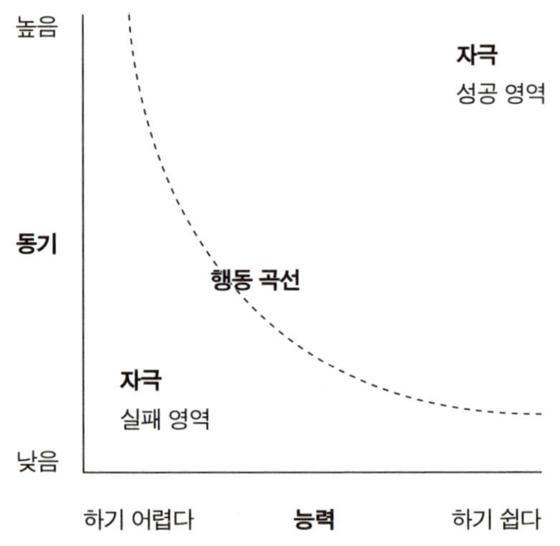

포그 행동 모형

행동이 일어나려면 동기와 능력, 자극이 동시에 갖춰져야 한다.

예를 들어 글을 쓰기 위해 아침에 한 시간 일찍 일어난다고 해보자. 이것은 대부분의 사람에게 어려운 일이며 한 번이라도 실천하려면 확실한 동기가 필요하다. 하물며 규칙적인 일과가 될 정도로 반복하기란 더더욱 쉽지 않다. 그러나 하루 중 5분을 내어 글을 쓰는 일은 실천하기 쉬우며 훨씬 더 낮은 수준의 동기로도 가능하다. 마찬가지로 30일간 매일 1,667단어를 써내는 일은 완벽한 상황에서는 가능하지만, 하루이틀 진도가 밀리면 따라잡는 데도 이어가는 데도 더 큰 동기가 필요하다.

포그에 따르면 동기는 지독히도 변덕스러워서 높은 수준을 유지하는 것은 고사하고 나타나기를 기대하기조차 어렵다. 그러니 어떤 행동을 하고 싶을 때 가장 좋은 방법은 그 일을 최대한 쉽게 만드는 것이다. 일단 쉬운 일을 하기 시작하면 반복하면서 기술이 쌓이고 그러다 보면 일이 점차 수월해지므로, 그때부터는 강도를 높이며 습관으로 만들어갈 수 있다(이 부분은 뒤에서 더 자세히 살펴보겠다).

방정식의 마지막 요소는 자극, 즉 새로운 행동을 하게 만드는 일종의 방아쇠를 마련하는 것이다. 이런 자극은 이를테면 아침에 일어나기, 업무를 시작하거나 마치기, 식사하기처럼 보통 우리가 이미 습관적으로 하는 일에서 찾을 수 있다. 모두 행동으로 이어질 수 있는 좋은 신호다. 논픽션 책을 더 많이 읽겠다는 벡의 다른 목표를 예로 들어보자.* 많은 사람이 그렇듯 벡도 잠자리에 들기 전에 독서를 했다. 하지만 방대한 연구 자료가 담긴

---

*   알아채셨겠지만 벡은 목표와 도전을 좋아하며 새로운 습관과 행동을 익히는 과정을 즐긴다. 반면 크리스는 별로 그렇지 않다. 우리가 어떤 점이 다르며 그 이유가 무엇인지는 9장에서 살펴볼 것이다.

무거운 책을 읽는 일은 머리를 각성 상태로 만들어 밤잠을 이루지 못하게 할 뿐이었다. 그래서 취침 전 시간은 소설을 위해 남겨두고 아침 식사를 신호 삼아 논픽션 책을 읽는 실험을 했다. 그 결과 독서량이 두 배로 늘었을 뿐만 아니라 아침마다 커피와 죽을 먹으며 부정적인 뉴스를 강박적으로 확인하던 나쁜 습관까지 대체할 수 있었다. 이처럼 벡은 동기가 없어도 할 수 있는 쉬운 과업(과 명확한 자극)을 활용해 의지력에 의존하지 않으면서 목표를 달성할 수 있는 행동을 개발했다. 이제 그 시간이 되면 책을 읽는 것이 당연해졌고, 독서는 점차 습관으로 자리 잡았다.

첫걸음부터 시작하자

—

포그가 6만 명 이상을 대상으로 진행한 연구의 내용은 이렇다. 아무리 어려운 행동이라도 작게 시작하면 누구나 새롭게 익숙해질 수 있다. 포그는 치실질의 필요성을 느끼고 이를 습관으로 만들고 싶었음에도 실패했던 경험을 공유한다. 그는 자신이 개발한 작은 습관 방법론(Tiny Habits®)에 따라 첫걸음을 시작했다. 바로 딱 하나의 치아만 치실질하는 것이었다. 치실을 사용하는 습관을 기르는 데 필요한 작고 손쉬운 시작이었다.

사드에게 첫걸음은 인스타그램에 질문을 올리는 것이었다. 이 사소한 행동이 어떤 결과를 가져왔는지 살펴보자. 그가 자신의 의도를 공유한 다음 날 아침, 사람들은 기꺼이 동참하겠다고 나섰다. 그 뒤로 28일 동안 그의 커뮤니티는 '#MeAndWhiteSupremacy'라는 해시태그를 팔로우하고, 공개적으로 댓글을 달거나 개인적으로 일기를 쓰는 방식으로 매일 다른 질문에 답했다. 그는 사람들이 점차 떠나가리라 생각했지만 오히려 날마다 더 많은 사람이 모여들며 커뮤니티는 계속해서 성장했다. "6개월 뒤에는 챌린지를 워크북 형태로 바꾸고 내용을 보강해서 무료로 배포했는데, 그게 또 입소문을 타고 널리 퍼졌어요. 자료를 내려받은 사람이 사흘 만에 1만 1,000명을 넘었고 6개월 만에 거의 10만 명이 됐죠."[58]

워크북을 자가 출판한 지 한 달도 되지 않아 세계 각국의 대형 출판사들이 워크북을 책으로 낼 생각이 없는지 물으며 접근해왔다. 그래서 그는 정말로 그렇게 했다. 사드는 2020년 『나와 백인 우월주의 Me and White Supremacy』를 출간했다. 책은 출간되자마자 《뉴욕타임스》 베스트셀러 8위, 《선데이타임스 Sunday Times》 베스트셀러 3위를 기록했고 그해 여름에는 《뉴욕타임스》 베스트셀러 5위에 올랐다. 그의 인생을 바꿔놓은 경험이었다. 그는 첫 28일간의 챌린지가 "무척 마음 아프면서도 동시에 마음을 넓혀주는" 일이었다고 회상한다.[59] SNS 게시물로 시작한 글은 결국 대서양 양쪽에서 베스트셀러 목록에 올랐다. 사드는 이 여정을 '비약적 도약 quantum leap'이라는 말로 묘사한다.[60] 이 도약은 작은 한 걸음에서 시작됐다.

노자는 "천 리 길도 한 걸음부터"라고 했다.[61] 습관을 들이고 싶은 행동(이를테면 규칙적으로 글을 쓰는 것)이 무엇인지 안다면, 그 행

동을 시작할 수 있는 가장 작은 방법을 찾아야 한다. 이때 쓸 수 있는 접근법은 두 가지다.[62]

1. **시동 걸기**starter step: 노트를 펴거나 문서에 이름을 붙이는 것처럼 시동을 거는 아주 작은 행동을 말한다. 아직은 실제로 글을 쓰지 않아도 괜찮다. 나중에는 글을 쓰는 습관으로 발전하겠지만, 첫걸음을 작게 떼야 시작도 할 수 있다.

2. **축소하기**scaling back: 원하는 행동(이를테면 7만 단어 분량의 소설을 목표로 매일 작업하는 것)을 생각한 뒤 작은 단위로 쪼개는 것을 말한다. 한 번에 1,000단어를 쓰는 대신 열 단어만 써보는 식이다. 매일 글을 마주하는 일을 반복하다 보면 루틴이 만들어지고, 시간이 지나면서 작업량이 늘어날 것이다.

큰 목표에서 진전을 이루지 못하는 것은 성격적 결함이나 의지력 또는 자제력 부족과는 전혀 상관이 없다. 사드의 책은 축소하기의 훌륭한 사례다. 사드는 인종에 관한 의미 있는 대화에 사람들을 끌어들이는 큰 과제를 다루며 일련의 작은 질문을 던지는 것부터 시작했다. 인스타그램 게시물이 자가 출판한 워크북으로, 또 베스트셀러로 발전하면서 그는 사회적 논의의 흐름을 바꾸겠다는 원래 목적을 달성할 수 있었다. 이제 '시동 걸기' 접근법을 더 자세히 알아보자.

새가 부리로 모이를 쪼듯

—

포그가 스탠퍼드대학교에서 치실 실험을 하던 때 샌프란시스코만 반대편에서는 신생 스타트업의 직원이 글쓰기를 위한 흥미롭고 작은 걸음을 내딛고 있었다. 2007년 로빈 슬론Robin Sloan은 트위터의 초창기 직원 중 한 명이었다. 그의 업무는 TV 방송국과 같은 전통 미디어 기업을 상대로 트위터가 뉴스 보도에 유용할 수 있다는 점을 설득하는 일이었다. 트위터는 실시간으로 속보를 업데이트함으로써 새롭게 떠오르는 시민 저널리즘을 활용하고 있었기 때문이다. 일은 재미있으면서도 정신없고 매우 고됐는데, 동시에 불만스럽기도 했다. 그는 다른 사람의 이야기를 전하기만 하는 것이 아니라 스스로 콘텐츠를 만들고 싶었다.

그는 "내게 정말 큰 변화를 가져다준 행운의 만남을 꼽자면 그건 작은 글쓰기 모임을 만든 일"이라고 말한다. 그는 두 명의 친구와 매주 만나 각자 써온 글을 함께 읽고 의견을 나누기로 약속했다. 마감 기한이 촉박했기 때문에 분량은 매우 짧았다. 그가 '조각 글'이라고 부르는 이런 짧은 글은 이야기의 도입부가 될 수도 있고 엽편소설이 될 수도 있었다.

어느 날 슬론은 트위터를 스크롤하다가(그게 그의 일이었으니까) '@idlethink'라는 계정에 올라온 트윗을 보게 됐다. 간판에 적힌 24시 도서 반납함book drop이라는 문구를 24시 서점bookshop으로 착각했다는 내용이었다.[63] 영감이 떠오른 그는 이 내용을 소재로 다음 조각 글을 썼다. 조각 글은 소설의 착상으로 이어졌고, 그는 글쓰기 모임의 피드백과 응원을 받으며 몇 달 동안 글을 쓴 끝에 6,000단어 분량의 단편소설을 완성했다. 중간 목표를 달성하자 의욕이 샘솟았고 다음 단계로 나아갈 생각에 기분이 들떴다.

슬론은 그 무렵 아마존이 처음으로 출시한 킨들 전자책 리더기에 매료되어 있었다. "리더기를 처음 보고는 '와, 이거 매력적인데? 정말 굉장해. 이 낯설고 새로운 그릇에 뭘 담을 수 있을까?'라고 생각했죠." 그는 자신이 쓴 소설 『페넘브라의 24시 서점 Mr. Penumbra's 24-Hour Bookstore』을 직접 출판하기로 결심했다.[64] 소설은 킨들 스토어에서 1,000부가량이 팔렸다. 초보 작가 겸 출판인으로서는 놀라운 성과였다. 그는 무언가를 썼고, 세상에 내놓았으며, 모르는 사람들이 그의 글을 읽겠다며 돈을 내고 있었다! 슬론은 책을 만드는 매력에 푹 빠졌고 더 많은 글을 써서 출판하고 싶었다.

2009년, 기술의 새로운 흐름이 그의 눈길을 끌었다. 창작 프로젝트를 위한 자금을 모금할 수 있는 크라우드펀딩 플랫폼 킥스타터 Kickstarter였다. 8월 말 그는 '로빈이 책을 씁니다(그리고 그 책을 여러분께 보내드립니다)'라는 제목으로 펀딩 페이지를 만들고[65] 후원자를 찾아 나섰다. 목표는 300명의 후원자를 모으는 것이었다. 킥스타터는 모금 캠페인을 진행할 수 있는 기간이 정해져 있어서 시간이 많지 않았다. 슬론은 친구들과 가족, 소수의 독자에게 소식을 공유했고 소문은 서서히 퍼져나갔다. 10월이 됐을 무렵에는 422명의 후원자가 모였고 킥스타터 메인 페이지에도 프로젝트가 소개됐다. 프로젝트를 기획한 사람이라면 누구나 꿈꿀 만한 상황이었다. 2009년 10월 31일 자정 캠페인이 종료되던 시점의 후원자 수는 총 570명, 모금액은 총 13,942달러였다. 프로젝트는 펀딩을 성공적으로 마감했고, 그는 이 캠페인을 진행하는 동시에 약속했던 중편소설을 쓰는 일 또한 성공적으로 완수했다. 그렇게 캠페인이 종료된 지 일주일 만에 교정본이 나왔고 보름 뒤에는 모든 후원자에게 책이 배송됐다. 이것만으로도 대단한 일이지만, 이야기는 여기서 끝나지 않는다. 그의 캠페인은 장편소설을 찾고 있던 에이전트의 관심을 사로잡았다. 슬론은 다음과 같이 설명한다.

> 우리는 마주 앉아 머리를 맞댄 끝에 페넘브라 서점의 어둑한 서가 속에 더 큰 이야기가 기다리고 있다는 데 뜻을 모았다. 그래서 2010년 첫 장편소설 작업을 시작했다. 나는 2010년이 지나가는 동안 새가 부리로 모이를 쪼듯 조금씩 원고를 써 내려갔고, 정말 막판에서야(말 그대로 새해 전야의 자정이 되는 순간에야) 초고를 완성했다. 거친 글이라 잘 읽히지 않고 이해하기 어려웠지만, 시작과 끝이 있는 완결된 이야기였다. 우리는 거기서부터 시작했다.[66]

『페넘브라의 24시 서점』의 초고는 에이전트에게 전해졌고 이후 출판사와 서점을 거쳐 독자의 손에 들어가며 《뉴욕타임스》 베스트셀러 목록에 올랐다. 《샌프란시스코 크로니클 San Francisco

Chronicle》이 꼽은 2012년 최고의 책 100권,《뉴욕타임스》‘편집 자의 선택 Editor's Choice’에도 선정됐으며, 미국 공영라디오 NPR 의 하드커버 소설 베스트셀러 목록에도 이름을 올렸다. 모두 트 윗 하나가 낳은 아이디어에서 시작된 일이었다.

진전을 이뤄내는 더 많은 방법

—

슬론은, 그의 표현을 빌리자면 새가 부리로 모이를 쪼듯 조금 씩 글을 써나갔다. 짧은 조각 글을 쓰는 ‘시동 걸기’로 경험과 기 술을 쌓으며 자신의 글을 독자와 공유할 기회를 더 많이 찾아나 갔다. 사드는 ‘축소하기’ 전략을 썼다. 커뮤니티와 함께 매일 챌 린지를 하며 거대한 문제를 조금씩 다뤄나갔다. 두 사람 모두 《뉴욕타임스》 베스트셀러 목록에 오르는 것과 같은 전통적 의미 의 목표는 세우지 않았다. 하지만 목표로 삼고 노력하지 않았는 데도 그 일은 현실이 됐다. 슬론과 사드는 어떻게 하면 작은 걸 음으로 진전을 이룰 수 있는지를 보여주는 좋은 사례다. 그들은 시작하는 방법을 알아냈고(이것이 핵심이다) 스스로 감당이 가능한 의미 있는 방식으로 글쓰기를 이어갔다.

일부 전문 분야에서는 이 접근법을 더 의도적으로 활용하며, 작가들은 단계적으로 글을 발전시키도록 훈련받는다. 학술적 글 쓰기에서 ‘단계적 출판 scaffold publishing’이라고 부르는 방식이다. 연구자들은 먼저 학회에서 아이디어를 발표한 뒤 이것을 발판

scaffold 삼아 학술지에 논문을 제출하거나 짧은 단행본을 집필하는 과정을 거친다. 처음부터 방대한 연구서를 쓰는 것이 아니라 작은 단계를 점진적으로 밟아나간다. 기술은 이 과정을 더욱 용이하게 만들었다. 많은 연구자가 아이디어를 공유하고 팔로워를 구축하는 방법으로 블로그를 운영하거나 유튜브 영상을 만들고 틱톡을 하는 등 간단한 디지털 형식을 받아들이고 있다(연구자들이 쓰는 해시태그 '#academics'를 검색해 보라).

학술 커뮤니케이션을 지원하는 영국 비영리 공익단체 UKSG는 "단계적 출판 방식은 연구자들이 기관의 기대를 충족하는 동시에 더 창의적인 방법을 활용해 연구 결과를 공유하고 후속 연구를 위한 기반을 마련할 수 있게 해준다."라고 말한다.[67] 이런 단계적 접근법은 '출판하지 않으면 도태된다publish or perish'라는 대학 기관의 압박에 대처하는 데 도움이 된다. 동시에 글쓰기 과정에서 창의성에 집중할 수 있도록 도와주기에 많은 이들이 매우 큰 만족감을 느낀다.

우리 모두 책을 버리고 틱톡으로 향하기 전에 다른 작가들에게서 각 단계를 신중하게 계획하는 방법을 배워보자. 이를테면 글을 쓰는 사업가들이 그렇다. 그들은 수익을 예측하거나 제품 로드맵을 설계할 때처럼 큰 목표를 더 작은 중간 목표로 나누는 방식을 활용한다. 글쓰기와 같은 창조적 활동에 전문적 노하우를 적용하는 것이다. 블로그를 운영하거나 업계 매체에 기고하거나 책을 집필해 전문 지식을 공유하는 이들에게 글쓰기는 사업 계획의 핵심적인 부분이다. 이것은 프랙티컬 인스피레이션 Practical Inspiration 출판사의 대표 앨리슨 존스Alison Jones가 추천하는 접근법이기도 하다. 그는 글쓰기를 오랜 학습과 사고 과정의 결과물이나 최종 단계라고 보지 않는다. 모든 단계에서 사고를 돕는 유용한 도구로 본다.

하지만 막상 직접 책을 쓸 때가 되자 존스는 얼어붙고 말았다. 원초적인 투쟁-도피 반응이 작동한 것이다. "『책으로 비즈니스This Book Means Business』를 쓸 때 심각한 가면 증후군을 겪었어요. 책 쓰기에 관한 책을 쓴다는 건 자기를 극도로 의식하게 되는 일이죠." 존스에게는 자신의 성격을 최대한 살릴 수 있으면서 빈 페이지가 주는 극심한 공포를 피하도록 도와줄 진입 방법이 필요했다. 그는 궁리 끝에 자신의 첫걸음을 내디뎠다.

제가 〈범상치 않은 비즈니스 북클럽 The Extraordinary Business Book Club〉이라는 팟캐스트를 시작한 데는 분명한 목적이 있었어요. 팟캐스트는 전문가들과 대화를 나누며 조언과 통찰을 얻는 플랫폼인 동시에 저 자신에게 책을 쓰도록 공개적으로 책임감을 부여하는 수단이었죠. 개인적으로 아주 좋은 전략이었어요. 저는 외향적인 사람이라 혼자 키보드 앞에 앉아있을 때가 아니라 사람들과 교류하고 소통할 때 에너지를 얻거든요.

글쓰기에서 첫걸음은 실제로 글을 쓰는 것이 아닐 때가 많다. 존스에게 팟캐스트는 책의 소재를 정기적으로 얻는 경로이자 매주 빠짐없이 글 작업을 하게 만드는 책임 구조가 되어주었다.

페이지를 채우려고만 하는 대신 글쓰기로 들어가는 다른 길을 찾은 사람은 존스만이 아니다. 열다섯 편의 장편소설을 비롯해 수많은 단편과 중편소설, 에세이, 기사들을 쓴 찰스 디킨스Charles Dickens를 예로 들어보자. 디킨스는 사람들과 나누는 대화에서 글쓰기의 동력을 얻었다. 동료 작가들과 오랫동안 산책하며 이야기를 나누고, 팬들과 장문의 편지를 주고받으면서 소설을 연재했다. 모두 작고 즐거운 일에서 영감과 피드백을 얻는 단계적인 글쓰기 접근법이었다.

많은 사람에게 이런 활동은 글쓰기를 미루는 행동이 될 수 있다. 정작 글은 쓰지 않고 글쓰기에 관한 이야기만 끝도 없이 하기도 십상이다. 단계적 접근법이 효과가 있으려면 각각의 활동이 더 큰 결과로 이어져야만 한다. 존스는 전문가들과 대화를 나누며 글감을 찾는 데 도움을 받았고, 팟캐스트의 내용을 블로그로 정리하고 그 기록을 책의 기초로 삼았다. 마찬가지로 디킨스는 연재를 활용했다. 연재는 원고를 1회분씩 써서 잡지에 발표한 뒤 나중에 모아 장편으로 재출간하는 형식이다. 디킨스의 첫 장편 『픽윅 클럽 여행기The Pickwick Papers』는 당시 인기 있던 잡지의 월간 연재물로 만화 삽화와 함께 19회에 걸쳐 게재됐다. 장편소설을 써본 적이 없던 그에게 매달 기고해 달라는 요청이 길을 열어준 셈이었다. 전략은 대성공이었고, 그는 자신의 글을 공유할 플랫폼을 마련하기 위해 《일상적인 말들Household Words》이라는 잡지를 창간하기에 이른다. 디킨스는 많은 동시대 작가에게 영감을 준 선구자였으며, 조지 엘리엇George Eliot, 윌리

엄 메이크피스 새커리William Makepeace Thackeray, 엘리자베스 개스
켈Elizabeth Gaskell도 모두 그의 뒤를 따라 연재 소설로 많은 독자
를 확보했다.[68]

디킨스는 연재 형식으로 작품을 발표하며 독자에게 피드백을
받을 수 있었고, 독자의 반응에 따라 플롯을 고치고 캐릭터를 바
꾸고 작품의 구조와 긴장감을 보완했다. 오늘날 잡지는 예전만
큼 인기 있지 않지만, 연재는 다른 형태로 이어지며 작가들에게
큰 성공을 가져다주고 있다. E. L. 제임스E. L. James는 스테퍼니 마
이어Stephenie Meyer의 '트와일라잇Twilight' 시리즈를 바탕으로 한
에로틱 팬픽션 블로그를 시작했다. 낮에는 TV 방송국에서 일을
하고 밤에는 글을 썼다. 팬들의 요구에 부응하기 위해 정신없이
글을 쓰며 소설을 연재했다. 이 작품의 원래 제목은 '절대적 지
배자Master of the Universe'였으나, 18개월에 걸친 개작 과정에서 '50
가지 그림자Fifty Shades' 3부작으로 발전했다. 소설은 2011년 오
스트레일리아의 작은 출판사에서 출간된 뒤 치열한 판권 경쟁
을 거친 끝에 50개 언어로 번역되어 1억 5,000만 부가 판매되는
등 세계적인 열풍을 일으켰다.[69]

하위 목표를 설정하는 방법

—

단계적 출판과 연재는 큰 목표를 작은 단계로 나누는 방법이
며, 연구자들은 이런 작은 단계를 가리켜 '근접 하위 목표(proximal

subgoal, 먼 미래의 꿈인 장기 목표와 상반된 단기 목표를 뜻하는 개념이다)'라고
부른다. 단계적 접근법을 취하면 뇌의 공포 중추를 자극하는 것
을 피할 수 있어 일을 끝마치기도 쉬워지고 동기도 크게 향상된
다. 1970년대 학습 심리학자들은 점진적 하위 목표를 설정하는
것이 긍정적인 심리 효과를 가져온다는 점을 발견했다.

1. 가까운 목표는 노력을 게을리하게 되기 쉬운 장기 목표에
   비해 성과 면에서 즉각적인 유인을 제공한다.
2. 가까운 목표는 해야 할 일을 더 잘 이해할 수 있게 도와주며
   어떤 활동을 할 것인지, 얼마나 큰 노력이 필요한지, 얼마나
   지속할 것인지 선택할 수 있게 한다.
3. 하위 목표를 달성해 나가면서 진전을 이룰 수 있으며 관련
   기술을 숙달할 가능성도 높아진다.

앨버트 밴듀라Albert Bandura와 데일 슝크Dale H. Schunk의 연구에
따르면 하위 목표는 더 큰 동기를 부여하며 주어진 프로젝트를
지속할 가능성을 높인다. "사람들은 원하는 수준의 성과를 목표
로 삼고 이루어냈을 때 만족감을 느낀다. 하위 목표를 달성했을
때 드는 만족감은 내재적 흥미를 불러일으킬 수 있다."[70] 말하자
면 일거양득이다. 작은 단계를 설정하면 일을 시작하고 이어갈
가능성이 높아질 뿐만 아니라 기분도 꽤 좋아진다. 동기가 있어
야 추진력이 생기는 것이 아니라, 추진력이 생기면 동기도 따라
생겨난다. 여기에 마지막으로 함께 들려드릴 좋은 소식이 있다.

이번 장에서는 원래 글을 쓰고 싶어 했던 사람들의 사례가 자주 등장했다. 자신의 즐거움을 위해서든, 경력이나 사업을 위해서든, 사람들의 마음과 생각을 바꾸기 위한 활동적인 형태로든 무언가를 하려는 동기가 이미 있는 경우였다. 그런데 예를 들어 글이 정말 쓰기 싫다면 어떻게 해야 할까? 안심해도 좋다. 연구자들이 그런 경우도 모두 고려했으니 말이다. 밴듀라와 슝크는 꿈을 이루기 위한 목표에 주목하는 대신 그 활동 자체에 흥미가 없는 사람들을 연구 대상으로 삼았다. 그들은 공부에 '강한 무관심'을 보이는 사람도 점진적 목표를 세우면 여러 차례에 걸쳐 자기주도학습을 해낼 수 있다는 사실을 밝혀냈다.

그러니 쓰고 있는 글이 막히고 자신감이 떨어져서 도저히 계속할 수 없을 때면, 동기는 제쳐두고 작은 목표를 세워보자.

¶ ¶ ¶

이 장에 나오는 모든 작가는 작은 걸음으로 뇌의 공포 중추를 우회하고 목표를 향해 나아가는 방법을 찾아냈다. 앨리슨 존스는 외향적 성격을 살려 팟캐스트를 시작했고, 레일라 사드는 인스타그램에서 커뮤니티와 소통하며 작업을 이어갔다. 찰스 디킨스는 연재 형식으로 소설을 집필했다. 로빈 슬론은 두 명의 친구와 글쓰기 모임을 만들어 조각 글을 공유했다. 그리고 학자들은 프로젝트를 점진적 단계로 구조화하는 방식으로 글쓰기를 시작했다. 이 작가들은 저마다 자신에게 맞는 진입로를 찾았다. 이들이 썼던 방법 중 하나를 빌려오고 싶을 수 있겠지만, 자신만의 방법을 찾는 편이 훨씬 더 좋다. 우리는 작가들에게 간단한 2단계 과정을 활용하여 선택지를 브레인스토밍해 보기를 권한다. 방법은 다음과 같다.

1. 여러 가지 선택지를 떠올려 본다. 좋은 아이디어를 얻는 최고의 방법은 우선 아이디어를 많이 내는 것이다.
2. 그중에서 가장 빠르거나 쉽거나 재미있게 할 수 있는 것을 고른다.

생산성을 높이려면 아침에 제일 먼저 개구리를 삼키는 것*이 중요하다고 조언하는 이들도 있다.** 하지만 우리는 즐길 수 있는 일을 먼저 하는 것이 일을 시작하는 가장 좋은 방법이라고 생각한다. 연구 결과도 우리의 생각을 뒷받침한다.[71] 그러니 큰 목표를 줄이고 작게 시작할 방법을 모두 떠올려 봤다면 그중에서 가장 작은 단계가 무엇인지, 가장 빠르거나 간단하게 할 수 있는 일이 무엇인지 고려할 때다. 지금 당장 또는 오늘 중에 할 수 있

---

*   어렵고 하기 싫은 일을 먼저 처리하는 것을 말한다. —옮긴이

**   "개구리를 먹는 것이 당신의 일이라면 아침에 제일 먼저 하는 편이 가장 좋다. 두 마리를 먹어야 한다면 큰 놈부터 해치우는 편이 최선이다." 이 조언은 마크 트웨인Mark Twain이 한 말로 널리 알려졌지만, 그가 실제로 이런 말을 했다는 증거는 없다. 자기계발 전문가 브라이언 트레이시Brian Tracy는 2007년 『개구리를 먹어라! Eat That Frog!』라는 제목의 책을 내기도 했다.

는 일을 생각해 보자. 몇 분 안에 할 수 있는 일이 하나도 없다면 더 작게 쪼개야 한다는 신호다. 우리가 찾고 있는 것은 노트를 펴거나, 새 문서에 이름을 붙이거나, 한두 문장을 써보는 것처럼 정말 작은 행동이라는 점을 기억하자. 선택지가 어느 정도 나왔다면 가장 끌리는 것을 골라보자.

그것이 바로 로빈 슬론이 하는 일이다. 슬론은 매일 글을 쓰는 루틴을 의도적으로 실천하는 대신 글쓰기 자체를 즐기려 한다. 그에게 글쓰기는 원고에 무언가를 추가하는 것일 수도 있고, 뉴스레터나 블로그 글을 쓰는 것일 수도 있으며, 중편소설을 자가 출판하는 것일 수도 있다. 선택지는 정말 다양하다. "글은 재미있을 수도 있고, 무미건조할 수도 있고, 급하게 써 내려간 것일 수도 있죠. 파격적이거나 상업적이거나 다소 거칠 수도 있어요. 그러면서도 아주 성공적인 글이 될 수 있습니다. 어떤 시도든 가능합니다. 모두 다 잘되는 건 아니지만요! 하지만 도시의 문은 활짝 열려있고 들어가는 길은 수없이 많습니다."[72]

그렇다면 이제부턴 당신의 진입로를 찾아보자.

첫걸음

1. 무엇을 하고 싶은지 명확히 하기

목표를 미루는 일은 이제 그만두자. 막막한 기분이 든다면 작게 시작하는 것이 가장 좋은 방법이다. 이 방법은 글쓰기 여정의 모든 단계에서 효과가 있다. 글을 써보려고 하는데 어디서부터 시작해야 할지 몰라 주변만 맴돌고 있을 때도 마찬가지다. 매일 작업의 우선순위를 정할 때부터 작게 시작하는 습관을 들여보라. 작은 성취로 글쓰기 근육을 풀고 자신감을 쌓을 수 있다.

잠시 시간을 내어 자신이 하고 싶은 일이 무엇인지 생각해 보자. 한 편의 글이나 책의 한 챕터를 완성하는 것과 같은 '결과 목표'일 수도 있고, 꾸준히 글을 쓰는 것과 같은 '실천 목표'일 수도 있다. 생각하고 있는 구체적인 목표나 프로젝트가 있는가? 아니면 일정 시간이나 분량(단어나 페이지 수)을 지켜 글을 쓰는 것처럼 습관으로 만들고 싶은 행동이 있는가?

어떤 접근법이 가장 좋을지 고민하기 전에 우선 목표를 명확히 정해 글로 적어보자.

2. 첫걸음을 찾는 방법

원하는 습관이나 목표를 정했다면 이를 축소해 보거나 시동을 걸
수 있는 행동을 찾아보자.

축소하기는 기사나 소설, 논문처럼 구체적인 결과물을 목표로 하
는 프로젝트에 적합하다. 모든 작업을 한 번에 다 하려고 하는 대
신 쉽게 달성할 수 있는 작은 단위로 목표를 쪼개보자. 500페이
지를 쓰려고 하지 말고 한 페이지나 반 페이지, 아니면 한 문단이
라도 써보면 된다.

시동 걸기는 키우고 싶은 습관을 향해 나아가게 해준다. 노트를
펴거나 문서에 이름을 붙이는 것처럼 아주 작은 행동으로 시동을
걸면 글쓰기에 익숙해지는 데 도움이 된다. 처음에는 꼭 실제로
글을 쓰는 것이 아니어도 괜찮다. 기준을 낮게 잡아야 루틴을 시
작하고 지속할 수 있다.

이 단계에서는 작은 걸음을 찾아야 한다. 일단은 시작의 문턱에
서 발을 떼는 것이 중요하며, 익숙해지면 보폭은 그때부터 넓혀
가면 된다. 하지만 지금은 뇌의 공포 중추를 우회하기 위해 아주
작게 생각해야 한다. 걱정이 들거나 불안에 휩싸인다면 목표를
더 작게 쪼개야 한다는 신호다.

3. 브레인스토밍하기

아이디어가 많을수록 좋은 아이디어가 나올 확률도 높아진다.[73]
종이를 한 장 꺼내 가운데에 목표를 써보자. 그런 다음 목표 달성

에 도움이 될 만한 행동을 마음껏 자유롭게 전부 적어보자. 당장 시작할 수 있는 일도 있고, 글을 쓸 시간을 확보하려면 그만해야 하는 일도 있을 것이다. 즐겁게 브레인스토밍하며 안전지대comfort zone를 벗어나 보자.

마지막으로 그중에서 쉽거나 빠른 일, 즐겁게 할 수 있는 일을 고르자.

> 우리가 만든 글쓰기 목표 플래너는 꿈을 명확히 하고 SMART 기법으로 구체화해 가장 먼저 해야 할 행동을 파악할 수 있게 도와준다. 자료를 내려받으려면 다음 사이트를 참고하라. prolifiko.com/writtenresources

4. 단계적으로 키워가기

작게 시작하는 방법에 다소 회의적일 수도 있다. 하루에 열 단어씩만 쓰면 7만 단어 분량의 책을 완성하는 데는 아주 오랜 시간[*]이 걸릴 테니 말이다.

하지만 작은 행동을 꾸준히 이어가다 보면 익숙해지고 두려움이 줄어들며, 그 행동을 수월하게 해낼 수 있게 된다. 그때마다 행동의 크기를 조금씩 키워가면 된다.

매번 빠짐없이 글 앞에 앉는 일을 반복하자. 그러면 편도체를 놀라게 하는 일 없이 행동을 습관으로 쌓아갈 수 있을 것이다.

---

[*]　이 경우 오랜 시간이란 7,000일 또는 19.18년을 말한다.

5. 행동을 습관으로 만드는 자극 찾기

자극은 새로운 행동이 일상으로 자리 잡게 돕는 장치다. 양치질이나 아침 식사 같은 기존 루틴이나 휴대전화 알림 같은 신호 중 하나를 골라 새로운 행동을 하도록 상기시켜 주는 단서로 활용해 보자. 어떤 자극이 가장 효과적인지 여러 방법을 시도해 봐도 좋다.

6. 진전을 알아보고 기뻐하기

이번 장에서 줄곧 이야기했듯 작가들에게 동기는 변덕스럽고 미덥지 못한 친구다. 하지만 그렇다고 해서 글쓰기가 괴로운 일이 되어야 할 필요는 없다. 사실 글쓰기를 떠올릴 때 긍정적 감정이 들어야 그 일을 이어가는 데도 도움이 된다. 힘든 시기를 겪고 있을 때라면 특히 더 그렇다.

걸음을 내딛거나 이정표에 도달했을 때를 매번 스스로 알아봐 주자. 축하나 보상, 선물로 뇌의 보상 회로를 활성화해 그때의 긍정적 감정을 기억에 새기자. 진전을 인식하는 데 도움이 될 것이며 프로젝트가 한 단계씩 진행될 때마다 성취감을 느낄 수 있을 것이다.

6장

걸림돌

(굳센 의지가 아닌) 실행 계획으로
일상의 방해 요소를 관리하자

2009년 유명 작가 닐 게이먼Neil Gaiman은 블로그를 통해 연락해 온 팬에게 답장을 보내고 있었다. 개러스라는 이 팬은 조언을 듣고 싶어 했다. 엄청난 성공을 거둔 인기 TV 드라마 〈왕좌의 게임 Game of Thrones〉의 작가 조지 R. R. 마틴George R.R. Martin이 원작 소설인 '얼음과 불의 노래A Song of Ice and Fire' 시리즈의 다음 편을 아직도 내놓지 않아 실망스럽다고 했다. 개러스는 불만을 토로하며 물었다. "다음 소설 출간일에 관해 아무런 소통도 하지 않으니 갈수록 답답한 마음이 커집니다. 작업하는 걸 어떻게든 피하려고 안간힘을 쓰는 것처럼 느껴질 정도예요…. 마틴이 다음 편을 쓰지 않는 건 저의 기대를 저버리는 일이라는 생각도 드는데, 이건 역시 비현실적인 생각일까요?" 게이먼은 '특권 의식의 문제'라는 제목의 답장에서 다음과 같이 썼다. "개러스, 제 말씀이 달갑지 않을지도 모르고 더 나은 표현이 없을지 계속 고민하게 됩니다만, 적어도 제 관점에서는 아주 단순한 문제입니다. **조지 R. R. 마틴은 당신의 종이 아닙니다.** 이건 기억해 둘 만한 사실일 거예요. 혹시라도 마틴이 정말 내 마음대로 부릴 수 있는 사람이고 **지금 당장** 내가 읽고 싶은 글을 타자로 치고 있어야 한다는 생각이 든다면 당신이 꼭 새겨두어야 할 말일 겁니다. 사람은 기계가 아닙니다. 작가와 예술가도 마찬가지입니다."[74]

"다들 매일 저를 방해합니다"

—

시리즈의 여섯 번째 소설인 『겨울의 바람The Winds of Winter』이 2014년까지 출간될 예정이었던 것은 사실이다(지금이 2023년이니 개러스는 분명 속이 터질 지경일 것이다). 마틴은 여전히 초고를 작업 중인 것으로 보인다. 그의 친구이자 협업자가 인터뷰에서 설명한 내용에 따르면 〈왕좌의 게임〉은 마틴에게 양날의 검과 같았다.[75] 물론 전 세계적인 인기를 얻기는 했으나, 작품이 성공하면서 신경 쓸 일은 늘어나고 집중할 수 있는 시간은 점점 줄어들기만 했다. 이 글을 쓰는 현재 마틴은 〈왕좌의 게임〉의 새로운 프리퀄과 시퀄, 스핀오프 등 각종 프로젝트로 바쁜 나날을 보내고 있지만, 정작 독자들이 고대하는 여섯 번째 책은 여기에 포함되지 않은 듯하다.

그의 삶은 이제 다른 흥미진진한 일로 가득하다. 하지만 그만큼 대가도 따른다. 마틴은 한 콘퍼런스에서 다음과 같이 인정했다.[76] "책과 드라마가 워낙 인기가 많아서 인터뷰가 끊이지 않습니다. 출장 일정도 계속 잡혀있고요. 갑자기 남아공이나 두바이 같은 곳에서 초청이 오는데, 공짜로 두바이에 갈 기회를 마다할 사람이 누가 있겠습니까?" 정말 흥미로운 기회지만, 이런 기회 때문에 집필이 늦어진다고도 설명했다. "저는 여행할 때는 글을 쓰지 않습니다. 호텔 방에서도 쓰지 않아요. 비행기에서도요. 집에서 아무런 방해도 받지 않을 때만 글을 쓸 수 있죠. 그동안은 아무도 저를 귀찮게 하지 않았는데, 이제는 다들 매일 저를 방해합니다."

마틴이 찾은 극단적인 해결책은 아무도 모르는 외딴 산꼭대기 오두막으로 거처를 완전히 옮기는 것이었다. 그곳에서는 한 무리의 수하들(마틴의 표현이다)이 그를 능숙하게 보조하며 모든 요구를 맞춰주고, 글쓰기에 방해가 되거나 작지만 성가실 수 있는 모든 일을 문제가 되기 전에 재빨리, 조용하게 처리한다. 마틴은 자신의 삶이 매우 지루하다고 토로하며 "솔직히 삶이 있다고 말하기도 어려울 정도"라고 블로그에 썼다.[77] 하지만 적어도 그곳에서는 글쓰기에 집중할 수 있으니, 그 점이 도움이 되기를 바라보자.

이 이야기는 유익한 사실을 일깨워 준다. 세계적으로 성공한 경험 많고 부유하고 재능 있는 유명 작가들도 결국 우리와 똑같은 사람이라는 것이다. 그들도 여느 사람들처럼 주의를 빼앗기고 방해를 받으며, 때로는 의심과 두려움에 빠진다. 어떤 이들은 그들 역시 우리가 그렇듯 글쓰기를 피하기 위한 핑계를 대는 중이라 말할지도 모른다. 이번 장에서는 주의가 산만해질 때 뇌 속에서 어떤 일이 일어나는지, 접근법을 조금만 바꿔도 얼마나 많은 시간과 집중력을 확보할 수 있는지 살펴볼 것이다. 또한 글을 쓰는 생활이 장애물로 가득하다고 느껴질 때 집중력과 동기를 유지하게끔 돕는 실질적인 방법도 알아볼 것이다.

¶ ¶ ¶

우리는 작가들이 글을 계속 써나가도록 돕기 위해 글쓰기 스프린트writing sprint를 운영한다. 스프린트는 사람들이 시작의 문턱을 넘어 올바른 방향으로 나아가게끔 가볍게 등 떠밀어 주는 일주일간의 집중 프로그램이다. 이 프로그램에 참여하는 작가들은 일상에 어떤 종류의 방해 요소가 있는지 솔직하게 털어놓는다. 우리는 스프린트를 수년간 운영하며 작가들이 일상에서 겪는 고충을 꽤 깊이 이해하게 됐다. 우리가 표본으로 분석한 500명의 작가는 과연 무엇을 가장 큰 장애물로 꼽았을까?

그리 놀라운 결과가 아닐 수도 있지만, 설문에 참여한 작가 중 절반 이상(54퍼센트)이 작업 중간에 끼어드는 업무를 장애물로 꼽았다. 20퍼센트는 휴대전화가 집중력을 흐트러뜨린다고 했고, 16퍼센트는 SNS(특히 페이스북)를 지목했으며, 10퍼센트는 주요 뉴스를 확인하고 싶은 충동이 가장 방해가 된다고 답했다. 가정생활도 높은 비중을 차지했다. 집안일 때문에 집중하기 어렵다는 비율이 9퍼센트였고, 가족이 주된 방해 요인이라고 답한 비율은 16퍼센트였다(가족 중에서도 아내보다 남편, 아들보다 딸이 더 큰 방해 요인으로 나타났다. 그 이유는 다른 책에서 다루어볼 만한 주제일 것이다). 나머지 요인은 더 정서적인 범주에 속했는데, 작가 중 29퍼센트는 두려움과 압도감, 불안, 완벽주의, 자신감 상실과 같은 요인이 글쓰기를 그만두게 할 정도로 큰 방해 요소라고 답했다.* 이에 관해서는 다음 장에서 살펴볼 것이다.

많은 작가가 이런 방해 요인에 주의를 빼앗기는 자신을 탓하지만, 너무 자책할 필요는 없다. 노벨상을 받은 심리학자 대니얼 카너먼Daniel Kahneman은 주의가 산만해지는 것이 인간의 본성이라고 설명한다. 우리는 주의를 기울일 대상을 고르고 선택할 수 있지만, 뇌의 작동 구조 때문에 무의식적으로 특정한 대상에 끌리기도 한다. 그는 이렇게 썼다. "주의를 할당하는 정교한 작업은 오랜 진화의 역사를 거치면서 다듬어졌다. 가장 심각한 위협이나 가장 유망한 기회로 빠르게 주의를 돌리고 대응할 때 생존할 가능성도 높아졌다."[78]

---

* 스프린트에 참여한 작가들이 제각기 꼽은 방해 요인이 하나 이상이었기 때문에(삶이라는 것이 워낙 방해 요소로 가득하므로) 전체 합계가 100퍼센트를 넘게 된 것이다.

주의를 기울이는 노력

—

카너먼은 평생에 걸친 연구를 통해 인간의 뇌가 빠른 모드와 느린 모드 두 가지 방식으로 세상을 처리한다는 영향력 있는 이론을 발전시켰다. '빠른' 모드, 즉 카너먼이 말하는 시스템 1에서는 자동으로 정보를 처리한다. 이 시스템은 속도가 빠르고, 잠재의식에 따라 작동하며, 늘 켜져있다. 예를 들어 우리는 2 더하기 2가 무엇인지 '생각'하지 않아도 답을 알며, 큰 소리가 나면 깜짝 놀라 본능적으로 고개를 돌린다. 반면 시스템 2는 속도가 더 느리고 인지적 노력을 더 많이 요구한다. 느린 모드에서는 동시에 여러 정보를 처리하는 일이 불가능하거나 매우 어렵다. 그래서 우리는 어려운 질문을 받으면 하던 일을 멈추게 된다. 글을 쓰려고 조용한 환경을 찾게 되는 것도, 도서관이나 시험장이 대체로 조용한 것도 마찬가지 이유다.

카너먼은 자신의 저서 『생각에 관한 생각Thinking, Fast and Slow』에서 시스템 1과 시스템 2가 실제로 어떻게 작동하는지 예시를 드는데, 여기서는 그 내용에 약간 살을 붙여보려 한다. 화창한 날 탁 트인 고속도로를 질주하는 차의 조수석에 앉아있다고 상상해 보자. 운전자는 한쪽 눈으로 길을 살피며 당신과 즐겁게 수다를 떨고 있다. 그런데 순간 운전자가 길을 잘못 든다. 어느새 차는 깎아지른 듯한 절벽 꼭대기 위의 좁은 길을 달리고 있고 비까지 쏟아지기 시작한다. 이제 운전자는 앞이 보이지 않는 모퉁이에서 트럭을 어렵사리 추월해야만 한다. 이 상황에서 당신은

가장 먼저 무엇을 하겠는가? 그렇다, 얼른 말을 멈추고 무엇이
든 필사적으로 붙잡을 것이다. 왜 그럴까? 운전자가 길에서 눈
을 떼면 안 되며 말을 걸면 그에게 방해가 될 수 있다는 것을 본
능적으로 알기 때문이다. 운전자가 더 이상 여러 자극을 쉽게 처
리할 수 없다는 것을 알고 있으므로 그의 집중을 위해 인지적 입
력을 제한하는 것이다.

이처럼 복잡한 과업은 정신적 노력을 더 많이 요구하므로 한
정된 주의 지속 시간을 더 많이 '소모'한다. 글쓰기도 이런 과
업 중 하나다. 실제로 카너먼은 글쓰기를 '최적 경험'*이라 부르
며,[79] 이런 활동은 시스템 2의 처리 능력에 많은 부담을 준다. 글
을 쓸 때 배경 음악을 틀어놓을 수는 있어도 동시에 복잡한 수학
방정식을 풀기는 어려울 수 있다. 글쓰기는 절제력과 자기통제,
강도 높은 집중, 그리고 커다란 노력이 필요한 일이다.

카너먼은 인간이 위험이나 스트레스에서 자신을 보호하도록
진화한 것과 마찬가지로 정신적으로나 육체적으로나 과도한 부
담을 주는 일을 피하도록 진화했다고 설명한다.** 그는 늘 간단
하고 힘들지 않은 방식으로 일을 처리하려 한다는 점에서 뇌의

---

* optimal experience, 심리학자 미하이 칙센트미하이가 제시한 개념으로 어떤
활동에 깊이 몰입해 그 순간에만 집중하게 되는 경험을 말한다.—옮긴이

** 5장의 내용을 기억하겠지만, 한꺼번에 너무 많은 일을 하려고 하면 뇌의 공
포 중추를 자극할 수 있다. 달성할 수 있는 작은 목표를 세우고 현실적인 단
계를 밟아가는 것은 공포 중추 옆을 조심스레 지나가는 효과적인 방법이다.

시스템 2 영역을 '게으른 통제자lazy controller'라고 부른다. 미루는 습관은 뇌가 무리한 노력으로부터 우리를 보호하려고 해서 생겨난다. 노벨상을 받은 과학자들도 이런 경향을 보이기는 마찬가지다. 카너먼은 다음과 같이 쓴다. "내가 한 시간 동안 글을 쓰면서 몇 번이나 이메일을 확인하고 냉장고 문을 여닫는지 지켜본 사람이라면 도피하고 싶은 내 충동을 금세 알아차릴 것이다. 작업을 계속하려면 지금보다 더 강한 자기통제가 필요하다고 결론을 내릴 만도 하다."[80]

오늘날 우리의 집중을 방해하는 '위협'은 검치호랑이처럼 생명을 위태롭게 하는 존재가 아닌 스마트폰의 형태로 나타난다. 비록 그 모습은 달라졌지만 위협의 빈도는 훨씬 더 커졌다. 작가 니컬러스 카Nicholas Carr의 표현처럼 인생을 '얕게in the shallows' 살지 않으려면 필요할 때 집중할 수 있는 능력을 갖추는 것이 매우 중요하다.[81] 인생에서 어떤 대상에(이를테면 어떤 사람과의 관계나 커리어의 경로에) 주목하고 집중할지를 결정하는 큰 선택이 우리 삶에 지대한 영향을 미치는 것은 분명하다. 하지만 아이들이 일어나기 전에 30분 동안 글을 쓴다거나 하는 작은 선택 역시 중요하다. 사실 여러모로 훨씬 더 중요하다고 할 수 있다. 이런 선택에 주의를 기울여야 하는 이유는 작은 선택이 쌓여 큰 변화를 만들어내기 때문이다. 과학 작가 위니프리드 갤러거Winifred Gallagher가 간결하게 설명하듯 "지금 이 한 시간, 하루, 한 주, 한 해, 나아가 한평생을 어디에 집중할지 결정하는 일은 인간이라면 누구나 고민하는 문제이며, 삶의 질은 이 문제를 어떻게 다루는지에 크게 좌우된다."[82] 그러니 주의가 산만해지는 것이 자연스러운 현상이라는 점을 인식하는 것은 중요하지만, 그렇다고 해서 집중하려는 노력을 하지 않아도 된다는 건 아니다.

끊임없이 방해를 받으며 글을 쓰기도 어렵지만, 뒤따르는 결과도, 걸려있는 것도, 지켜야 할 기한도 없는 상태에서 글을 쓰는 것 역시 어려운 일이다. (자신 외에는) 실망시킬 사람이 없거나 반대로 실망시킬지도 모르는 수많은 열성팬이 있는 상황(조지 R. R. 마틴이 소설 집필을 미루는 근본적인 원인일 것이다)에서 글을 쓰는 것도 어렵기는 마찬가지다. 우리가 수년간 매우 다양한 작가들을 코칭하며 알게 된 사실은 가용 시간의 양과 방해 요소의 수가 그 자체로 집중을 저해하거나 용이하게 하진 않는다는 것이다. 요컨대 시간이 많든 적든, 글쓰기를 방해하고 중단시키는 요소가 많든 적든 상관없이 글을 쓸 수 있다. 결국 나 자신과 내가 취하는 접근 방식에 달린 문제다.

행동경제학자 폴 돌런Paul Dolan은 주의가 분산될 때 '전환 비용switching costs'*이라는 일종의 정신적 마찰mental friction을 경험하게 된다고 설명한다. 여러 작업 사이를 오가며 한 가지 일에 깊게 집중하지 못하는 것은 매우 부정적일 수 있는데, 그건 곧 어

---

*   '전환 비용'이라는 용어의 기원이 어디서 비롯됐는지는 분명하지 않으나, 돌런이 인용하는 메이란Meiran, 호렙Chorev, 사피어Sapir의 2000년 연구 '과업 전환 과정의 구성 요소'가 최초 출처일 수 있다.

떤 일에 완전히 빠져드는 느낌인 몰입감 sense of flow*을 얻을 수 없다는 뜻이기 때문이다. 앞에서 살펴봤듯 하루 동안 쓸 수 있는 시스템 2의 처리 능력은 한정되어 있으니 현명하게 사용하는 것이 최선이다. 트윗에 한눈을 팔 때마다 비축된 처리 용량은 대폭 줄어든다. 한 연구에 따르면 온라인상에서 같은 글을 읽더라도 링크가 없는 글보다 많이 들어간 글이 정신적으로 더 큰 피로감을 유발한다고 한다. 각 링크를 열어볼 것인지 말 것인지 판단하는 작은 결정을 내려야 하기 때문이다. 이런 작은 결정은 시스템 2의 남은 처리 용량을 조금씩 갉아먹는다.[83]

돌런은 집중하고 싶은 대상에서 강제로 주의를 빼앗기면 생산성과 전반적인 행복 수준에 악영향이 생길 수 있다고 설명한다. "주의를 전환할 때마다 뇌는 재조정이 필요하므로 정신적 자원을 추가로 소모하게 된다. 문자나 트윗, 이메일에 답하는 것도 작업을 전환하기 위해 주의력을 쓰는 행동이다. 이런 행동을 자주 하면 비축된 주의력이 빠르게 줄어들면서 하고 싶은 일에 집중하기가 더 어려워진다."[84]

---

*   '몰입 flow'이라는 개념은 1975년 심리학자 미하이 칙센트미하이 Mihaly Csikszentmihalyi가 만든 것으로, 칙센트미하이는 1990년 출간된 동명의 저서에서 이 개념을 종합적으로 설명한다. 그는 몰입을 의식이 조화롭게 질서를 이루고 어떤 일을 그 자체를 위해 계속하고 싶은 마음이 들 때 사람들이 자신의 정신 상태를 묘사하는 방식으로 정의한다. 그는 이어서 몰입은 삶에서 행복감과 충족감을 얻는 데 필수적이라고도 말한다. 또한 몰입을 경험하지 못하는 것이 정신 건강과 안녕감에 모두 해로울 수 있다고 설명한다.

방해 요소가 해로운 이유는 원치 않게 불쑥 끼어들며 우리의 통제를 벗어나기 때문이다. 방해 요소를 통제할 수 있게 될수록 악영향은 줄어든다. 생각해 보면 글쓰기에 집중하지 못하게 하는 방해 요소와 하루 중 의도적으로 계획해 둔 휴식의 유일한 차이점은 마음가짐이다. 하나는 '우리에게 일어나는' 일이고, 다른 하나는 '우리가 의도를 가지고 하는' 일이다. 스스로 취하는 휴식은 자유롭게, 자율적으로 선택하는 것이므로 인지적 노력이 덜 든다. 반면 강제로 취하는 휴식은 뇌에 더 큰 마찰과 스트레스를 준다. 즉, 방해 요소에 대한 통제력이 클수록 노력이 덜 들게 될 것이며 뇌도 더 행복하고 만족해할 것이다. 앞에서 말했듯 뇌는 늘 쉬운 해결책을 찾으려 한다. 뒤에 이어지는 두 가지 접근법은 뇌의 게으른 천성을 오히려 유리하게 이용할 수 있도록 도와줄 것이다.

장애물 사고

—

동기심리학 분야의 세계적 권위자인 가브리엘레 외팅겐Gabriele Oettingen은 목표 설정과 동기 부여의 과학에 관심을 가지게 된 이유를 인터뷰에서 다음과 같이 설명했다. "저는 희망이라는 주제에 관심이 늘 많았습니다. 사람들이 가장 절망적인 상황에서도 포기하지 않는 이유가 궁금했어요. 처음에는 긍정적 사고 때문이라고 생각했죠. 하지만 데이터를 보니 그렇게 간단하지 않더군요.

긍정적 사고는 미래의 가능성을 탐색하는 데는 매우 유용합니다. 기분도 좋게 해주고요. 하지만 원하는 미래를 실제로 이루는 데는 오히려 해가 됩니다. 삶을 바꾸기 위해 정말로 필요한 건 행동이에요. 미래에 관한 긍정적 공상positive fantasies은 사람들의 회복력을 설명하지 못해요. 긍정적 공상은 건강한 현실 감각으로 보완되어야만 합니다."[85]

외팅겐의 연구에 따르면 긍정적이고 희망적인 사고는 방향성을 제시해 줄 수는 있지만 현실적인 인식과 반드시 짝을 이루어야만 한다. 즉, 당신의 앞을 가로막고 있는 것이 무엇인지 알아야 한다. 의지력만으로 집중력을 유지하려 할 때('방해 요소에 맞서 싸우는' 접근법을 취할 때) 우리는 인지적 에너지를 고갈시킬 뿐만 아니라 미래에는 상황이 달라지리라는 꿈과 희망에 의존하게 된다. 애초에 왜 집중하기가 어려웠는지는 알지 못한 채 막연히 지난번보다 결과가 더 좋기를 바라는 것이다.

외팅겐은 미래에 관한 긍정적 공상이 행동할 동기를 높여주는지 알아보기 위해 다양한 상황과 연령대의 사람들을 20년 넘게 관찰했다. 체중 감량, 취업, 금연 등 각기 다른 목표를 가진 사람들을 대상으로 실험을 진행했고, 대상자의 활력이나 의욕 수준을 보여주는 심혈관 지표인 수축기 혈압(최고 혈압)을 실험 전후로 측정했다. 그 결과 목표가 무엇이든 그 목표를 이루는 상상을 하면 마음이 평온해지고 혈압이 내려간다는 사실을 발견했다. "긍정적 공상이 생리학적 검사에 나타날 정도로 이완에 도움이 된다는 것은 놀라운 일이다."[86]

물론 요즘같이 쉴 새 없이 돌아가는 세상에서 공상을 좀 한다
고 나쁠 것은 없다. 앞에서 우리가 공상의 이점을 살펴보기도 했
던 것도 기억할 것이다. 하지만 외팅겐이 발견한 문제는 긍정적
공상을 하면 마음이 느긋해지며, 그런 상태에서는 무언가를 할
가능성이 줄어든다는 것이다. 목표를 이루고 싶다면 "느긋해지
는 것만은 **절대** 피해야 한다. 소파에서 일어나 운동을 하거나 일
자리를 찾거나 시험공부를 할 수 있는 활력이 있어야 하고, 피할
수 없는 장애물이나 문제가 생겨도 계속할 수 있는 의욕이 있어
야 한다."[87] 그러니 공상은 얼마든지 해도 좋지만, 거기서 멈추
지는 말자. 부커상을 받은 소설가 버나딘 에바리스토의 말을 다
시 인용하자면 "노력하지 않고 원하는 결과를 상상하는 일은 효
과가 없다." 꿈을 꾸는 것은 따뜻하고 포근한 기분이 들게 할지
는 몰라도 꿈꾸는 일이 곧 행동으로 이어지지는 않는다. 꿈을 현
실로 만드는 유일한 방법은 행동하는 것이다.

외팅겐은 삶의 어떤 영역에서든 달성하고 싶은 목표를 생각
할 때 '심리적 대조mental contrasting'라는 방법을 사용하라고 권한
다. 꿈을 꾸되, 꿈을 이루는 데 방해가 될 수 있는 개인적인 장
벽과 장애물을 떠올려보라는 것이다. '장애물 사고'*라고도 불
리는 심리적 대조는 우리가 코칭 프로그램의 시작 단계에서 매
번 활용하는 방법이다. 우리는 코칭을 받는 동안 글쓰기를 방해

하거나 중단시킬 만한 요소가 무엇일지 구체적으로 말해달라고 작가들에게 청한다. 당신에게도 이 방법이 도움이 될 수 있다.

이 방법이 효과적인 이유는 무엇일까? 글쓰기를 가로막을 수 있는 요인을 미리 충분히 생각해 두면 실제로 마주했을 때 더 잘 관리할 수 있기 때문이다. 장애물 사고는 집중을 방해하는 일이 생길 때까지 마냥 기다리는 대신 예측할 수 있게 도와준다. 집중하려고 '애쓰는' 인지적 노력을 더 이상 들이지 않아도 된다는 뜻이다. 장애물 사고를 활용하면 '강아지가 오후마다 삑삑이 장난감을 물고 방에 들어와서 귀찮게 하지 않으면 참 좋을 텐데' 같은 희망적 생각을 '오후 3시에 산책을 시켜서 힘을 빼놓고 그 놈의 삑삑이는 선반 위에 올려놔야지(미안해, 폐기야)' 같은 실질적 행동으로 바꿀 수 있다.

완성된 원고나 책처럼 긍정적인 미래의 모습을 상상하는 것은 동기 부여가 된다. 하지만 그 꿈은 도중에 생길 수 있는 장애물에 관한 분명한 이해와 실제로 난관에 부딪혔을 때(불가피하게 그렇게 될 것이다) 무엇을 해야 하는지에 관한 지식을 동반해야만 한다. 장애물 사고는 방해를 받지 않고 글쓰기에 몰입하는 더 없는 행복 같은 것을 누리기 위한 것이라기보다는 뇌의 시스템 2 영역이 할 일을 줄여주는 것이 목적이다. 하루 동안(나아가 인생 전반에서) 생길 수 있는 방해 요소를 더 잘 자각한다면 실제로 그런 일이 일어났을 때도 더 잘 피할 수 있게 된다. 방해 요소에 대비함으로써 원치 않게 글쓰기를 중단하게 될 때 따르는 인지적 부담을 최소화할 수 있다. 돌런이 설명한 유형의 전환 비용을 피할 수 있는 것이다.

하지만 그와 같은 방해 요소가 '완전히' 제거된다면 어떨까?

선택 설계

—

시인이자 회고록 작가, 민권 운동가인 마이아 앤절로Maya Angelou는 성공이 찾아왔을 때 흥미로운 일들로 삶을 복잡하게 만들지 않았다. 그런 일들을 피하려고 산꼭대기 오두막으로 떠나지도 않았다. 오히려 평소 루틴을 지키며 글을 쓰는 생활을 더 단순하게 설계했다. 인터뷰에서 그는 오전 6시쯤 일찍 하루를 시작한다고 말했다. 남편과 함께 커피를 마시고 나면 일터로 향했다. 의도적으로 방해 요소를 모두 제거해 둔 호텔 방이 곧 일터였다. 다른 인터뷰에서 그는 다음과 같이 말했다. "작업용으로 쓰는 호텔 방이 있어요. 침대만 하나 달랑 있는 작고 허름한 방이고, 구할 수 있을 때는 세면대가 딸린 방을 빌리기도 하죠." 그는 자신의 집중을 도와줄 조수가 필요하지 않았다. 방에 가져가는 물건을 제한해 스스로 집중력을 유지했다. 요즘 같았으면 분명 휴대전화를 집에 놓아두고 노트북의 와이파이를 꺼두었을 것이다. "방에는 사전 한 권과 성경책 한 권, 카드 한 벌, 셰리주 한 병만 둡니다. 외롭기도 하지만 기막히게 좋기도 해요."[88] 앤절로 자신은 그렇게 표현하지 않았지만, 그가 하고 있던 일은 집중력을 유지하기 위해 환경 설계environment design의 원리를 이용하는 것이었다. 앞에서 언급했듯 우리의 주의력은 한정되어 있다. 그래서 우리는 집중력을 이야기할 때도 돈과 관련된 표현을 쓴다. 우리는 이런저런 일에 신경을 '쓰고pay' 무언가에 시간을 '투자invest'한다.

행동과학자이자 경제학자인 리처드 세일러Richard Thaler[*]와 저널리스트 캐스 선스타인Cass Sunstein은 우리가 삶의 요소를 어떻게 구성하는지에 따라 우리의 행동, 즉 우리가 내리는 선택과 결정에 의도적으로 영향을 미칠 수 있다는 생각을 대중화했다. 두 사람이 제시한 단순하지만 강력한 개념인 '선택 설계choice architecture'는 내려야 하는 선택의 수를 줄임으로써 행동 방식을 바꿀 수 있다는 것이다. 예를 들어 평소 집중을 방해하는 요소를 줄이거나 없애면 글쓰기를 더 쉽게 만들 수 있다. 선택 설계는 전 세계 정부가 사람들이 마음속으로는 옳다는 것을 알면서도 실행에 옮기지 못하는 일(건강 관리, 연금 저축, 겨울철 독감 예방 접종 등)을 하도록 '유도nudge'하는 데 활용해 온 이론이다. 앤절로는《파리 리뷰》와의 인터뷰에서 텅 빈 방에는 그에게 필요한 창의적 집중력을 가져다주는 무언가가 있다고 설명했다. "그 방에 들어서면 제가 평소에 가지고 있던 생각이 전부 멈추는 듯한 느낌이

---

[*] 세일러는 1977~1978년 사이 1년간 스탠퍼드대학교에 머무르며 대니얼 카너먼, 에이머스 트버스키Amos Tversky와 교류했다(트버스키는 카너먼과 시스템 1, 2 이론을 공동 개발한 인물이다). 카너먼과 트버스키의 연구는 당시 세일러가 연구하던 여러 경제적 이상 현상을 설명하는 이론적 틀을 제공했다.

들어요. 무엇에도 얽매이지 않는 상태가 되죠."[89] 반면 집은 집중하기 어려운 환경이라고도 했다. "집을 아주 예쁘게 꾸며놓으려고 하는데, 저는 예쁜 환경에서는 작업을 할 수 없어요. 주의가 산만해지거든요."[90] 앤절로는 글을 쓰려면 시스템 2의 한정된 주의력을 작업에 쏟을 수 있는 환경을 조성해야 한다는 점을 알고 있었다. 실제로 그는 오로지 글쓰기에만 집중할 수 있도록 방 벽에 걸린 그림을 치워달라고 호텔 직원에게 요청하기도 했다.

지금까지 살펴본 접근법들은 일상에서 마주하는 방해 요소와 굳센 의지로 맞서 싸우는 것이 아니라 그것을 어떻게 관리하고 대처할지 아는 것에 초점이 맞춰져 있다. 두 접근법 모두 뇌에 스트레스를 많이 주는 과업을 제거하거나 줄여서 집중하는 일을 더 쉽게 만들어준다. 하지만 저명한 심리학자 로버트 치알디니Robert Cialdini가 말하는 '인지적 종결cognitive closure'과 연관된 자연스러운 욕구를 활용할 수도 있다. 이 방법은 우리가 동기를 잃지 않도록 도와주며 다음 날 글쓰기로 쉽게 돌아올 수 있게 해준다. 직접 시도해 본다면 게으른 뇌가 또 한 번 고마워할 것이다.

열린 고리 활용하기

—

새내기 교수 시절 어느 날 치알디니는 강의 막바지에 문득 시간이 다 된 것을 깨달았다. 수업을 시작하며 던졌던 중요한 질문에 답을 주지 못한 채로 이야기를 마무리해야 했다. 당시 그는 별생각 없이 짧은 사과와 함께 수업을 마치며 다음 시간에 답을 알려주겠다고 말했다. 하지만 학생들은 자리를 뜨려고 하지 않았다. 그가 학생들에게 열린 고리open loop, 즉 해결되지 않은 문제를 던져주고는 그대로 내버려둔 것이었다. 그들은 질문의 답이 무엇인지 알고 싶어 했다. "학생들은 내가 미스터리를 종결해줄 때까지 나를 놓아주지 않으려 했다. 그때 이런 생각을 했던 기억이 난다. '치알디니, 이거야말로 우연히 다이너마이트를 발견한 셈이잖아!'"[91]

그 순간 그는 중요한 발견을 했다고 확신했지만, 무슨 일이 일어났는지는 정확히 이해하지 못했다. 그래서 여러 심리학 이론을 연구하기 시작했고 이것이 자이가르닉 효과Zeigarnik effect라는, 잘 알려진 심리 '상태state'와 연관이 있다는 사실을 알아냈다. 치알디니는 저서 『설득의 심리학 2 Pre-suasion』에서 자이가르닉 효과가 어떻게 처음 발견됐는지 설명하는데, 그 이야기를 여기서 다시 해보려 한다. 1920년대 베를린의 볕 좋은 노천 맥줏집에서 한 무리의 학생들과 연구 조교들이 한가로운 시간을 보내고 있었다. 그들의 대화는 그곳에서 일하는 베테랑 웨이터에 관한 이야기로 흘러갔다. 그 웨이터는 인원이 많은 테이블의 주문을 매번 완벽히 기억하고 음식과 술을 정확히 나눠주는 놀라운 능력으로 소문이 자자했다.

그날 일행 중 한 명은 나이 지긋한 웨이터의 기억력을 시험해보기로 하고 웨이터가 테이블 가득 음식을 차리고 간 뒤 동료들에게 냅킨으로 접시를 모두 가려달라고 했다. 그런 다음 웨이터를 다시 불러 누가 어떤 메뉴를 주문했는지 한 번 더 말해달라고 청했다. 웨이터는 불과 몇 분 전에 서빙을 한 학생들의 얼굴과 어느새 냅킨으로 뒤덮인 테이블 위를 유심히 살폈지만, 끝내 기억해 내지 못했다. 심지어 비슷한 답도 내놓지 못했다. 학생이 짓궂은 질문을 던진 것이라고 생각할 수도 있지만, 사실 이 냅킨 실험은 현대 사회심리학의 아버지인 쿠르트 레빈Kurt Lewin과 훗날 세계적인 기억 전문가가 되는 리투아니아 출신의 심리학자 블루마 자이가르닉Bluma Zeigarnik이 주도한 연구의 일부였다.

자이가르닉 효과Zeigarnik effect는 완료한 과업보다 완료하지 못했거나 중단된 과업에 주의가 집중되어 그 일을 더 잘 기억하는 상태를 말한다. 치알디니는 이것이 모두 그가 말하는 '인지적 종결'을 향한 인간의 타고난 갈망과 연관이 있다고 본다. 과업을 수행 중일 때 웨이터의 기억력은 누구보다 뛰어났다. 모든 정신적 에너지가 그 일에 쏠려있었기 때문이다. 하지만 서빙을 완료하고 열린 고리가 닫히자, 에너지는 다른 곳으로 옮겨갔다. "우리는 수행해야 한다고 느끼는 과업을 끝마치지 못했을 경우 그 과업의 온갖 요소를 더 잘 기억한다. 주의가 계속 그곳에 집중되어 있기 때문이다. 그런 일을 하던 도중에 방해를 받거나 주의를 빼앗기면 하던 일로 되돌아가려는 불편하고도 괴로운 욕구를 느끼게 된다."[92]

치알디니는 자신도 일부러 준비가 덜 된 상태에서 글쓰기를 마치는 방식으로 자이가르닉 효과를 활용한다고 말한다. 정말 계속 쓰고 싶을 때 문장을 마무리하지 않고 일찍 작업을 끝내서 주의를 계속 집중시키는 전략이다. 그렇게 하면 다음에 무엇을 써야 할지 아는 상태에서 의욕적으로 다시 작업에 돌아오는 데 도움이 된다. 어니스트 헤밍웨이도 이 방법을 신봉했다고 알려져 있다.[93] 앞에서 소개한 돌런의 방법과 마찬가지로 이 방법 역시 방해를 받아 주의를 빼앗기기 전에 주의를 집중할 대상을 통제하는 것과 관련이 있다.

¶ ¶ ¶

작가이자 저널리스트인 올리버 버크먼은 우리 블로그에 실린 인터뷰에서 "습관을 들이거나 바꾸려 할 때 정말 중요한 것은 말에서 절대 떨어지지 않는 것이 아니라 떨어졌을 때 다시 올라타는 것"이라고 했다.[94] 버크먼은 겸손한 사람이라 스스로 내세우진 않았지만 그의 말은 꽤 깊은 뜻을 담고 있다.

승마의 비유를 좀 더 이어가자면, 말을 잘 타는 사람이 낙마 시 부상을 막기 위해 올바른 낙법을 숙지하고 있듯(혹시 궁금해하실까 봐 말씀드리자면 말을 놓아버려야 한다) 우리도 어느 순간에 주의가 산만해지거나 방해를 받을 수 있다는 사실을 받아들여야 한다. 중요한 것은 방해 요소에 대응하는 방법을 아는 것이지, 무턱대고 그런 일이 생기지 않으리라 생각하거나 실제로 생겼을 때 맞서 싸우려고 '더 열심히 노력하는' 것이 아니다. 그런 대응은 모두 좌절과 지연으로 이어질 뿐이다.

일상에 어떤 방해 요소가 있고 그 원인이 무엇인지 알면 관리할 준비를 더욱 잘 갖추게 될 것이며, 결과적으로 방해 요소가 삶에 미치는 영향도 줄어들 것이다.

방해 요인이 더 깊은 곳에서 비롯될 때

—

이번 장에서는 조지 R. R. 마틴을 비롯해 우리가 모두 막으려 애쓰는 일상의 글쓰기 방해 요소를 살펴봤다. 하지만 많은 이들은 다른 차원의 방해 역시 경험한다. 보통 이런 방해 요소는 더 내적인 성격을 띠며 다루기가 훨씬 어렵다. 바로 내면의 비평가가 속삭이는 소리이자 우리가 모두 가지고 있는 의심과 두려움, 걱정, 불안이다. 우리를 더 산만해지기 쉽게 만드는 것은 대개 이런 마음속의 목소리다. 이와 같은 내면의 생각은 효율적인 성과와 관련된 팁을 통해선 늘 깔끔하게 해결되지 않는다. 이런 문제를 다루려면 다른 접근법이 필요하다. 우리는 힘든 시기에도 계속 나아가는 데 필요한 회복력을 기를 방법을 찾아야 한다. 다음 장에서는 이런 내용을 다뤄볼 것이다.

걸림돌

1. 걸림돌에 관한 사고를 연습하는 방법

방해 요소는 어디에나 있다. 이메일, SNS, 업무, 다른 사람까지, 삶은 원래 정신 팔릴 일투성이다! 방해 요소를 관리하는 일은 끊임없는 싸움처럼 느껴질 수 있다. 이런 방해 요소가 미치는 영향을 줄이는 열쇠는 일상에 어떤 방해 요소가 있으며 그 원인이 무엇인지 이해하는 것이다.

먼저 자신이 어떤 상황에서 집중력이 흐트러지는지 생각해 보자.

펜을 잡거나 노트북을 열자. 마지막으로 글을 썼던 시간을 돌아보며 글쓰기를 방해하는 것들의 목록을 적어보자. 가능한 한 구체적으로 써보자. 우선 최근의 특정 시간과 장소에 집중한 다음 평소 자주 겪는 방해 요소로 범위를 넓혀본다.

- 당신을 산만하게 하거나 방해하는 구체적인 대상이 있는가?
- 글쓰기에 집중하지 못하게 하는, 자주 반복되는 일이 있는가?
- 이제 다음 글쓰기 시간을 상상해 보자. 무엇이 당신을 방해할 수 있을까?

- 이것은 늘 겪는 문제일까, 아니면 새로운 것일 수도 있을까?

최대한 폭넓게 생각해 보자. 방해 요소가 많을 수도, 적을 수도 있다. 그래도 괜찮다. 지금은 자책할 때가 아니라 자신이 주로 어떤 상황에서 산만해지는지 현실적으로 파악해 볼 때다.

2. 방해 요소 없는 글쓰기 환경 설계하기

앞에서 작가 마이아 앤절로가 방해 요소를 피하려고 '작고 허름한 방'에서 글을 썼다고 이야기했다. 꼭 그렇게까지 할 필요는 없지만, 노벨상을 받은 행동과학자 리처드 세일러가 제안한 선택 설계 기법의 원리를 이용하면 집중력을 유지할 수 있다. 당뇨병 환자들이 단 음식을 보이지 않는 곳에 숨겨 간식의 유혹을 줄이는 것처럼 글을 쓰는 공간에 약간의 변화를 주어 방해 요소를 차단할 수 있다.

다시 말하지만, 이 접근법은 모두 알아차림에서 시작한다. '방해 요소 기록 distractions log'을 쓰기 시작했다면 그중 일부를 제거하기 위해 환경을 어떻게 설계할 수 있을지 생각해 볼 수 있다. 예를 들어보자.

- 이메일 때문에 주의가 산만해진다면 글을 쓸 때는 휴대전화를 다른 방에 두거나 알림을 꺼둘 수 있을까?
- 새로운 아이디어가 떠올라 집중하기 어렵다면 어떤 식으로든 빠

르게 기록해 두고 원래 작업으로 돌아갈 수 있을까?
- 책상이나 집이 지저분해서 신경 쓰인다면 글쓰기를 시작하기 전에 작업 공간을 정리할 수 있을까?
- 마지막으로 쓴 내용이 자꾸 눈에 들어온다면 빈 페이지에서 시작해 볼 수 있을까?

실행해 볼 만한 아이디어를 최대한 많이 나열해 보자. 폭넓게 생각하는 것이 중요하다. 떠오르는 아이디어를 막지 말자.

> 우리가 만든 방해 요소 대응 계획Distraction Battle Plan은 글쓰기를 가로막는 요인을 파악하고 실행 계획을 마련하는 데 도움이 될 것이다. 자료를 내려받으려면 다음 사이트를 참고하라. prolifiko.com/writtenresources

3. 주의력의 통제권을 되찾는 방법

일상의 방해 요소를 더 잘 통제할 수 있으면 그만큼 더 잘 관리할 수 있다. 우선 휴식을 의도적으로 활용하는 일부터 시작하자.
이제 자신이 주로 어떤 상황에서 산만해지는지 어느 정도 알게 되었을 테니, 글쓰기 일정을 짤 때 이런 성향을 어떻게 반영할 수 있을지 고민해 보자. 방해 요소가 주의를 흐트러뜨리며 (앞서 폴 돌런이 말했던) 전환 비용을 발생시키기를 기다리는 대신 더 전략적이고 주도적인 접근법을 취해볼 때다. 예를 들어보자.

- 일정 시간 글을 쓰고 나서 집중력이 흐트러지기 시작한다면 잠시

멈춰야 한다는 신호일 수 있다.
- 언제 집중력이 흐트러지기 시작하는지 살펴보고 짧은 휴식을 계
  획해 다른 일을 해보자. 밖으로 나가든 커피를 마시든 책상에서
  일어나든, 어떤 식으로든 머리를 식히자.

4. 방해 요소를 보상으로 활용하기

통제권을 되찾는 또 하나의 방법은 방해 요소를 활용하는 것이
다. 글쓰기를 미룰 때는 대개 글쓰기보다 스트레스가 덜한 일을
찾게 된다. 하지만 이제 평소 어떤 것에 주의를 빼앗기는지 알고
있으니, 글을 쓴 시간에 대한 작은 보상으로 방해 요소를 역이용
할 수 있다. 예를 들어보자.

- 인스타그램이 집중을 방해하는 주범이라는 사실을 알아차렸다
  면 10분 동안 인스타그램을 몰아 보는 것으로 자신에게 보상을
  주자. 다만 글을 어느 정도 쓴 뒤여야만 한다.
- 글을 써야 할 시간에 자기도 모르게 온라인으로 새로운 기기를
  또 검색하고 있다면 글을 다 쓰고 일과를 마칠 무렵에 검색할 수
  있는 시간을 따로 마련하자.

이때 지켜야 할 원칙은 이런 소소한 즐거움을 하루 종일 금지하
는 것이 아니다. 그런 즐거움을 글을 쓰는 과정에 포함시켜 동기
부여 요소가 되도록 유도하는 것이다.

5. 열린 고리의 힘 활용하기

로버트 치알디니가 교직 생활 초기에 얻었던 깨달음을 기억하는가? 그는 강의 끝에 궁금증을 남기는 방식으로 학생들의 관심을 붙잡아 둘 수 있다는 사실을 발견했다. 뇌는 인지적 종결을 갈망하고 열린 고리를 싫어한다. 이 점을 이용하면 오히려 글쓰기에 도움을 받을 수 있다. 준비가 되기 전에 글쓰기를 의도적으로 멈추는 것이 그 방법이다.

이것은 매우 간단하면서도 대단히 효과적인 방법이다. 핵심은 고리를 닫지 않는 것, 즉 작업을 끝맺지 않는 것이다. 글이 한창 잘 써질 때 멈출 준비가 안 된 상태에서 손을 놓아보자. 말 그대로 문장 중간에서 자리를 뜬다. 이렇게 하면 글을 쓰지 않는 동안에도 뇌를 계속 돌아가게 해 자리에 다시 앉았을 때 더 의욕적으로 작업을 이어갈 수 있다.

3부

멈추지 말고,
계속 쓰라

작가를 꿈꾸는 사람에게 해주고 싶은 다섯 가지 조언은 무엇인가?

많이 써라.
쓰고 싶은 글을 찾아라.
그 글을 많이 써라.
당신의 글과 비슷한 글을 출판하는 사람을 찾아라.
모두가 싫어해도 계속 써라.

— 데이비드 퀀틱David Quantick*

* 　데이비드 퀀틱은 에미상을 수상한 코미디 작가이자 베스트셀러 작가,
　　음악 저널리스트다. 작가이자 감독인 아르만도 이아누치Armando Iannucci
　　와 함께 〈에비뉴 5Avenue 5〉, 〈The Thick of It〉, 〈부통령이 필요해Veep〉
　　등 여러 프로그램을 꾸준히 작업하고 있으며, 저서로는 『The Mule』,
　　『How to Write Everything』, 『How to Be a Writer』 등이 있다.

7장

회복력

큰일이 닥쳤을 때
당신을 계속 나아가게 해주는 것은 작은 것들이다

어느 날 요정 대모가 어디선가 날아와서는 반짝이는 지팡이를 휘둘러 글쓰기에 필요한 공간과 시간, 돈을 모두 선물해 주었다고 상상해 보자. 당신은 감사 인사를 퍼부으며 뛸 듯이 기뻐하겠는가, 아니면 애비게일 해리슨 무어 Abigail Harrison Moore 교수처럼 얼마간은 다른 반응을 보이겠는가? 해리슨 무어는 오랫동안 단행본을 쓰고 싶어 했다. 자료 조사도 마쳤고 대략적인 구상도 해두었지만, 좀처럼 시간이 나지 않았다. 그러던 어느 날 소속 학과로부터 책 집필을 위해 1년간 전액 유급으로 연구 휴가를 주겠다는 통지를 받았다. 누구라도 무척 기뻐할 법한 상황이었지만, 그의 머릿속에 떠오른 말은 '난 못 하겠어'였다. 몇 주 뒤 코로나19 팬데믹 때문에 안식년이 1년 뒤로 연기됐다는 안내를 추가로 받았을 때 그는 '정말 다행이다!'라며 안도했다.

우리가 글쓰기와 맺고 있는 관계를 복잡하다고만 표현하는 것은 부족하다. 글쓰기는 대개 우리가 간절히 하고 싶어 하는 일인 동시에 그만두고 싶은 일, 아예 시작조차 하지 않는 일이기도 하다. 어렵고 정신적으로 더 큰 노력을 요구하는 일일수록 꾸물거리고 한눈을 팔며 미루게 되기 쉽다. 해리슨 무어가 처음에 보인 반응도 그랬다. 앞서 우리는 글쓰기를 어려우면서도 그만큼 보람 있게 만드는 창작 과정에 대해 언급했다. 상황이 힘들어질 때도 글쓰기를 계속하려면 회복력이 필요하다는 뜻이다. 이번 장에서는 각자 개인적인 이유로 글을 놓아버렸던, 서로 판이하게 다른 두 작가의 이야기를 다룬다. 그들은 어떻게 다시 글을 쓰기 시작했는지, 우린 그들의 경험에서 글쓰기를 계속 이어가는 방법에 관해 무엇을 배울 수 있는지 함께 살펴보자.

¶ ¶ ¶

학자로서 경력을 쌓으려면 끈기가 필요하다. 해리슨 무어는 학계에서 28년을 보냈다. 그는 최근까지 자신이 일하는 대학교에서 대형 학과의 장을 맡았던 중진 교수이자 미술사와 박물관학 분야의 전문가다. 그런데도 무어는 스스로가 사기꾼처럼 느껴진다고 했다. "가끔 속으로 '내가 어떻게 여기까지 오게 된 거지? 원래 이렇게 될 일이 아니었는데. 요크셔 출신 공립학교 학생이 운이 좋았을 뿐이야.'*라고 생각해요. 바보 같은 생각이라는 걸 알지만, 때로는 제가 가짜처럼 느껴져요."

해리슨 무어가 학계에 들어온 것은 가르치기 위해서였다. 연구와 글쓰기는 전혀 염두에 두지 않은 일이었다. "저는 제가 무엇보다 교육자이자 소통하는 사람이라 생각하는데, 사람들은 저보고 '학자'라는 게 되어야 한다더군요. 책도 쓰고 논문도 발표해야 한다고요." 동료들은 글을 쓰지 않으면 경력에 지장이 생길 것이라고 압박했다. 사실 학계가 돌아가는 방식이 그렇다. 연구 실적을 많이 낼수록 보상받고, 그러지 못하면 불이익을 받는다. 신진 연구자들에게 '논문을 출판하지 못하면 도태된다'라는 냉혹한 메시지를 주입하는 체제다. "글쓰기는 의무가 되어버렸어요. 해야만 하는 일이지, 즐거운 일이 전혀 아니었죠." 경력 초기에 지도교수와 선배 교수에게 들은 부정적인 말도 도움이 되지 않았다. "처음에는 제가 제대로 된 연구자가 아니라고들 했어요. 학생들 뒤치다꺼리나 하고 엑셀 시트나 붙잡고 있는 게 제가 하는 일이라고 했죠. 지금은 거의 다 극복했지만, 그 말들이 아직도 마음속 깊이 남아있어요." 그는 글을 쓰고 출판하고 '학자가 되어야' 한다는 압박 때문에 몇 년 전 학계를 완전히 떠날 생각까지 했다고 고백했다.[1,2] 학과장으로 승진하며 강점을 인정받

고 학교에 남기로 했지만, 새로운 책임을 맡으면서 연구와 글쓰기에서는 더욱 멀어졌고 시간도 훨씬 더 부족해졌다.

회복탄력성의 평범한 마법

—

회복탄력성 resilience은 만병통치약으로 여겨진다. 흔히 성격적 특성으로 설명되는 회복탄력성은 우리가 단기적으로는 생존할 수 있게 하고, 장기적으로는 성장할 수 있게 해준다. '다시 튀어 오르다'라는 뜻의 라틴어 'resilire'에서 유래한 이 단어는 원래 상태로 빠르게 돌아오는 능력을 뜻한다. 공학에서 회복력이 가장 뛰어난 재료는 가장 단단한 것이 아니다. 충격에 반응할 수 있는 유연한 물체다. 회복탄력성은 참고 견디는 것을 뜻하지 않으

살펴볼 것이다. 하지만 해리슨 무어와 달리 압박감을 다스리지 못하는 사람도 많다. 중요한 점은 회복탄력성이 학자들에게 늘 가능한 선택지는 아니라는 것이다. 영국에서는 박사 과정을 시작한 사람 중 30퍼센트가 중도에 포기하며, 미국에서는 중도 이탈률이 50퍼센트에 이른다. 전일제로 일하거나 시간제로 공부하는 사람들이 중도에 포기할 확률이 더 높다. 많은 이들에게 일과 학업을 병행하는 것은 선택이 아닌 경제적 필요에 따른 불가피한 결정이다. 경제적 여유가 없는 이들은 실패하기 쉬운 조건에 놓여 있다. 영국의 한 대학교가 박사 교육의 장벽을 조사한 결과에 따르면 "학생들의 교육 선택을 제한하는 재정적 요인이 접근을 어렵게 하는 매우 큰 장애물 중 하나로 작용"하는 것으로 드러났다. 비재정적 요인으로 묶인 항목에서는 여성과 흑인 학생, 장애가 있는 학생이 박사 과정 수료와 박사 후 경력 개발에 지속적인 어려움을 겪는 것으로 나타났다.

며 힘든 일이 일어나는 것을 막아주지도 않지만, 우리가 어려운 상황에서 회복하는 일, 역경 앞에서 포기하는 대신 적응하는 일을 도와준다. 우리는 여러 걸림돌과 부정적 피드백, 거절에 대처하는 일처럼 글쓰기에 따르는 어려움뿐만 아니라 질병이나 금전적 걱정, 가족 문제, 상실의 슬픔, 트라우마와 같은 삶의 좌절을 마주하면서도 회복력을 기른다. 어떤 이들은 이 모든 일을 연달아 겪기도 한다. 그러면 어떻게 해야 회복탄력성을 더 키울 수 있을까?

앤 매스틴Ann S. Masten은 인간 발달 분야에서 세계적으로 알려진 회복탄력성 전문가로 사람들이 어떻게 극심한 역경 속에서도 살아남고 적응하는지를 꾸준히 연구했다. 그는 역경을 극복한 아동들의 종단 연구 결과를 검토하던 중 우리 직관에 어긋나는 놀라운 것을 발견했다. 회복탄력성을 지닌 사람들에게 대단한 재능이나 기술이 있으리라는 예상과 달리 회복력이 제법 '흔한' 특성이라는 사실이 드러난 것이다. 매스틴의 논지는 간단하다. "회복탄력성은 '평범한 마법ordinary magic'에서 비롯되며, 회복탄력성이 어디서 오며 어떻게 키울 수 있는지 이해하는 것 역시 가능하다." 그는 누구나 회복력을 기를 수 있다는 낙관적 관점과 실용적 틀을 제시한다.[3] 이 이야기가 벽에 가로막혀 있던 해리슨 무어 교수에게 어떻게 적용될 수 있었는지 들여다보자.

해리슨 무어가 글을 쓰지 못하게 된 것은 열의나 지식이 부족해서가 아니었다. 우리와 대화를 나눌 때면 언제나 연구 주제와 학생들을 향한 그의 열정이 넘쳐흘렀다. 원인은 따로 있었다.

"제가 무슨 말을 하고 싶은지는 알아요. 사람들 앞에 서면 몇 시간이고 이야기할 수 있죠. 하지만 키보드 앞에 앉으면 자신감을 잃기 시작해요." 해리슨 무어는 아무것도 쓰지 못할 정도로 꽉 막힌 상태는 아니었으나(어쨌거나 그는 성공한 교수였다) 글을 쓰는 과정이 그를 불행하게 만들고 있었다.

무어는 균형감과 즐거움을 되찾고 싶었고 이제 더는 글쓰기를 미루거나 두려워하고 싶지 않았다. 그가 글을 쓰고 출판할 수 있다는 것은 증명된 사실이었다. 2011년 출간한 첫 단행본은 박사논문 각주에서 떠올린 흥미로운 연결 고리에서 '거의 유기적으로' 발전된 것이었다. 당시 그는 아이디어를 탐색하고 시간 가는 줄 모르고 집중하며 자신의 창의력을 발휘할 수 있었다. 스스로 즐겁게 쓴 글은 십여 년 전 그 책이 마지막이었다. 학계에서 경력을 쌓는 동안 그의 마음속에는 짐이 쌓여갔다. 그는 수년 동안 내면과 외부에서 들려오는 부정적인 목소리에만 귀를 기울였다. 이제 글쓰기는 업무와 경력, 의무와 연관된 일이 되어있었다.

우리는 그에게 글쓰기 일지를 써보라고 권했다. 글을 쓰는 과정에서 어떤 점이 즐겁거나 즐겁지 않은지 생각해 볼 수 있는 방법이었다. 코칭 통화에서 일지를 함께 살펴보던 그는 통찰을 얻었다. 학자라면 어떻게 글을 써야 하며 자신이 학자로서 무엇을 성취할 수 있어야 하는지에 관한 잘못된 믿음을 내면화했다는 사실을 깨달은 것이다. "두 시간 동안 앉아서 1,000단어를 써야 한다고 생각하면 결과물을 내놓아야 한다는 의무감 때문에 더

럭 겁부터 나요. 그래서 이제는 단어 하나를 놓고 이것저것 시도해 보는 방식으로 접근해요. 손 가는 대로 자유롭게 써보기도 하고, 아카이브에서 인용문을 골라 의미를 살펴보기도 하죠.” 그는 ‘결론 쓰기’나 ‘2,000단어 쓰기’ 같은 결과물 중심의 목표를 세우는 대신 글쓰기를 놀이처럼 즐기는 시간을 자신에게 허락했다.

　해리슨 무어가 시작한 일은 부담을 줄이고 글쓰기 과정과 자신을 연결하는 작은 변화를 만드는 것이었다. 그는 의지력에만 기대 억지로 글을 쓰는 것을 그만두었다. 과거에 효과가 없었던 방법은 버렸으며, 서서히 압박감을 덜어내고 기대를 내려놓았다. 또한 학자라면 마땅히 그래야 한다고 여겨지는 것처럼 긴 시간 동안 글을 쓰려고 하는 대신 매일 조금씩만 글을 썼다. “교수로 일하는 내내 글을 쓰려면 반드시 긴 시간을 들여야 한다고 믿었어요. 그렇지 않으면 시작하는 의미가 없다고 생각했죠. 하지만 그건 정말 잘못된 생각이었어요.” 회고를 기록하고 날마다 글을 마주하기 시작하자 ‘넌 학자가 아니야, 여기 있을 자격이 없어’라고 속삭이던 내면의 비평가도 잠잠해졌다. 책을 쓰는 것은 더 이상 그렇게 큰일이 아니었다.

　연기됐던 연구 휴가가 다가왔을 때 그는 투덜대거나 꾸물대거나 일을 더 뒤로 미루지 않았다. 해리슨 무어는 안식년을 보내는 동안 학술지 논문 한 편과 대형 연구 과제 수주를 위한 제안서 두 편을 쓰고 편저 한 권을 출간했으며, 약속한 단행본도 순조롭게 진행 중이다. 단어를 하나씩 써 내려갈 때마다, 논문과 연구 제안서, 책 작업에 참여하고 기고 요청을 수락할 때마다 자신이 사기꾼일지도 모른다는 생각은 서서히 사라졌다. 그가 작가라는 증거 앞에서 내면과 바깥의 부정적 목소리는 힘을 잃었다.

¶ ¶ ¶

이 책을 쓰는 동안 우리는 다양한 어려움에 직면한 작가들과 이야기를 나누었다. 글이 막히거나, 원고를 에이전트에게 거절당하거나 출간하지 못해서 자신감을 잃거나, 책이 판매 목표를 달성하지 못하거나, 읽히지도 평가받지도 인용되지도 않거나, 비판과 욕설에 시달리는 경우였다. 공동 저자나 가족의 죽음을 경험하거나, 장기 질환이나 재발하는 정신 건강 문제 같은 지속적인 어려움을 겪고 있는 이들도 있었다. 이 모든 대화에서 우리는 한 가지 사실을 깨달았다. 큰 문제에 직면했을 때는 작게 시작해야 한다는 것이다.

작게 시작하라는 조언은 얼핏 비논리적이거나 완전히 틀린 말처럼 들릴 수 있다. 최악의 경우에는 너무 진부하게 느껴지기도 한다. 우리는 큰 문제를 마주하면 어마어마한 노력이 드는 큰 해결책이 필요하다고 생각한다. 하지만 해리슨 무어가 글쓰기를 놀이처럼 즐겨보기로 했던 것처럼 해결책은 쉬워야 실행할 수 있고, 그래야 변화의 강력한 동력이 될 수 있다. 이 점을 살펴보기 위해 가장 극한의 상황에서도 글을 놓지 않았던 한 사람을 만나보려 한다. 그의 이야기를 들려드리는 이유는 회복탄력성이 하나의 '과정'이기 때문이다. 회복탄력성은 개발될 수 있으며, 우리는 역경을 견뎌내고 계속 글을 써나갈 수 있다. 이 이야기가 당신이 계속 나아갈 수 있도록 영감을 주기를 바란다.

시린 지지보이Shireen Jeejeebhoy는 9년간의 자료 조사 끝에 논픽션 책을 순조로이 집필 중이었다. 그는 그동안 전문 연구 자료를 읽고 소화하는 일부터 에이전트를 잃고 프로젝트 자금을 확보하며 겪은 우여곡절에 이르기까지 온갖 장애물을 맞닥뜨렸지만, 그 모든 경험도 앞으로 닥칠 시련을 대비하게 해주지는 못했다. 교통사고로 끔찍한 부상을 당해 글을 읽고 쓰지 못하게 됐기 때문이다. 그때 그는 자신의 글쓰기를 이어가기 위해 엄청난 회복력을 발휘해야 했다.

사고 이후 지지보이를 담당한 의료진은 즉시 치료에 돌입했다. 하지만 어깨와 팔에 입은 신체적 외상을 치료하는 데 집중하느라 목뼈 골절이 있었는데도 뇌 손상의 가능성을 고려하지 못했다. 4개월 뒤에야 임상심리사의 제안으로 뇌파 검사EEG가 진행됐고, 그 결과 두피에 부착한 전극에서 뇌파가 낮다는 신호가 감지됐다. 정밀 영상 검사를 하고 공식적으로 뇌 손상 진단을 받기까지는 5개월이라는 시간이 더 걸렸다. 그건 시작에 불과했다. 강도 높은 신경 재활 치료를 받으며 글을 쓰는 법을 다시 배우는 동안 이차성 섬유근육통이 온몸에 통증을 유발했다. 그는 그런 상황에서 보험사를 상대로 한 건도 아닌 두 건의 소송을 진행하며 꼬박 8년 반 동안 법정 다툼을 벌여야 했다.

회복탄력성을 키우는 방법

—

지지보이는 그 시절을 버텨낼 수 있었던 것은 '악과 깡' 덕분이라고 말하지만, 회복탄력성은 개인이 참고 견디는 것만을 뜻하는 개념이 아니다. 앤 매스틴의 설명에 따르면 회복탄력성은 모델과 정의가 계속해서 변하는 역동적인 연구 분야다. 예전에는 회복탄력성을 개인의 적응 문제로 봤다면, 이제는 가족, 공동체, 조직, 생태계 등 시스템을 포함하는 과정으로 바라보는 추세다. 인간의 자연스러운 적응 능력, 다시 말해 '평범한 마법'을 가리키는 것이자 여러 요소가 얽혀있는 역동적 과정이라고 이해하면 도움이 될 것이다. 미국심리학회American Psychological Association, APA는 회복탄력성을 키우는 방법에 관한 지침[4]에서 다음 네 가지 항목을 핵심 요소로 제시한다.

- **목적Purpose**: 주도적으로 행동하고, 목표를 향해 나아가며, 자기를 발견하고 타인을 도울 기회를 모색한다.
- **건강한 사고Healthy thinking**: 어려움이 생길 수 있다는 사실을 받아들이고, 과거 경험에서 배우며, 상황을 균형감 있게 바라보고 변화를 수용하는 희망적 관점을 유지한다.
- **연결Connection**: 관계에 우선순위를 두거나 집단에 소속되는 것과 같은 전략을 포함한다.
- **삶의 질Wellness**: 몸을 건강하게 유지하고, 마음챙김과 같은 활동을 실천하며, 약물 남용과 같은 부정적인 스트레스 해소

수단을 피한다.

힘든 일이 일어나는 것을 막을 수는 없지만, 회복탄력성이 있으면 더 강해지고 유연해지며 인생의 고비에 대처할 준비를 더 잘 갖추게 된다. 회복탄력성은 예기치 못한 사건에 그때그때 대응하는 데 그치는 것이 아니라 개인과 공동체 사이에서 일어나는 지속적인 과정으로 바라봐야 한다. 지지보이가 이러한 요소들을 어떻게 실천했는지에 관해 '건강한 사고' 항목에서 언급된 "희망적 관점"부터 먼저 살펴보자.

지난 장에서 우리는 회복탄력성을 연구하며 희망에 주목했던 가브리엘레 외팅겐을 만나봤다. 외팅겐은 꿈에 약간의 현실 감각을 더해야 할 필요성을 발견했으며, 이 전략을 '심리적 대조'라고 불렀다.[5] 심리적 대조의 출발점은 자신의 소망을 최대한 구체적으로 시각화하는 것이다. 외팅겐은 먼저 '간절한 소망'을 떠올린 다음 그 소망이 이뤄졌을 때 얻을 수 있는 최선의 결과를 '가능한 한 생생하게' 그려보게 한다. 그는 "생각과 상상을 마음껏 펼쳐라. 마음을 자유롭게 풀어두라."라고 설명한다.[6] 이처럼 성공을 시각화할 때 당신의 눈을 감으면 최대한 온전히 상상하고 느끼는 데 도움이 된다고도 조언한다.*

지지보이는 다음과 같이 말했다. "글을 쓰려면 반드시 목표

---

* 4장에서 시각화 연습을 충분히 했으니, 지금쯤이면 꿈을 꾸고 목표를 세울 준비가 되어있을 것이다.

가 있어야 하고, 그 목표는 당신에게 의미가 있어야 한다. 의미가 없다면 당신을 계속 나아가게 해주지 못할 것이다." 지지보이가 쓰고 있던 책에는 그런 의미가 있었다. 사고 당시 그는 가정에서 정맥 주사로만 영양을 공급받으며 수십 년간 생존한 최초의 인물로 의학사에 남은 한 여성의 전기를 집필 중이었다. 1970년 주디 테일러Judy Taylor는 장에 혈전이 생겨 소화 기관이 완전히 손상됐다. 병원에서 굶어 죽을 위기에 처해있던 그때 그는 지지보이의 아버지인 쿠르시드 지지보이Khursheed Jeejeebhoy 박사를 만났다. 토론토에 온 지 얼마 안 된 이민자였던 박사에게는 테일러를 살릴 혁신적인 아이디어가 있었다. 이 책을 쓰는 일은 미국심리학회가 제시한 '목적' 항목의 여러 요소를 충족했다. 스스로를(그리고 자기 가족을) 새롭게 발견하고 타인을 도울 기회를 제공하는 목표였기에 남다른 의미가 있었다.

지지보이는 또한 작업 초기에 어려움을 극복하는 과정에서 '건강한 사고' 방식을 배웠고, 사람들과 '연결'될 기회도 얻었다. 그는 1991년부터 테일러의 이야기를 조사하기 시작했다. 방대한 의학 자료를 검토하는 한편으로 의료 전문가, 동료 환자, 친구, 가족과 60회가 넘는 인터뷰를 진행했다. 그러다 도중에 극심한 장애물에 부딪혔다. 간절히 바라던 뉴욕 에이전트와의 계약이 무산됐고 교통사고로 읽고 쓰는 능력까지 잃었다. 1년에 약 150권의 책을 읽는 다독가였던 지지보이는 사고 이후 단어와 의미를 해독할 수 없는 상태가 됐다. 예전에는 챕터별로 1만 6,000단어나 되는 분량을 써낼 수 있었다면, 이제는 집중 재활 치료를 받고도 겨우 800단어밖에 쓸 수 없었다. 설상가상으로 의료진은 글쓰기에 대한 그의 욕구나 열망을 이해하지 못했다. 그가 글을 쓰는 법을 다시 배우는 데는 1년 반이 걸렸고, 책 작업으로 돌아가기 위한 지원 체계를 갖추는 데는 5년이 넘게 걸렸다. 최우선 과제는 건강을 되찾는 것이었지만, 글을 쓰고 책을 완성하고 싶다는 열망이 그에게 뚜렷한 목적의식을 주었다. 글쓰기를 놓지 않게 도와주는 공동체의 존재와 쓰고 있던 글 속에 등장하는 사람들에 대한 책임감은 미국심리학회가 회복탄력성의 핵심 요소로 강조하는 연결감을 제공했다.

2000년에 일어난 사고 전까지만 해도 지지보이는 초고를 완성하는 데 6개월에서 9개월 정도가 걸릴 것이라고 예상했다. 하지만 실제로는 7년이 더 걸렸으며, 그중 대부분의 시간은 치료법을 찾고 글쓰기를 위한 체계를 마련하는 데 들어갔다. 2007년 그는 원고를 완성하고 『생명선에 의존한 삶: 주디 테일러의 이야기 Lifeliner: The Judy Taylor Story』를 출간했다. 자료 조사와 집필에 걸린 기간은 총 16년이었다. 그 뒤로 그는 다섯 권의 논픽션 책과 아홉 편의 소설을 (그중 몇 편은 필명으로) 집필해 출간했으며, 현재는 미국 심리학 전문지 《사이콜로지 투데이 Psychology Today》에 정기 칼럼을 기고하며 글쓰기와 출판 사업을 운영하고 있다. 게다가 그는 쿠키도 끝내주게 잘 굽는다. 그 달콤한 이야기로 넘어가기 전에, 우리가 회복탄력성을 이야기할 때 흔히 빠지는 함정 하나를 언급해야겠다.

우리는 회복탄력성이 장기적으로는 (심각한 트라우마 이후에도) 성장으로 이어질 수 있으며 삶을 개선하는 데 도움이 될 수 있다는 이야기를 들어왔다. 이것은 우리가 수 세기 동안의 스토리텔링을 통해 접해온 전형적인 '역경 극복'의 서사 구조다. 바로 여기에 문제가 있다. 회복탄력성에 관한 서사는 대개 개인의 책임에 기반을 두고 있다. 피할 수 없는 삶의 난관을 감당하고 극복하는 것은 순전히 개인에게 달린 일이라는 것이다. 하지만 개인에게 모든 책임을 지우는 것은 우리를 실패할 수밖에 없는 상황으로 내모는 일이다. 지지보이가 글을 계속 써나가는 데 필요한 체계를 만들기까지는 시간과 돈뿐만 아니라 공동체가 필요했고, 그 여정은 아직 끝나지 않았다.

억지로 밀어붙이지 말자

—

뇌 손상과 같은 트라우마를 다루는 일은 지속적으로 회복력을 요구하는 과정이다. 지지보이는 20년 넘게 매일 싸움을 이어간다는 것이 얼마나 지치는 일인지 이야기한다. "뇌 손상 때문에 생기는 피로를 설명하려면 정말 완전히 새로운 단어가 필요해요. 말하자면 더는 아무것도 할 수 없는 상태가 되어버리는데, 통증하고는 달라요. 통증은 어느 정도까지는 버텨낼 수 있지만 피로는 한 번 밀려오면 버텨낼 재간이 없죠."

그동안 그는 미국심리학회가 '삶의 질' 전략이라고 부를 만한 대처법을 하나씩 개발해 왔다. 자신에게 라테와 초콜릿 쿠키*를 선물하는 것부터 다른 사람을 돕는 것까지 다양하다. 일이 잘 풀리지 않고 기분이 처지는 날이면 트위터에 들어가 '사람들의 기운을 북돋는' 글을 올린다. 그러면 옥시토신이 분비되어 기분이 좋아지는 데 도움이 된다. 타인과 연결되는 경험을 하라는 조언과 자신을 돌보는 일에 집중하라는 조언의 훌륭한 조합이라 할 수 있다. "당신에게도 상황에 맞춰 조정하고 적응하는 전략들이 이미 있을 거예요. 그러니 자신을 그런 능력이 뛰어난 사람으로 생각해 보세요."

지지보이와 같은 문제를 겪고 있지 않더라도 몸이 보내는 신호에 귀 기울이라는 그의 조언은 새겨들을 만하다. 때로는 글이 막히고 집중이 안 되는 것 자체가 하나의 신호일 수도 있다. 이런 상태를 매번 어떤 식으로든 해결해야 하는 것은 아니다. 생산성은 무조건 밀고 나가는 것을 뜻하지 않는다. 때로(그리고 어쩌면 생각보다 더 많은 경우에) 우리가 할 수 있는 가장 생산적인 일은 멈추는 것이다. 멈춤을 거부하지 말고 수용해야 할 때도 있다. 활기

---

* 초콜릿은 흔히 자기돌봄의 수단으로 포장되곤 하지만, 제대로 활용한다면 필수적이지는 않더라도 도움이 될 수 있다. 지지보이의 아버지가 영양학자로서 해준 조언은 뇌 손상을 입었을 때는 먹어야 한다는 것이다. 뇌가 제대로 기능하려면 포도당이 필요하며, 특히 뇌가 열심히 일하고 있다면 더욱더 그렇다. 다만 인지적 작업을 한 **이후** 뇌가 피로할 때 섭취하는 것이 중요하다. 지지보이는 글쓰기를 마치고 나면 집에서 구운 초콜릿 쿠키 반쪽을 먹는다.

를 북돋아 줄 생산성 팁이 필요한 것이 아니라, 자신이 지쳤을지도 모른다는 사실을 그저 받아들이는 것이 필요할 때도 있다. 멈추지 않고 계속 밀어붙이다가는 번아웃이 찾아올 수 있다. 내 몸이 스스로에게 메시지를 보내고 있는 것일지도 모르니 귀를 기울이고, 자신을 다정하게 대하며, 잠시 작업을 내려놓고 책상에서 일어나 보자. 그러면 새롭게 충전된 상태로 돌아올 수 있을 것이다. 이어지는 연습 과제에서는 자신이 보내는 신호를 알아차리는 방법과 글쓰기 생활에서 평범한 마법을 만드는 실질적인 방법을 알아볼 것이다.

회복력

1. 내면의 방해 요소에 귀 기울이고 '걱정 일지' 시작하기

애비게일 해리슨 무어는 자신이 '제대로 된 학자'가 아니라는 두려움 때문에 글쓰기를 포기할 뻔했다. 이전 장에서 외부의 방해 요소를 살펴봤던 것처럼 작가로서 우리를 가로막는 내면의 신념이 무엇인지도 알아차려야 한다. 첫 번째 연습 과제에서 다뤄볼 내용은 바로 그런 것이다. 자신의 글이 부족할지도 모른다는 끊임없는 의심, 쓰고 있는 글을 다른 사람에게 내보여야 한다는 두려움, 글을 끝내 완성하지 못하거나 작가로서 '성공'하지 못할 것이라는(이를테면 에이전트를 구하지 못하거나, 출간하지 못하거나, 책이 팔리지 않을 것이라는) 걱정 같은 것* 말이다.

내면의 비평가를 알아차리는 습관을 기르자. 다음번에 글을 쓸

---

* 작가라면 누구나 이런 감정을 느낀다. 하지만 이 연습 과제들은 **글쓰기**에 관한 것이지 **작가**에 관한 것이 아니다. 자신에 관한 부정적 생각이 아닌 글쓰기에 관한 생각을 돌아보는 것이 주된 목적이라는 뜻이다. 모든 성찰 활동이 그렇듯 이 책에 실린 연습 과제를 하며 지나치게 불편한 느낌이 든다면 중단해야 한다. 잊고 있던 힘든 기억이나 고통스러운 생각이 떠오른다면 도움을 청하고 전문가와 상담하자.

때는 자신의 글에 관해 떠오르는 걱정과 우려에 귀 기울여 보자.
그런 생각을 판단하지 말고 관찰한 다음 일지에 기록하자.

─ 검토하기

글쓰기 시간이 끝나면 과학자가 실험 결과를 관찰하듯 기록한 내
용을 살펴보자. 내면의 비평가가 속삭이는 말을 다음의 두 가지
범주로 나눠보면 도움이 될 수 있다.

- 현실적 걱정은 행동으로 해결할 수 있는 유형이다.
- 가상의 걱정은 '만약 ~라면 어쩌지what if'와 같은 부류의 걱정으
  로, 해결하기 위해 당장 할 수 있는 일이 많지 않다. 이를테면 '만
  약 내가 영영 나아지지 않으면 어쩌지?'와 같은 걱정이 그렇다.

─ 행동하기

해결할 수 있는 걱정은 해결하자. 적어놓은 현실적 걱정 중에서
하나를 고르자. 내용을 잠시 살펴보되 곱씹어 생각하지는 말자.
이제 해결책을 브레인스토밍해 본다. 마인드맵을 만들어도 좋고
목록을 작성해도 좋다. 보통은 아이디어가 많을수록 더 나은 선
택지가 나올 수 있다. 그중 한 가지 방법을 골라 실행하자! 당장
할 수 없는 일이라면 일정을 잡아 실행하기로 다짐하자. 더 작은
단위로 쪼개야 한다면 지금 미리 방법을 세분화하자. 그러면 준
비가 됐을 때 쉽게 시작할 수 있다.

이런 걱정이 드는 것은 아주 자연스러운 일이다. 하지만 당신이 남의 마음을 읽을 수 있다거나 타임머신을 가진 게 아닌 이상 일어나지도 않은 일을 걱정하는 것은 무력감을 들게 하는 해로운 행동일 뿐이다. 우리는 완벽주의와 미래의 실패에 대한 두려움 때문에 현재 아무것도 하지 못하는 작가를 셀 수 없이 많이 만났다. 이런 상태는 글쓰기에도, 행복감에도 영향을 미쳤다.

걱정을 해소하기 위해 지금 당장 할 수 있는 일이 없다면 일단 보류하자. '보류'한다는 것은 걱정을 덮어두거나 바보 같은 생각으로 치부한다는 뜻이 아니다. 그저 작업 진행에 방해가 되지 않도록 잠시 한쪽으로 미뤄두는 것이다. 보통은 이런 두려움이 있다고 인정하는 것만으로도 두려움을 직면하고 수용하는 데 도움이 된다.

미뤄둔 걱정은 작업이 더 진척됐을 때 편집 단계에서 유용한 체크리스트 역할을 할 수 있다. 예를 들어 '아무도 이 글을 읽고 싶어 하지 않을 거야'라는 생각이 든다고 가정해 보자. 한창 글을 써 내려가고 있을 때는 대개 원고를 공유하기에 좋은 시점이 아니지만, 완성된 초고나 더 다듬어진 편집본이 있을 때는 신뢰할 수 있는 독자나 편집자, 코치에게 보여보는 것도 도움이 될 수 있다. 걱정은 보류하고 지금 처리할 수 있는 일에 집중하자.

— 패턴 발견하기

내면의 비평가를 관찰해 보자. 몇 주 동안 글을 쓰며 어떤 잡념이 떠오르는지 알아차려 보는 것도 좋다. 내면의 비평가는 대개 상상력이 부족하며 같은 말을 되풀이하는 습관이 있다. 어떤 말을 하는지 기록하다 보면 패턴을 발견할 수 있을지도 모른다. 해결책을 브레인스토밍해 둔다면 실행 중이거나 앞으로 실행할 실질적인 조치를 바탕으로 이런 우려를 반박하는 준비된 답변을 내놓을 수 있을 것이다.

— 받아들이기

마지막 단계는 작가들이 대개 가장 어려워하는 것이다. 바로 의심과 두려움, 불확실성이 창작 과정의 일부이며 우리와 늘 함께하리라는 사실을 받아들이는 것이다. 이런 불편한 감정을 받아들이면서도 글쓰기를 이어갈 방법을 찾아가야 한다.

받아들임에는 지름길이 없다. 받아들임은 감정과 역경에 대응하는 방식을 바꾸려는 의식적 노력이 필요한 과정이다. 해리슨 무어의 이야기를 다시 해보자면 그는 자신이 글을 쓸 수 있다는 증거를 조금씩 쌓아갈 수 있다는 것을 알게 됐고, 그 과정에서 내면과 외부의 부정적 목소리를 상쇄할 수 있었다. 두려움이 완전히 사라지지는 않았지만 글쓰기를 이어갈 힘을 얻을 수 있었다.

2. 회복탄력성 키우기

본문에서 언급했듯 미국심리학회는 회복탄력성을 키우는 데 도움이 되는 네 가지 방법을 아래와 같이 제시한다. 항목별로 생각해 볼 만한 내용도 함께 정리했다.

- **목적**: 글을 쓰는 목적을 돌아보자. 목표를 설정하고 진행 상황을 점검하며 작업의 동기를 되새기자.
- **건강한 사고**: '장애물 사고' 접근법을 활용해 자주 마주하는 어려움을 인식하고, 회고를 통해 과거의 경험에서 무언가를 배워보자. 미리 계획을 세우는 일은 중요하다.
- **연결**: 다른 작가들과 협업하거나 공동체에 소속되어 도움을 주고받는 방법을 생각해 보자.
- **삶의 질**: 효율적이고 의미 있는 성과는 작업을 안정적으로 할 수 있는 심신의 상태에서만 나온다. 글을 쓸 수 있도록 잠을 자고, 먹고, 움직이고, 휴식을 취하며, 아이디어를 모으자.

3. 작은 시작으로 동력 되찾기

글이 막히는 방식은 저마다 달라도 그 결과는 같다. 속도가 느려지고, 나아갈 방향을 찾지 못하며, 글을 쓰는 시간이 고되게 느껴지고, 결국 아무것도 할 수 없는 상태가 된다. 글쓰기를 다시 시작하는 방법은 사람마다 다르겠지만, 동력을 되찾는 한 가지 확실한 방법은 바로 **작게 시작하는 것이다.**

지나치게 야심 찬 목표를 세우면 뇌의 공포 중추를 자극할 위험이 있다. 너무 큰 일을 해내려다가 실패하느니 진전에 도움이 되는 작은 일을 하는 편이 훨씬 낫다. 어떤 성과로도 이어지지 않는 크고 벅찬 목표보다 몇 번의 작은 성취의 경험이 장기적으로 훨씬 더 생산적이고 긍정적이다.

전체 목표나 프로젝트를 떠올린 뒤 작은 단위로 쪼개보자. 목표 시간이나 단어 수를 줄여볼 수도 있다. 지금은 결과가 아닌 과정에 집중하자.

글쓰기 시간이 끝났다면 초점을 달리해 다음번에는 무엇을 할지에 집중해 보자. 한 단계씩 계획을 세우며 천천히, 조금씩 나아가자. 이 모든 걸음이 쌓여 큰 진전을 이루어낼 것이다. 작게 시작하기의 과학적 근거에 관해서는 5장을 다시 살펴보자.

4. 다른 방식 시도하기

우리는 글을 써내는 방법에 관해 틀에 박힌 생각에 갇히기 쉽다. 이런 생각에서 빠져나오는 해결책은, 해리슨 무어가 '학자가 되는 법'에 관한 통념에 실험과 놀이로 대응했던 것처럼 무엇인가 다른 방식을 시도해 보는 것이다.

- 글은 긴 시간 동안 써야 한다고 생각한다면 짧은 시간 단위로 글을 써보자. 즉흥적으로 쓰고 틈틈이 시간을 활용하자.
- 한 번에 수천 단어를 써야만 한다고 생각하지만 진도가 나가지 않는다면 더 적게 써보자. 한 문단, 100단어, 한 문장으로 분량을 제한하자.
- 키보드를 두드리는 것만이 글을 쓰는 제대로 된 방법처럼 느껴진

다면 변화를 시도해 보자. 손으로 글을 쓰고, 아이디어를 녹음하고, 프레젠테이션 슬라이드를 만들고, 시를 써보자. 다른 형식과 방법을 이용해 자유롭게 창작해 본다.

- 막막한 기분이 들거나 너무 피곤해서 글을 쓸 수 없다면 10분 테스트를 해보자. 타이머를 맞춰놓고 글쓰기를 시작하자. 10분이 다 되면 자신의 상태를 점검해 본다. 너무 피곤하다면 멈춘다. 효과가 없다 한들 죄책감은 내려놓아도 좋다. 효과가 있었다면 10분을 더 해본다. 막연히 추측하지 말고, 직접 실험해 보자.

- 지금 할 수 있는 가장 좋은 일이 무작정 버티며 책상 앞에 앉아 있는 것이라고 생각한다면 반대로 해보자. 일어나서 휴식을 취하고 밖으로 나가자. 스스로 세워두었던 가정이 맞는지 실험해 보자. 환경이 바뀌면 새로운 활력이 생길지도 모르는 일이다.

5. 자신을 다정하게 대하기

벽에 가로막힌 기분은 종종 좌절감으로 바뀌곤 한다. 그럴 때 우리는 머리를 식힐 시간을 단 1분도 허락하지 않는 방식으로 자신을 더 벌주려 한다.

이런 기분이 들 때 생산성과 몸과 마음의 건강을 위해 할 수 있는 가장 좋은 일은 잠시 멈춰서서 상황을 균형감 있게 바라보는 것이다. 억지로 버티려고 하면 오히려 의욕이 꺾이고 해가 되며 역효과가 생긴다. 글을 쓰다 보면 늘 머리를 쥐어뜯고 싶은 순간이 생기기 마련이다. 해결책은 이런 기분이 들 때를 알아차리고, 어떻게 대응하는 게 효과적인지를 아는 것이다.

자책에 빠질 때가 많다면, 이런 상태에서 빠져나오는 좋은 방법을 '자기에게 보내는 메모'의 형태로 적어보는 것도 도움이 된다. 그 메모를 책상에 붙여놓아 보자. 기운을 내는 데 도움이 될 만한 일들을 목록으로 정리해 볼 수도 있다.

8장

습관

글쓰기 루틴이 생기기를 바라는 대신,
맥락으로 유도하고 보상으로 유지하자

상황은 완전히 달라졌을 수도 있었다. 작가 다니엘 핑크Daniel Pink는 후회가 '지극히 고통스럽고 지극히 인간적인 감정'이라고 말한다. 이를테면 단순한 실망감과는 사뭇 다르다. 후회는 살면서 하거나 하지 않은 일에 대한 자책을 포함하는 감정이기 때문이다.[7] 핑크가 미국인 약 5,000명을 대상으로 조사한 결과에 따르면 한 일을 후회하는 사람보다 하지 않은 일을 후회하는 사람이 훨씬 더 많았다. 세 배 이상 차이가 나는 압도적인 수치였다. 하지만 그는 후회를 경험한다는 사실이 결국 우리를 더 나은 사람으로 만든다고도 말한다. 후회는 우리의 미래에 커다란 영향을 미치며, 때로 우리는 후회할지 모른다는 생각만으로 행동에 나서거나 삶에 과감한 변화를 주기도 한다. 바로 윌 멘뮤어Wyl Menmuir가 그랬다. 그는 아이들에게 아빠도 소설을 쓸 수 있었다고 말하는 미래를 상상했고, 상상 속 아이들은 다음과 같이 대답했다. "그래요, 아빠…. 그럴 수도 있었겠죠."

당시 멘뮤어는 큰 학교에서 중간 관리자로 일하며 영어과 교과부장을 맡고 있었다. 아이들에게 읽기와 쓰기를 가르치는 일은 꿈의 직업이어야 했지만, 그는 행복하지 않았다. "저는 글을 써야만 했어요. 평생 하고 싶었던 일이 그것뿐이었거든요." 많은 사람들이 그렇듯 그에게도 변화를 시도할 자신은 없었다. 하지만 다른 이들과 달리 그는 비극적 사건으로 삶이 뒤바뀌는 경험을 했다. "사산(死産)으로 아들을 잃었을 때 인생이 얼마나 유한한지 깨달았습니다. '하고 싶은 일을 전부 못 하게 되면 어쩌지? 세월이 지나고 나서 기회를 놓쳐버렸다는 사실을 뒤늦게 깨닫는다면?'이라는 생각이 들더군요."

슬픔에 잠겨있던 그는 이 경험에서 어떻게든 긍정적 의미를 찾아내야 한다는 사실을 깨달았다. 더는 핑계를 대지 않았다. 그는 안정적인 직장을 그만두고 불안정한 프리랜서의 길을 택했다. 처음 몇 주는 두려움으로 가득했지만, 두려움과 함께 살아가는 법을 배우면서 많은 모험의 기회가 찾아왔다. 동굴 탐험을 배우고, 프리다이빙과 서핑에 도전하고, 스발바르 제도 Svalbard에서 출발해 북극해를 항해하기도 했다. 그리고 이 모든 경험은 글쓰기를 시작하게 하는 동력이 되어주었다.

하지만 처음에 반짝 열심히 하는 것만으로는 부족했다. 중요한 것은 지속성이었다. 그는 글쓰기 강좌를 몇 차례 수강하고 문예창작 석사 과정에 시간제로 입학했지만, 꾸준한 글쓰기 루틴을 만드는 데 어려움을 겪고 있었다. 우리가 그를 만난 것은 그 때였다. 2013년 12월 우리는 글쓰기 습관을 기록하고 관리하는 디지털 서비스 '라이트 트랙Write Track'의 시범 운영을 앞두고 이듬해 1월부터 시작하는 연구 프로젝트에 참여할 체험단을 모집 중이었다. 멘뮤어는 작가들 사이에서 소문을 듣고 지원 메일을 보내왔다.

라이트 트랙은 벡이 작가 레지던시에서 일하며 발견한 문제를 해결하기 위해 만든 웹사이트였다. 아르본 재단은 1968년부터 레지던시 프로그램을 운영했고 반세기에 걸쳐 운영 방식을 완벽에 가깝게 다듬어왔다. 럼 뱅크는 글쓰기에 더없이 이상적인 환경이었다. 이곳에서는 글에 집중할 수 있는 시간과 공간이 주어졌고 각 분야 최고의 작가들에게 영감과 지원도 받을 수 있었다. 강사진은 방문 작가들을 보살피고 격려했으며 일대일로 피드백을 해주었다. 모든 식사가 제공됐고, 모든 필요가 충족됐으며, 와이파이도 없고 휴대전화 신호는 겨우 잡히는 수준이었다. 이 모든 조건은 럼 뱅크를 일상의 요구와 방해에서 벗어날 수 있는 안식처로 만들어주었다. 하지만 일부 작가들은 거기에 있다가 집으로 돌아가면 작업량이 줄거나 아예 손을 놓아버리곤 했다. 환경은 루틴을 조성하며, 습관은 맥락 속에서 형성된다. 장소가 바뀌면 행동도 사라지는 것이다.

당시 벡은 식단이나 운동 같은 각종 건강 습관을 아이폰으로 기록하며 관리하고 있었다. 그러다 문득 글을 쓸 때도 비슷한 도구가 있으면 어떨까라는 생각이 들었다. 건강 관리 앱에서 사용하는 요소를 글쓰기와 같은 창의적 습관에도 적용할 수 있지 않을까? 그것이 바로 습관의 효과이자 우리가 작가들과 함께 검증하려 했던 가설이었다. 인간과 컴퓨터의 상호작용을 연구하는 학자들의 도움을 받아 1년 넘게 연구한 결과, 증거는 분명했다. 글쓰기 습관은 들이기 어렵지만 그만큼 사람들이 간절히 원하는 것이었다. 응답자의 85퍼센트가 더 규칙적으로 글을 쓰고 싶어 했으며, 그중 매일 글을 쓰고 싶다고 답한 사람은 놀랍게도 90퍼센트나 됐다.[8] 글쓰기 습관은 멘뮤어가 프로젝트에 지원할 때 찾고 있던 마법의 해결책이었다. 그런 사람은 그뿐만이 아니었다.

습관의 간략한 역사

—

인류는 어떻게 하면 좋은 습관을 기를 수 있는지를 두고 수천 년간 논의를 이어왔다. 스토아 철학자 에픽테토스Epictetus는 다음과 같이 말했다. "모든 습관과 기능은 그에 상응하는 행동으로 유지되고 강화된다. 걷는 습관은 걷기로, 달리는 습관은 달리기로 형성된다. 좋은 독자가 되고 싶다면 읽어라. 작가가 되고 싶다면 써라."[9] 에픽테토스의 통찰은 여전히 유효하다. 습관은 원하는 행동을 반복함으로써 만들어진다. 하지만 더 걷거나, 달리거나, 읽거나, 써보려다 실패해 본 사람이라면 누구나 공감할 것이다. 습관에는 이성과 반복 이상의 무언가가 있다. 인간은 이성적인 존재가 아니다. 아무리 원한다고 해도 순전히 의지력만으로는 새로운 습관을 기르기에 부족하다. 이 지점에서 심리학이 고대 철학의 뒤를 이어 등장한다.

미국 심리학의 아버지 윌리엄 제임스William James는 모든 생물이 '습관의 묶음으로 이루어진 존재bundles of habits'라고 말했다.[10] 그는 선구적인 저서 『심리학의 원리 The Principles of Psychology』에서 뇌 가소성을 강조하며 현대 신경과학을 예고했다. 그의 연구에 따르면 우리가 일상적으로 하는 일 중 상당수는 의식하지 못하는 습관에 따라 자동으로 이루어진다. "양말이나 신발을 신거나 바지를 입을 때 어느 쪽 발을 먼저 넣는지 바로 말할 수 있는 사람은 거의 없다." 질문을 받으면 자신이 어떻게 행동하는지 설명할 수 없지만, 손은 실수 없이 똑같은 동작을 한다. 이런 자동적인 행동은 옷을 입는 것과 같은 단순한 작업뿐만 아니라 손을 쓰는 기술을 오랫동안 연마한 모든 사람에게서 찾아볼 수 있다. 그가 작가를 꼭 집어 말하지는 않았지만, 작가 역시 그가 예시로 든 음악가나 목수, 뜨개질하는 사람과 유사하다. 그가 "습관은 사회를 돌리는 거대한 수레바퀴"라고 말한 것은 그런 맥락에서였다.[11]

『심리학의 원리』가 출간된 지 10년 뒤인 1903년 《미국 심리학 저널American Journal of Psychology》은 습관을 '과거의 반복된 정신적 경험을 통해 습득되는 것'으로 정의했다.[12] 수백 년 전 철학자들과 마찬가지로 초기 심리학자들도 습관적 행동이 반복된다는 점에 주목했으며, 이런 반복적 속성은 우리가 습관을 생각할 때

본능적으로 떠올리는 것이기도 하다. 요컨대 습관은 반복을 통해 자동화되는 행동이다.

습관은 많은 사람이 더 하거나 덜 하고 싶어 하는 행동이기도 하다. 여기서 등장하는 인물이 웬디 우드Wendy Wood 교수다. 우드는 습관 형성에 관한 세계 최고 전문가로 습관이 만들어지는 과정에서 보상이 하는 역할을 연구했다. 그는 사람들이 매일 하는 행동의 43퍼센트가 같은 맥락에서 반복되며, 보통은 다른 생각을 하는 동안에 일어난다는 점을 발견했다. "사람들은 실제로 결정을 내리지 않고 자동으로 반응합니다. 그게 바로 습관입니다. 습관은 과거에 나한테 효과가 있었고 보상을 가져다준 행동을 반복하는 일종의 정신적 지름길이에요."[13]

습관은 의식적 생각을 거의 또는 전혀 거치지 않고 수행된다. 말 그대로 자동으로 일어나며, 선택이라기보다는 반사작용에 가깝다. 학계에서는 '자동성automaticity'이 생기고 습관이 자리 잡기까지 걸리는 시간을 측정하는 연구가 많이 이루어졌다. 미리 말씀드리자면 몇 번을 반복해야 한다는 정해진 기준은 없다. 연구와 속설에서 말하는 기간은 21일에서 66일까지 다양하나, 그 답은 하려는 일과 동력, 맥락에 따라 달라진다.

멘뮤어가 품었던 작가의 꿈 이야기로 돌아가 보자. 그는 추진력이 강했으며, 직장을 그만두고 3년짜리 문예창작 석사 과정에 등록하는 것과 같은 과감한 변화를 이미 실행에 옮겼다. 단편소설을 연습하기 위해 글쓰기 강좌를 몇 차례 수강했고 그 과정에서 장편소설 아이디어도 떠올렸다. 하지만 그 모든 일을 해내기 위한 규칙적인 글쓰기 습관은 아직 자리 잡지 않은 상태였다. 다행히 그는 그 점을 깨닫고 우리 연구 프로젝트에 지원하며 행동에 나섰다.

성공을 위한 기록법

—

멘뮤어가 테스트에 참여한 라이트 트랙은 기술이 글쓰기 습관을 촉진하고 지원할 수 있는지 알아보기 위해 고안한 서비스의 초기 버전이었다.[*] 글쓰기용 핏빗Fitbit[**]이라 불리는 라이트 트랙은 사용자에게 글쓰기 목표를 설정한 뒤 진행 상황을 추적하게 했다. 그 밖에도 글쓰기 알림과 독려 메시지 같은 여러 기능이 있었다. "정말 여러모로 큰 도움이 됐어요. 그날 쓴 내용을 매일 기록할 수 있는 것도 그렇고요. 아주 단순하게 들리지만, 저에게 필요한 건 바로 그런 단순한 거였습니다. 그냥 아래에 짤막하게 '지금 내 기분은 이렇다'라고 코멘트를 남기는 기능 같은

---

[*] 우리는 한 학술대회 발표에서 라이트 트랙의 프로토타입이 "작가 개개인이 스스로 추적할 수 있는 긍정적 행동 변화와 습관 조성에 중점을 두고 있으며, 목표 설정과 습관 변화가 이를테면 아이디어의 발상보다 글쓰기의 성공으로 가는 더 효과적인 경로가 될 수 있다는 가설을 대규모 작가 집단을 대상으로 검증했다."라고 주장했다.

[**] 스마트폰과 연동해 착용자의 건강 정보와 활동 데이터, 수면 상태 등을 점검할 수 있는 웨어러블 기기다. —옮긴이

것 말이죠."

연구가 종료됐을 때 멘뮤어처럼 라이트 트랙을 자주 사용한 사람 중 대부분(92퍼센트)은 진전이 있었다고 느꼈고 자신의 글쓰기를 돌아보는 데 도움이 됐다고 동의했으며, 4분의 3 이상(77퍼센트)은 생산성 향상에 도움을 주었다고 답했다. 테스트를 마친 뒤에도 멘뮤어를 비롯한 일부 참여자는 라이트 트랙을 계속해서 사용했다. 정말 흥미로운 이야기는 여기서부터 시작된다.

멘뮤어는 계속해서 글을 쓰며 목표 대비 진행 상황을 기록하고 그때그때의 기분을 적어나갔다. 장편소설 아이디어를 처음 구상한 이후부터 총 1만 단어를 써냈고, 마침내 전체 초고를 완성했고, 독립 출판사 솔트 퍼블리싱 Salt Publishing에서 출간 제의를 받기까지 장장 2년 동안 엄청난 양의 데이터를 입력했다. 소설은 2016년 여름 『많은 이들 The Many』이라는 제목으로 출간됐고, 서점에 진열된 지 며칠 만에 세계적으로 권위 있는 문학상인 부커상 1차 후보에 올랐다는 소식이 전해졌다. 멘뮤어는 날짜와 시간, 단어 수 같은 정량적 데이터와 함께 개인적 회고를 기록하며 아이디어 단계부터 출판 전후에 이르기까지 글쓰기의 전 과정을 추적했다. 자신을 위한 기록이었지만, 그의 기록은 글쓰기 습관이 어떻게 형성되는지에 관해 우리 모두가 배울 수 있는 특별한 통찰을 제공한다.

멘뮤어가 출간 이력이 없는 신인 작가로서 부커상 후보에 오르자 그의 삶과 글쓰기 과정에 많은 관심이 쏟아졌다. 부커상 심사위원단은 『많은 이들』을 두고 '온라인 커뮤니티에 신세를 진

최초의 부커상 후보작'이라고 평했다.[14] 언론의 이목이 쏠린 가운데 우리는 멘뮤어가 기록한 모든 데이터를 《가디언》의 전문가팀에 전달했고, 분석 결과는 데이터 시각화의 형태로 공개됐다.[15] 한 가지 눈에 띄는 점은 멘뮤어의 실제 글쓰기 루틴이 계획과 달랐다는 것이다.

심리학에는 '계획 오류planning fallacy'라는 개념이 있다. 과거에 유사한 과업을 수행할 때 더 긴 시간이 걸렸다는 사실을 잘 알면서도 과업을 완료하는 데 드는 시간을 과소평가하는 보편적 경향을 말한다. 1979년 대니얼 카너먼과 에이머스 트버스키가 처음 제안한 이 개념은 생물학적으로 타고난 인간의 낙관 편향에 기반을 두고 있다. 멘뮤어는 주 5일, 하루 500단어를 목표로 글을 쓰기 시작했다. 이 목표는 그레이엄 그린Graham Greene에게 영감을 받은 것이었다. 그린은 하루 500단어를 작업량의 기준으로 삼았으며 소설 『사랑의 종말The End of the Affair』에서 주인공인 작가 모리스 벤드릭스에게 같은 특징을 부여하기도 했다.[16] 멘뮤어가 '그린의 기준'에 맞춰 글을 쓰며 계획을 철저히 지켰다면 첫 초고를 단 124일 만에 완성했을 것이다. 하지만 실제로 걸린 시간은 671일이었다.

창작 과정과 정반대처럼 느껴질 수 있지만, 기록은 계획 오류의 함정을 피하는 비결이다. 작업을 기록하면 희망 시간이나 예상 시간이 아닌 프로젝트에 실제로 걸리는 시간에 관한 데이터를 축적할 수 있다. 더 나은 결정을 내릴 수 있는 현실적 기반을 얻게 되는 것이다. 경영 의사결정을 연구하는 야엘 그루시카 코

케인 Yael Grushka-Cockayne 교수는 다음과 같이 설명한다. "과거의 계획과 실제 결과를 추적하는 것은 계획 오류를 극복하기 위한 중요한 첫걸음입니다. 진행 상황을 기록해야 하는 이유는 우선 기록하는 것만으로도(더 정교한 방법을 쓰지 않더라도) 성과를 향상시킬 수 있기 때문이죠."[17]

멘뮤어는 기록하는 행위가 원고를 끝까지 써내는 데 도움이 되는 요인 중 하나라는 사실을 알게 됐다. "장편소설처럼 긴 글을 쓸 때는 작업이 얼마나 진행됐는지를 파악하기 어렵기 때문일 거예요."[18] 책이나 논문, 시나리오, 문집이나 단편집을 쓰는 일에는 시간과 헌신, 끈기가 필요하다. 이런 글쓰기 프로젝트는 어느 하나도 단순한 목표가 아니며, 더욱이 많은 연구들은 목표를 달성하는 것과 장기적으로 행동을 변화시키는 것 사이에는 엄청난 차이가 있음을 보여준다.

글쓰기 습관을 들이는 방법
—

새해 결심은 대부분 실패로 돌아간다. 1월이 된 후 며칠 만에 무너질 때도 많고, 애써 지켜온 결심이 몇 달 뒤에 흐지부지되기도 한다. 한 연구에 따르면 일주일 동안 결심을 지켜낸 사람은 4분의 3 이상이었지만, 2년 뒤까지 유지한 사람은 4분의 1도 채 되지 않았다.[19] 결심을 이어가려면 장기적인 행동 변화가 필요하며, 그것을 가능하게 만드는 것이 바로 습관이다. 행동 변화를 이야기할 때 자기통제나 의지력 같은 개념은 잊어야 한다. 단기적으로는 도움이 될지 몰라도 장기적 변화를 끌어내기에는 충분하지 않다. 웬디 우드 교수는 너무 애쓰지 말라고 조언한다. "도전이 중요한 것이 아니다. 저항을 무릅쓰고 습관을 들였다고 해서 자부심을 느낄 일이 아니다. 마찰을 제거하고 적절한 동력을 마련해서 좋은 습관이 자연스럽게 인생으로 굴러들어 오게 하라."[20]

우드는 효과적인 습관 형성에는 반복repetition, 맥락context, 보상reward이라는 세 가지 기반이 있다고 설명한다. 앞에서 우리는 반복이 습관, 즉 의식적 생각 없이 반복되는 행동의 외적 징후라는 점을 이야기했다. 지금부터는 뇌 속으로 들어가 습관의 신경과학을 자세히 살펴볼 필요가 있다.

모든 습관은 무언가를 하겠다는 결정에서 시작된다. 책을 쓰거나, 운전을 배우거나, 새로운 요리를 만들어보겠다는 목표를 예로 들 수 있다. 이런 일을 처음 시작할 때 기능적 자기공명영상fMRI으로 뇌를 촬영한다면 계획과 자기통제, 추상적 사고와 관련된 영역이 활성화될 것이다. 여기에는 '연합 회로associative loop'로 알려진 전전두엽과 중뇌가 포함된다. 하지만 같은 일을 반복하다 보면 시간이 지나면서 뇌가 다시 구조화되고 '감각 운동 신경망sensorimotor network'이라는 다른 신경망이 활성화된다. 겉으로 보기에는 같은 일을 하고 있지만, 뇌 속에서는 전혀 다른 영역이 작동하면서 더 자동적으로 반응할 수 있게 되고 의식적 결정을 내려야 하는 횟수가 줄어든다. 그러면 더 이상 애쓸 필요가 없어진다. 이제 그 일은 일상이 되어 '신호'가 주어지면 정해진 순서대로 행동하게 된다. 우드가 말하듯 "습관은 특정 상황에서 보상을 위해 행동을 반복하며 형성되는 맥락 신호와 반응의 정신적 연합이다."[21]

이런 신경학적 과정을 흔히 '습관 고리 habit loop'라고 부른다.[22] 고리 끝에서 주어지는 보상은 뇌가 이 고리를 미래에 기억할 가치가 있는지 판단하는 데 도움을 준다. 맥락 신호에서 보상까지의 순환이 반복될수록 고리는 뇌에 더 깊이 각인된다. 결국 고리는 자동으로 작동하게 되며, 반복된 행동은 습관이 된다.

습관 고리

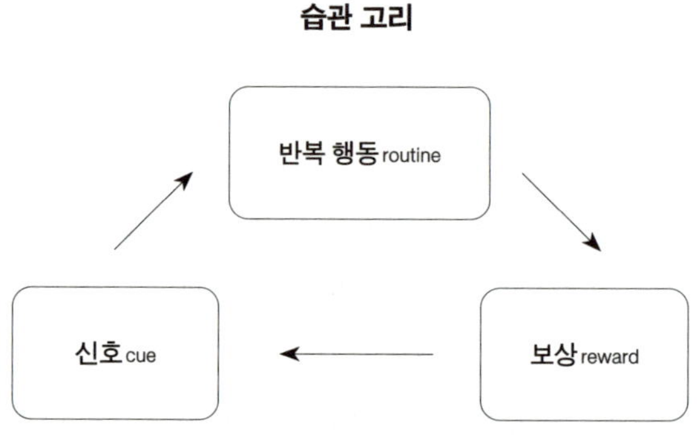

노벨상과 퓰리처상을 수상한 소설가 존 스타인벡 John Steinbeck 은 선택권이 주어진다면 글을 전혀 쓰지 않을 것이라며 "글쓰기에서 습관은 의지력이나 영감보다 훨씬 더 강력한 힘인 듯하다."라고 일기에 썼다.[23] 그 힘은 새로운 루틴을 억지로 만들어내는 것이 아니라 글쓰기의 신호가 되는 적절한 맥락을 설정하는 것

에서 나온다. 이제 어떻게 하면 글쓰기를 자연스럽게 유도하고
그 보상을 얻을 수 있을지 알아보자.

커피와 맥락: 글쓰기를 유도하는 신호 찾기

—

글쓰기 습관은 어떻게 일상으로 자리 잡을 수 있을까? 첫 번
째 단계는 자신만의 방아쇠를 찾는 것이다. 멘뮤어에게 그것은
커피다. "커피 없이는 글을 쓸 수 없을 것 같다"고 말하는 사람
은 분명 멘뮤어만이 아니다. 책의 앞부분에서 살펴봤던 것처럼
앤서니 트롤럽은 글쓰기를 시작할 때 하인에게 커피를 가져오
게 했다. 마찬가지로 퍼트리샤 하이스미스 Patricia Highsmith는 커피
에 담배와 도넛을 꼭 곁들였고, 마르셀 프루스트 Marcel Proust는 카
페오레를 즐겼으며, 거트루드 스타인 Gertrude Stein은 커피가 생각
할 시간을 더 준다고 주장했다.* 멘뮤어는 "나의 글쓰기는 커피
로 시작해 커피로 끝난다."라고 말한다. 그를 비롯한 셀 수 없이
많은 작가에게 커피는 글쓰기 루틴을 시작하게 하는 신호다. 키
보드를 두드리게 하는 방아쇠라고도 할 수 있다. 물론 당신을 실

---

*   작가와 창작자의 루틴에 관해 읽는 것을 좋아한다면 우리가 소개한 사례
     가 일부 담긴 메이슨 커리 Mason Currey의 『리추얼 Daily Rituals: How Artists Work』
     과 『예술하는 습관 Daily Rituals: Women at Work』을 참고하라. 작가들의 독특한
     작업 습관을 엿볼 수 있는 보고 같은 책들이다.

제로 움직이게 하는 것은 매우 다를 수 있지만 말이다. 멘뮤어는 자신이 커피를 글쓰기와 묶어서 생각한다는 사실을 알아차린 뒤로 이 조합을 더 의도적으로 활용하기 시작했다. 그는 '커피를 마시면 스크리브너 Scrivener*를 연다'라는 조건문 형식의 정신적 지름길을 이용하는 계획을 세웠다. 하지만 일이 잘 안 풀리는 날에는 커피를 들고 책상 앞에 앉아 메일이나 트위터를 확인할 때도 있다. 글을 쓸 생각이었지만 전혀 다른 습관이 촉발되어 글쓰기가 아닌 다른 일에 한눈을 팔게 되는 것이다.

맥락은 우리의 행동에 영향을 미치는 힘으로, 우리를 둘러싼 세상의 모든 것을 포함한다. 우리가 처한 환경, 장소, 주변 사람, 시간대, 방금 한 행동이 모두 맥락에 속한다.[24] 그리고 그런 신호가 얼마나 가까이 있는지에 따라 우리의 행동은 달라진다. 가까이 있는 것에는 반응하고 멀리 있는 것은 지나칠 것이기 때문이다. 마트에서 계산대 옆에 유혹적인 사탕과 초콜릿을 배치하는 것도, 스마트폰이 옆에 있다는 사실만으로 집중력이 흐트러지고 에너지가 소진되는 것도 그런 이유에서다.[25] 맥락이 어떻게 습관의 신호가 되는지 이해하면 스크리브너를 여는 것과 같은 좋은 루틴을 촉진하고 트위터를 확인하는 것과 같은 나쁜 습관을 방지하는 데 도움이 될 수 있다. 하지만 멘뮤어처럼 가끔 실수할 때가 있더라도 걱정하지 말자. 이따금 실수한다고 해서 자리 잡

---

*　스크리브너는 장문의 원고 작업을 위해 만들어진 컴퓨터 프로그램으로 소설가, 각본가, 학자, 논픽션 작가에게 (집착에 가까울 정도로) 큰 사랑을 받고 있다.

아가던 습관이 망가지지는 않는다. 우드의 연구실에서 진행된 연구에 따르면 새 루틴을 시작한 참여자들은 하루이틀 루틴을 놓치더라도 쌓아온 습관을 무너뜨리지 않고 이어갈 수 있었다.[26]

보상이 습관을 각인하는 방식

—

습관 형성의 마지막 기반은 보상이다. 뇌의 보상 회로를 작동시켜 특정 행동을 쾌감이라는 보상과 연결하면 그 행동을 반복할 가능성이 높아진다. 하지만 핵심은 타이밍이다. 습관 고리가 효과적으로 작동하려면 행동 도중이나 직후에 보상이 주어져야만 한다. 그러면 그 순간 뇌의 보상 중추에서 도파민이 분비되고 처리되며 습관을 각인할 새 신경 경로가 만들어진다. 우드가 설명하듯 도파민은 보상이 주어지는 즉시 급증하며 뇌가 습관을 학습하는 시점을 결정한다. "두 달 뒤에 받는 보너스나 시즌 종료 뒤에 받는 우승 트로피처럼 예상하지 못한 미래의 보상은 동일한 방식으로 신경 연결을 변화시키지 않는다. 습관의 연합(맥락과 반응)을 기억 속에 구축하려면 행동 직후에 보상을 경험해야 한다."[27] 따라서 출간이나 수상, 호평 같은 장기적 보상은 동기를 부여할 수는 있어도 습관을 각인하지는 못한다.

이전 장에서 우리는 작은 습관 방법론의 대가인 B. J. 포그를 만났다. 포그에 따르면, "뇌는 새로운 습관을 입력하는 내장형 시스템을 가지고 있으며, 축하는 그 시스템을 영리하게 활용하는 방법이다. 나에게 맞는 자축 방식을 찾아 새로운 행동을 한 직후에 사용하면 뇌는 새로운 패턴을 만들어서 미래에 그 행동이 더 자동적으로 나오게 한다."[28] 나에게 맞는 자축 방식을 찾는 일은 어려울 수 있다. 축하는 결국 매우 개인적인 것이며 문화에 따라서도 달라지기 때문이다. 예를 들어 우리처럼 다소 내향적이고 자기비판적이며 감정을 잘 드러내지 않는 영국인들은 활기가 더 넘치는 미국인 친구들보다 자축하는 데 서툰 편이다. 축하의 핵심은 진정성이 느껴져야 하고(억지로 꾸며내면 뇌가 거짓말이라는 것을 알아챌 것이다), 즉시 이루어져야 하며, 도파민을 자극할 만한 강도여야 한다는 것이다.

뇌의 보상 회로를 이용해 습관을 만들려면 자축 방식을 정해 루틴을 마칠 때마다 일관되게 실행해야 한다. 하지만 계속할 필요는 없다. 시간이 지나면 습관 고리가 자동화될 것이다. 습관이 자리 잡고 나면 축하를 멈춰도 된다. 물론 미국인 친구들처럼 그저 순전히 즐거움을 위해 계속 환호하고, 펄쩍 뛰고, 주먹을 불끈 쥐고 흔들어도 좋다. 그럼 이제 스스로에게 주는 선물에 관한 이야기로 넘어가 보자.

자기 보상, 이정표와 연속 기록
—

습관의 효과는 강력하다. 습관은 자동으로 글을 쓰게 하는 무의식적 루틴을 작동시켜 왜, 언제, 어디서, 어떻게 글을 쓸지 결정하는 수고를 덜어줄 뿐만 아니라 의지력을 소모시키는 인지적 부담을 없애준다. 흔히 습관은 우리가 겪는 어려움에 대한 마법 같은 해결책으로 칭송받는다. 우리의 삶을 완전히 바꿔놓을 수 있으며 그 어떤 야심 찬 목표도, 오랜 꿈도 이룰 수 있도록 도와준다고 말이다. 습관은 가능성으로 가득하다. 습관은 학습되는 것이므로 우리의 행동은 바뀔 수 있다. 나쁜 습관(이를테면 트위터를 하며 할 일을 미루는 것)은 멈추고 좋은 습관(매일 500단어를 쓰는 것)은 기르면 된다.

하지만 많은 작가가 자신도 모르게 '글쓰기 습관만 있었다면'이라고 생각하는 함정에 빠진다. 그러고는 실패했을 때 스스로를 탓한다. 코칭 프로그램에서 만나는 작가들에게서도 흔히 이런 경우를 볼 수 있다. 그들은 변화의 길로 들어서기 위한 준비 작업을 한다. 글을 쓰기로 결심했고, 아이디어도 있으며, 의도와 목표, 계획도 있고, 가장 먼저 어떤 단계를 밟아야 할지도 정확히 안다. 그런데도 글쓰기는 결코 쉽게 되지 않는다. 저절로 되는 법이란 결코 존재하지 않는다.

우리는 글쓰기가 정말로 습관이 될 수 있기는 한지 의심하게 됐다. 글쓰기는 어렵고 시간과 노력이 드는 일이다. 글을 쓰려면 체계가 있어야 하고, 의욕이 있어야 하며, 결심도 확고해야 한다. 게다가 글쓰기의 보상은 몇 달이나 몇 년 뒤에야 주어진다. 글쓰기는 이를테면 도박이나 온라인 게임이 그렇듯 즉각적인 만족감에서 오는 도파민의 쾌감을 주지 않는다. 그래서 많은 작가가 글쓰기를 고통스럽게 여긴다. 그런데도 그들을 계속 쓰게 하는 무언가가 있다.

우리가 글쓰기 습관을 탐구하며 배운 것은 성공적인 행동 변화의 비결(글쓰기와 같은 장기 목표를 수행할 때 필요한 노력) 중 하나는 그 일을 더 즐겁게 만드는 것이라는 점이다. 습관 전문가들 사이에서 정설은 아니지만, 인센티브도 도움이 될 수 있다. 인센티브incentive의 정의는 "생산성 향상에 대해 주어지는 보상으로서 행동이나 더 큰 노력을 유발하거나 유발하는 경향이 있는 것"이다.[29] 다른 말로 하면 자신에 대한 보상treat이다. 우리는 자기 보상이 기대할 만한 무언가를 주는 뇌물이나 노력에 대한 보상, 글쓰기와 연결 지을 수 있는 즐거움에 더 가깝다고 생각한다. 그것이 바로 멘뮤어가 글을 쓰고 나서 마시는 커피의 기능이다. 커피를 마시는 것은 매우 즐거운 일이지만, 습관을 유발하고 신경 경로를 만들고 뇌를 자극하는 종류의 보상은 아니다. 도파민 분비를 촉진해 신경 연결을 만들기에는 글쓰기 루틴과 커피를 마시는 행동 사이에 시간 간격이 너무 멀기 때문이다. 이 경우 커피는 인센티브 역할을 하는 자기 보상이다. 신경 발화를 일으키는 즉각적인 보상의 기준에는 미치지 못할지 몰라도 글쓰기를 이어가는 데 도움이 될 수 있다.

행복과 습관 분야의 저자 그레첸 루빈Gretchen Rubin은 이렇게 말한다. "자기 보상이 자기탐닉적이고 시시한 전략처럼 들릴 수도 있겠지만, 실은 그렇지 않다. 좋은 습관을 들이는 것은 지치는 일이므로 자기 보상은 중요한 역할을 할 수 있다. 자신에게 작은 선물을 하면 활력이 생기고 돌봄을 받는 기분이 들며 만족감을 느끼게 된다. 그러면 자제력이 높아지며, 자제력은 건강한 습관을 유지할 수 있게 도와준다.”[30] 작은 보상이 없을 때 우리는 소진되고 고갈된 느낌이 들며 글쓰기에 거부감이 생기기 시작한다. 다른 무엇보다도 하고 싶은 일인 글쓰기에 말이다!

우리는 글쓰기를 마치고 자신에게 작은 선물을 주는 것에 더해 글을 쓸 때마다 ‘좋은 점’을 찾아보기를 권한다. 이는 작업 중인 글을 떠올릴 때 자동으로 따라붙는 부정적 감정이 아닌, 긍정적 감정을 연상하도록 도와주는 일종의 인지적 재구성cognitive restructuring이라 할 수 있다. 베스트셀러 소설가 멕 메이슨Meg Mason도 나쁜 글쓰기 태도를 벗어나기 위해 비슷한 방법을 썼다. 어떤 날은 자신의 작업에서 찾아낸 좋은 점이 폰트밖에 없을 때도 있었다고 한다.[31] 긍정 심리학의 창시자 마틴 셀리그먼Martin Seligman 교수는 좋은 점에 주목하고 감사를 표현하는 일이 행복감에 장기적 영향을 줄 수 있다는 사실을 밝혀냈다. 한 연구에서 그는 참여자들에게 매일 그날 일어난 세 가지 좋은 일을 찾아 기록하게 했고, 이 과제의 긍정적 효과는 6개월간 지속됐다. 글을 쓸 때마다 좋은 점을 찾아보면 글쓰기를 긍정적 감정과 연결하는 데 도움이 될 뿐만 아니라 그 효과가 삶의 다른 영역으로 퍼져나갈 수도 있다.

글쓰기라는 지난한 과정에 즐거움을 더하는 마지막 방법은 이정표를 기념하는 것이다. 《가디언》의 데이터 전문가들은 멘 뮤어가 1만 단어 정도를 기준으로 자축하는 시간을 보낸다는 점을 발견했다. 그가 첫 이정표에 도달하기까지는 3개월이 걸렸고, 2만 단어를 달성하기까지는 9개월이 더 걸렸다. 당시 그는 "이제 1만 단어를 넘기고 나니 소설 쓰기라는 꿈을 향해 실질적 인 첫걸음을 내디딘 것 같다."라고 기록했다. 멘뮤어는 그 뒤로 도 계속해서 이정표를 기념했다. "1만 단어를 쓸 때마다 소소한 선물을 했던 첫 경험에서 배운 거예요. 지금도 1만 단어를 쓰고 나면 서핑을 하거나, 오래 달리거나, 펍에서 맥주를 마시며 한 시간 동안 책을 보거나 해요. 그저 잘 해냈다고 저 자신에게 말 해주기 위한 거죠. 이정표를 기념하는 건 글을 계속 쓰게 하고 또 끝마치게 하는 하나의 방법이에요. 그게 핵심이죠."

이정표를 기념하는 것이 장기적으로 동기를 부여하는 좋은 방법이기는 하나, 습관은 작은 행동을 꾸준히 반복한 결과물이 라는 점을 잊지 말자. 멘뮤어가 작업의 진행 상황을 계속 기록하 는 것도 그래서다. 그는 라이트 트랙 연구가 끝나고 서비스가 종 료된 지 몇 년이 지난 지금도 자신이 쓴 단어 수와 글을 쓴 날짜 를 관리하며 연속으로 작업한 일수를 기록한다고 설명한다. "조 금 유치해 보일 수도 있지만, 일지에 친 X표나 화면에 뜬 별표가 줄지어 있는 모습을 보면 계속할 힘이 생기죠."

제리 사인펠드Jerry Seinfeld는 글을 쓴 날마다 달력에 X표를 친 것으로 유명하다. "며칠이 지나면 X표가 모여 하나의 사슬을 이 루죠. 계속하다 보면 사슬은 날마다 길어질 겁니다. 그걸 보는 재미가 쏠쏠할 거예요, 특히 이미 몇 주의 시간이 쌓였다면 말이 죠. 당신이 해야 할 유일한 일은 그 사슬을 끊지 않는 겁니다."[32] 연속으로 작업한 일수가 쌓이면 그 기록을 깨고 싶지 않다는 마음이 생긴다. 진전을 눈으로 확인할 때 우리는 본질적인 즐거움을 느낀다. X표를 칠 때마다 도파민이 보상으로 주어지며, 그 보상은 사슬이 길어질수록 더 커진다. 연속 기록을 이어가겠다고 다짐하면 그것이 자기 정체성의 일부가 된다. 하루를 거르면 어색한 기분이 들어서 다음 날 작업을 다시 시작하게 된다.

이 책을 한 장씩 차례로 읽어왔다면 당신은 이제 무엇을 쓰고 싶은지를 파악했고, 일상에서 글쓰기를 실천할 방법을 알아냈으며, 시작하기 위한 첫걸음도 생각해 두었을 것이다. 계획은 시작하는 데 도움이 되지만, 글을 쓸 때마다 계획을 세워야 하는 인지적 부담이 있다면 결국 지쳐서 소진되고 말 것이다. 습관은 그런 수고를 덜어준다. 습관이 어떻게 형성되는지 이해하면 글을 쓰는 행위를 유도하고, 루틴을 개발하며, 매일 글쓰기를 이어가도록 도와주는 보상으로 자신만의 습관을 정착시킬 수 있다. 이어지는 연습 과제에서 구체적인 방법을 알아보자.

습관

1. 루틴 정의하기

존 업다이크John Updike는 "단단한 루틴이 있으면 포기하지 않게 된다."라고 했다. 습관의 관점에서 루틴이란 개발하고 싶은 행동을 말한다. 당신이 원하는 글쓰기 루틴이 어떤 모습인지 시간을 들여 생각해 보자. 언제, 어디서 글을 쓰고 싶은가? 매일 자리에 앉아 무엇을 할 것인가? 최대한 구체적으로 상상해 보자. 성공적인 루틴의 모습을 시각화하고, 그림으로 그리고, 브레인스토밍하고, 탐색하고, 기록해 보자.

2. 맥락 파악하기

맥락은 습관 고리에서 반복 행동을 유발하는 신호다. 원하는 행동을 끌어내는 방아쇠라고도 할 수 있다. 찰스 두히그Charles Duhigg는 대부분의 신호가 다음 다섯 가지 범주 중 하나에 해당한다고 보았다.[33]

    1. 장소: 글을 쓰는 장소를 말한다. 글을 쓸 수 있는 모든 환경을 브레인스토밍해 보자. 다른 습관을 유발할 만한 곳은 피하는 편이

좋다. 예를 들어 부엌 식탁에서 글을 쓰다 보면 어느새 설거지를 하고 있을지도 모르고, 업무용 책상에서 글을 쓰다 보면 받은 편지함을 정리하게 될지도 모른다. 글쓰기를 유도하는 환경을 설계하거나 의식을 만들어보면 어떨까? 노트를 잘 보이는 곳에 꺼내두는 것 같은 신호를 설정해 볼 수도 있다.

2. 시간: 글을 쓰는 시간을 말한다. 하루 중에 글을 쓰기 좋은 시간대가 있는가? 아침형 인간인지 저녁형 인간인지도 고려하자. 자연스러운 생체 리듬chronotype[34]을 이용하면 에너지와 주의력을 최대로 활용할 수 있다. 아니면 방해받을 가능성이 적은 시간대를 생각해 봐도 좋다.

3. 감정 상태: 감정은 행동에 영향을 미친다. 감정 상태를 신호 삼아 글을 써보자. 감정을 글쓰기의 연료로 이용하는 것이다. 업무 때문에 짜증이 날 때는 상사에게 분노의 이메일을 보내는 대신 메모장을 집어 들자. 기분이 좋을 때는 자유롭게 글을 쓰며 아이디어를 떠올려 보자.

4. 다른 사람: 다른 사람이 글쓰기에 도움이 될 수도 있다. 글쓰기 동료를 찾아볼 수 있을까? 아니면 작업을 공유할 수 있는 지지자를 찾는 것은 어떨까? 독자나 멘토가 되어주거나 창작 활동을 응원해 줄 수 있는 사람들을 떠올려 보자. 서로 자극받고 배우기도 하며 글을 더 재미있게 써나갈 수 있도록 도와줄 사람들을 끌어모으자. 이 부분에 관해서는 다음 장에서 더 많이 다룰 것이다.

5. 직전의 행동: 이미 하고 있는 행동에 글쓰기를 연결해 보자. 일과를 떠올리며 글을 쓰기 전에 할 수 있는 행동이 무엇인지 생각해

보자. 예를 들어 아침에 일어나자마자 모닝 페이지를 쓸 수도 있고, 점심을 먹고 나서 또는 집으로 가는 열차에 올라 글을 쓸 수도 있다. 추가로 시각적 단서를 활용하면 루틴 형성에 도움이 된다. 아침 글쓰기를 유도하기 위해 침대 옆 탁자에 메모장을 놓아두거나 캘린더에 글쓰기 알림을 설정하는 것도 하나의 방법이다.

3. 실험을 통해 나에게 맞는 보상 찾기

보상은 도파민 분비를 촉진하고 행동을 쾌감과 연결해 루틴을 정착시킨다. B. J. 포그는 "사람들은 기분이 나쁠 때가 아니라 좋을 때 가장 잘 변화한다"고 강조했다. 그의 연구에 따르면 작은 성취를 기꺼이 축하하는 사람들이 가장 빠르게 습관을 형성했다.[35] 누구에게나 통하는 보상은 없다. 어떤 사람에게는 보상으로 느껴지는 것이 다른 사람에게는 효과가 없을 수도 있다. 그러니 나에게 동기 부여가 되는 것을 생각해 보자. 우선 자연스럽게 기뻐하며 축하하게 되는 상황을 떠올려 보자. 예를 들어 응원하는 스포츠팀이 이겼을 때 당신은 어떻게 하겠는가? 매우 좋은 일자리를 제안받는다면? 오랫동안 써온 원고를 마무리하며 '끝'이라는 단어를 입력할 때는? 자신이 어떤 반응을 보일지 상상하고 그 반응을 활용하자.

루틴과 보상을 계속 실험해 보자. 앤 라이스Anne Rice는 "물론 루틴이 있기는 하지만, 지난 경력을 돌아봤을 때 가장 중요한 것은 루틴을 바꿀 수 있는 능력이었다."라고 말했다.[36] 그러니 변화를 줘

보자. 새롭고, 더 낫고, 더 만족스러운 글쓰기 습관을 만들기 위해 여러 방법을 시도해 보자. 같은 보상이 반복되면 뇌도 지루해한다. 우리는 새로움을 갈망한다. 도박이 중독성이 강한 것도 그래서다. 새로운 도전을 시도하며 다양한 보상을 거둘 방법을 생각해 보자.

4. 나에게 뇌물 주기

습관을 위한 완벽한 도파민 보상을 설계하는 데 어려움을 겪고 있더라도 너무 걱정하지 말라. 한 걸음 물러서서 자신의 글쓰기 루틴을 살펴보며 작업을 더 즐겁게 만들 방법을 찾아보자. 즉각적인 보상 대신 작은 선물이나 인센티브를 떠올려보자. 글을 쓸 때 긍정적 감정을 느끼게 해줄 만한 것을 먼저 생각해 본다. 좋은 행동을 끌어내기 위해 나에게 뇌물을 줘야 한다면 어떤 뇌물이 효과적일까?

한 가지 요령은 글쓰기를 미룰 때 주로 하는 행동을 지연 전략이 아닌 보상으로 사용하는 것이다. 한마디로 **트위터는 글을 쓰고 나서 하자, 쓰기 전에 하지 말고!**

5. 결과가 아닌 노력에 보상하기

글쓰기에 들인 노력을 매번 단어 수로 측정할 수 있는 것은 아니다. 때로는 짧은 시간 집중력을 발휘해 쓰는 것만으로도 작업이 크게 진전되기도 하며, 어떤 날은 몇 시간을 들이고도 쓸 만한 문장을 거의 건지지 못하기도 한다. 그러니 결과가 아닌 노력에 대해 보상하자. 이것은 이정표를 기념할 때 특히 중요하다. 보상이 너무 작으면 작업을 이어갈 동기를 잃게 될 것이고, 반대로 너무 크면 목표를 달성하기 위해 해야 할 일보다 보상 자체에 집중하게 될 것이다.

6. 계획 세우기

글쓰기 루틴이 자리 잡히는 데는 시간이 걸릴 수 있다. 자리 잡힌 루틴 역시 언제든 무너지거나 사라질 수 있다. 그러므로 의지력에 기댈 것이 아니라 계획이 있어야 한다. 이를테면 '매주 평일 아침 8시에 기차역 맞은편 카페에서 한 시간씩 글을 쓴다'라고 적어두는 간단한 방법을 써볼 수도 있다.

이 예시문은 명확하고 구체적이다. 출퇴근과 같은 일상적 활동에 글쓰기라는 새로운 행동을 연결하고 있으며, 장소와 시간, 규칙성을 포함하고 있어 계획의 달성 여부를 분명히 알 수 있다. 게다가 따뜻한 커피와 케이크라는 보상도 자연스럽게 들어가 있다.

또 한 가지 방법은 '이것을 하면 저것을 한다'라는 조건문 형식을 활용하는 것이다. 윌 멘뮤어가 했던 것처럼 문장을 만들어보자. "저는 이 방법을 쓰면서 더 나은 작가가 됐습니다. '커피를 마시면 스크리브너를 연다'는 글쓰기를 시작하게 하는 정말 유용한 신호예요."

7. 글쓰기를 긍정적 경험과 연결하기

자신의 글쓰기에서 좋은 점에 주목하는 습관을 들이자. 그러면 좋은 점을 바로 찾아내고, 알아차리고, 감사히 여기는 데 도움이 될 것이며 글쓰기를 더 긍정적으로 느끼게 되어 장기적으로는 큰 힘이 될 것이다.

8. 사슬 끊지 않기

제리 사인펠드처럼 진행 상황을 추적하자. 날마다 글을 쓰며 연속 기록을 얼마나 오래 이어갈 수 있을지 지켜보자. 100일 글쓰기 같은 챌린지에 참여하는 것도 하나의 방법이다(2장에 나오는 젠 애슈워스의 사례를 참고하자). 인스타그램이나 트위터에서 '#100daysofwriting' 이라는 해시태그를 검색하면 글쓰기 커뮤니티를 쉽게 찾을 수 있다. 오스틴 클레온은 다음과 같이 말한다. "매일 연습하라. 달력 칸에 X표를 쳐라. 100일이 지나면 지금보다는 덜 형편없을 것이다."[37]

9. 할 수 있다는 믿음 갖기

작가들은 자기 확신과 복잡한 관계를 맺고 있다. 이제 막 첫발을 내디뎠든, 출간을 앞둔 원고가 줄줄이 있든, 꾸준히 팔리는 책을 여러 권 냈든 간에 내면의 비평가는 늘 자신감을 갉아먹을 기회를 노리고 있다. 다음 장에서 이야기하겠지만, 이럴 때 타인의 지지는 정말 필요한 힘을 줄 수 있다. 글쓰기 커뮤니티에 가입해 같은 목표를 가진 마음 맞는 사람들을 찾자. 용기가 잘 나지 않는다면 작게 시작하자. 연구에 따르면 그런 사람이 단 한 명만 있어도 변화할 수 있다고 믿기에 충분하다. 그러니 함께 글을 쓸 친구를 찾아보자.

10. 낙담하지 않기

웬디 우드 교수에 따르면 루틴을 놓치더라도 낙담하거나 절망할 필요는 없다. 습관이 완전히 사라진 것은 아니다. 실수를 인정하고 더 강력하고 명확한 맥락을 만드는 계기로 삼자. 앞에서 말한 신호들을 다시 살펴보고 또 한 번 시도하자. 다니엘 핑크의 조언처럼 글을 쓰지 못했을 때 드는 찰나의 후회를 동력으로 삼자.

우리가 만든 습관 가이드는 글쓰기를 일상으로 만드는 데 필요한 신호와 보상을 찾을 수 있도록 도와준다. 자료를 내려받으려면 다음 사이트를 참고하라. prolifiko.com/writtenresources

9장

사람

당신에게 맞는 관계 방식을 파악하고,
책임감의 힘을 활용하자

글쓰기의 생산성과 과정에 관한 연구에서 학술 작가들은 어느 집단보다도 자주 등장한다. 연구자들이 실험 대상을 찾기 위해 굳이 대학 울타리 밖을 살피지 않는 경향이 있기도 하고, 글쓰기의 압박이 가장 심하다고 할 수 있는 곳이 학계라는 점도 영향을 미친다. 앞에서 언급했듯 학계에는 '출판하지 않으면 도태된다'라는 문구가 상식처럼 통용된다. 정기적으로 논문을 쓰고 발표하지 않으면 학자로서 경력이 곤두박질칠 수 있을 뿐만 아니라 소속 기관의 재정과 평판에도 타격을 입힌다.

그래서 세계 각국의 대학들은 시간에 쫓기는 교수들과 논문 작성을 어려워하는 학생들의 글쓰기를 독려하고 지원하기 위해 워크숍, 집중 캠프, 멘토링 제도, 코칭 프로그램 등 각종 사업을 시행하고 있다. 그리고 학자들은 학자들답게 이런 사업의 장단점에 관해 수많은 논문을 써냈다. 예컨대 17건의 개별 연구를 검토한 한 리뷰 논문은 글쓰기 모임과 일대일 지원, 글쓰기 강좌 등 세 가지 개입 방식의 효과를 살펴봤다.[38] 이 논문의 결론은 어땠을까? 일단 세 가지 방식 모두 논문 출판율과 글의 질, 글쓰기 기술을 어느 정도 향상할 수 있는 것은 분명했으며, 그중에서도 글쓰기 모임은 연구자들이 말하는 '사회심리적 이점'을 높이는 측면에서 특히 효과적이었다.*

이 말은 곧 글쓰기 모임에는 (모임이 만들어내는 긍정적 분위기와 동료애가 됐든, 모임이 주는 지지와 책임감이 됐든) 그 일을 계속하도록 돕는 데 매우 효과적인 요소가 있다는 뜻이다. 그뿐만 아니라 이런 상호 지지 집단은 연구자들이 말하는 '파급 효과'를 캠퍼스 전체에 일으킬 수도 있다. 신진 연구자들은 글을 쓰고 싶은 마음이 생기고, 글이 막힌 작가들은 의욕이 더 강해지며, 글쓰기를 미뤄왔던 이들은 이 작업을 다시 우선순위로 둔다. 대학들이 글쓰기 모임을 만들고 장려할 때 캠퍼스에는 생산성과 자신감, 동기를 높여주는 지지의 문화가 널리 조성된다.

사실 우리나 연구자들이 말해주지 않아도 모두들 어떤 형태로든 글쓰기 모임에 참여하면 도움이 된다는 사실을 이미 알고 있을지도 모른다. 이 방법을 직접 시도해 봤을 수도 있다. 우리도 혼자 고투하는 작가들을 볼 때면 모임에 나가보라는 조언을

---

* 자세한 내용은 로위나 머리 Rowena Murray의 『Writing in Social Spaces』를 참고하라.

자주 건넨다. 우리는 다른 사람들과 함께 글을 쓰는 것이 자신감을 북돋고 힘든 시기에도 계속할 용기를 준다는 점을 몇 번이고 확인했다. 습관 전문가 찰스 두히그는 타인의 존재가 글쓰기 습관을 들이는 일을 더 쉽게 만들어줄 수도 있다고 설명한다. 변화는 다른 사람들과 함께할 때 더 쉬워지고, 더 실현 가능해지며, 더 잘 일어나기 때문이다. 두히그는 "믿음은 공동체 안에서 더 쉽게 생겨난다."라고 쓴다.[39] 간단히 말해 다른 사람의 존재는 혼자서 하기 어려운 일을 해낼 수 있게 만들어준다.

글쓰기 모임이 그렇게 모두에게 이로운 것이라면 이 주제에 잉크를 더 낭비할 이유가 뭐가 있느냐고 물을지도 모르겠다. 하지만 단정하기에는 이르다. 우리의 경험과 연구 결과는 글쓰기 모임과 공동체, 협업이 커다란 이점을 가져다줄 수 있다는 점을 보여주지만, 무작정 뛰어들기 전에 당신이 고려해야 할 요소들이 있다. 모임에 어떤 방식으로 참여하고, 어떤 형식을 택해야 할지는 전적으로 당신에게 달려있다. 이번 장에서는 바로 그 내용을 다룰 것이다.

먼저 세계 최고 권위를 자랑하는 문예 창작 프로그램을 파고들어 보자. 그곳에는 피로 물들고 위스키로 얼룩진 역사가 숨어 있다.

폭군과 채찍

—

1941년부터 1965년까지 아이오와 작가 워크숍*을 이끈 폴 엥글Paul Engle이 타자기 옆에 채찍을 두고 글을 썼다는 사실은 그의 방법론과 초창기 프로그램의 철학에 관해 많은 것을 말해준다. 아이오와대학교에 개설된 이 워크숍은 1936년 설립 이래로 걸출한 작가와 시인을 수도 없이 많이 배출했다. 존 어빙John Irving, 앤 패칫Ann Patchett, 레이먼드 카버Raymond Carver, 리처드 포드Richard Ford, 커트 보니것Kurt Vonnegut에 이르는 졸업생 명단은 20세기 미국 문학의 거장들을 망라한다. 하지만 초창기의 아이오와 작가 워크숍은 심약한 사람에게는 맞지 않는 곳이었다.

엥글은 찰스 다윈에게 영감을 받아 자존심을 걸고 싸우는 적자생존의 분위기를 의도적으로 조성했고, 학생들의 작품과 자신감은 혹평으로 짓밟히기 일쑤였다. 초창기 학생 중에는 제2차 세계대전의 전선에서 돌아온 참전병이 상당수 있었고, 그들은 모두 자신을 제2의 어니스트 헤밍웨이로 생각했다. 그들은 문학적 논쟁을 매우 문학적이지 않은 방식(술집에서 피 튀기는 취중 난투극을 벌이거나 교정에서 권투 시합을 하는 식)으로 해결했으며 주먹다짐의 상대가 강사일 때도 종종 있었다. 엥글의 무자비한 접근 방식은 학생들이 단 하나의 목표, 즉 글을 써서 출판하는 일에만 매진하

---

* Iowa Writers' Workshop, IWW, 미국에서 가장 오래된 문예창작 석사MFA 과정으로 수업에 합평workshop 방식을 도입한 데서 명칭이 유래했다. —옮긴이

도록 몰아붙이기 위한 것이었다. 그는 "젊은 낭만적 몽상가들의 자존심 달래주기"를 거부하며 학생들이 바깥세상에서 마주할 냉혹한 상업적 현실에 둔감해질 수 있도록 의도적으로 프로그램을 설계했다.[40]

그는 학생들이 직접 충돌하며 자리다툼을 벌이는 경쟁적 환경을 만들었다. 출판에 대한 극심한 압박감을 느껴야 성과를 낼 수 있다는 생각에서였다. 엥글의 생각은 여러 면에서 옳았다. 아이오와 작가 워크숍 졸업생들은 전 세계 어느 예술학 석사 출신들보다도 훨씬 많은 작품을 발표했다. 지금까지 졸업생들이 쓴 책은 3,000권이 넘으며 퓰리처상 수상자는 29명이나 된다. 6명의 미국 계관 시인을 배출했고 전미도서상 수상자는 셀 수 없이 많다. 그 대가는 무엇이었을까? 엥글의 혹독한 창작 훈련 방식이 잘 맞는 이들도 있었다. 그러나 다른 이들에게는 매우 깊은 상처가 남았다.

미국 작가 플래너리 오코너 Flannery O'Connor는 가라앉지 않으려면 헤엄쳐야 하는 이 가혹한 환경에서 꽃을 피웠으며 이후에 "어디를 가든 대학이 작가들을 억압하지 않느냐는 질문을 받는데, 나는 오히려 충분히 억압하지 않는다고 생각한다."라고 말했다.[41] 반면 전 계관 시인 리타 도브 Rita Dove 같은 이들은 창의성이 짓밟히는 느낌을 받았다. 1970년대 아이오와 작가 워크숍의 학생이었던 도브는 자신감이 산산조각 난 채로 그곳을 떠났다. 그는 경직된 규칙과 구조에 갇혀있다고 느꼈고 한때는 너무 큰 충격을 받아 1년 동안 글 쓰는 일을 놓기도 했다. 소설가 샌드라 시스네로스Sandra Cisneros도 비슷했다. 그는 아이오와에서 보낸 시간이 너무 고통스러웠던 나머지 중도에 나와 마콘도 작가 워크숍Macondo Writers Workshop이라는 대안적 프로그램을 만들었다. 그는 "마콘도는 관대하고 인정이 많으며 글쓰기로 비폭력적 사회 변화를 만들 수 있다고 믿는 작가들이 모이는 워크숍"이라며 "다시 말해 아이오와 작가 워크숍과는 정반대"라고 설명했다.[42] 그의 글쓰기 프로그램은 더 부드러운 분위기 속에서 서로를 지지하는 협력적인 방식으로 운영되었고, 그런 방식 역시 약육강식의 환경*만큼이나 강력할 수 있음을 보여주었다.

경쟁할 것인가, 협력할 것인가?

—

2016년 행동 변화 전문가들로 구성된 연구진은 사람들이 어떤 사회적 환경에서 활동적인 생활 방식을 유지할 동기를 가장 많이 얻는지 알아보기로 했다(오로지 책상 앞에만 붙어있는 것을 선호하는 작가들은 주목해보자).[43] 이 연구를 소개하는 이유는 자신에게 맞는 집단 환경을 택하는 것이 얼마나 중요한지 보여주기 위해서다. 연구진은 활동량이 적은 사무직 근로자들을 세 집단으로 나누

---

* 이런 환경은 상처받기 쉬운 사람들에게는 전혀 맞지 않는다. 1951년 아이오와 작가 워크숍의 학생이자 시인이었던 로버트 셸리Robert Shelley는 스스로 목숨을 끊었다.

어 4주 동안 체력 향상을 위해 노력하게 했다. 다만 방식은 집단
마다 차이가 있었다.

- **첫 번째 집단**은 협력 집단이었다. 이들에게는 함께 달성해야
  하는 집단 목표가 주어졌다.
- **두 번째 집단**은 경쟁 집단이었다. 이들은 상금을 두고 서로 경
  쟁해야 했으며, 진행 상황은 모든 사람이 볼 수 있게 순위표
  로 공개됐다.
- **세 번째 집단**은 통제 집단, 즉 대조군이었다. 이들은 신체 활
  동의 이점에 관해 읽어볼 수 있는 공중 보건 전단을 몇 부 전
  달받았다.

그리 놀라운 결과는 아니겠지만, 통제 집단은 회전의자를 거
의 벗어나지 않았다. 그에 비해 협력 집단은 훨씬 더 활동적이었
고 한 달 동안 활동량을 16퍼센트 늘리는 좋은 성과를 거두었다.
하지만 가장 큰 개선을 보인 쪽은 경쟁 집단이었다. 경쟁 집단의
활동량은 거의 3분의 1(30퍼센트)이나 증가했다. 경쟁을 택해야
할 근거가 분명해 보이지 않는가?

하지만 지금 당장 '채찍 파는 곳'을 검색하기 전에 결과를 좀
더 자세히 살펴볼 필요가 있다. 데이터를 보면 경쟁 집단과 협력
집단의 전체 활동량은 마지막 주 전까지만 해도 비슷했다. 그런
데 놀라운 일이 일어났다. 마지막 주에 두 명의 참여자가 초인적
인 수준으로 활동량을 늘리며 경쟁 집단의 전체 수치를 왜곡한

것이다. 연구진은 "경쟁적 환경에서 평균 이상의 성과를 내는 사람들은 동기 부여가 되어 계속 성장할 가능성이 높지만, 평균 이하의 사람들은 의욕을 잃고 포기할 수 있다는 사실을 반영하는 결과"라고 결론 내린다. 다시 말해 경쟁은 두 명이 빠르게 헤엄치는 동안 나머지는 가라앉게 만든 반면, 협력은 집단 전체의 성과를 끌어올렸으나 슈퍼스타를 만들어내지는 못했다.

여기서 얻을 수 있는 교훈은 자신의 성격에 맞는 환경을 찾는 것이 중요하다는 것이다. 경쟁적 환경이나 협력적 환경이 그 자체로 '나쁘다'거나 '좋다'고 할 수는 없다. 경쟁심이 강한 사람이라면 협력적 환경이 지루할지도 모르며, 격려를 받아야 잘하는 사람이라면 경쟁적 환경이 성장에 해가 될지도 모른다. 글쓰기 모임도 마찬가지다. 당신은 엥글처럼 강하게 키우는 환경에서 빛을 발할까, 아니면 마콘도 작가 워크숍처럼 더 다독여주는 환경을 선호할까? 후자에 해당한다면 지금부터는 비경쟁적 환경역시 효과를 발휘할 수 있는 측면에 대해 함께 살펴보도록 하자.

소속감이 주는 힘

—

2003년 닷컴 버블이 터졌을 때였다. 버블의 중심에는 샌프란시스코가 있었고, 레니 손더스Rennie Saunders는 그곳에서 한때 잘나가던 광고대행사의 크리에이티브 디렉터로 일했다. 이제 회사는 위기에 처해있었다. 직원도 기술 기업 고객도 떠나가고 있었고 상황은 좋지 않아 보였다. 하지만 손더스는 더 버티거나, 다 지나가기를 바라거나, 경력이 망가질까 봐 전전긍긍하는 대신 위기를 기회로 바꾸기로 결심했다. 그는 수익성 높은 테크 업계를 떠나 오랫동안 품어온 꿈을 좇기로 했다. 바로 열 살 때부터 간직해 온 작가의 꿈이었다.

하지만 일을 그만두고 얼마 지나지 않아 문제에 부딪혔다. 그는 직장이 주던 체계가 그리워지기 시작했다. 글을 쓸 시간은 충분했지만, 작업을 방해하는 일이 하나둘 생기면서 미루는 습관이 자리 잡혔다. 직장에 다닐 때는 책임감을 느끼게 하는 동료가 있었고 목표와 기한을 정해주는 상사가 있었다. 하지만 이제는 아무도 없는 방에서 홀로 글을 써야 했다. 보고할 사람이 없으니 책상 앞에 앉는 일은 점점 더 어려워졌다. 그래서 새로운 방법을 떠올렸다. 그는 글쓰기 모임에 더 많이 나가는 대신(도움은 됐지만, 모임에 빠지기가 너무 쉬웠다) 모임을 직접 주최하기 시작했다. 그러면서 글을 마주하는 데 필요한 동력을 얻었다. "모임 일정이 잡혀 있고 사람들이 오기로 되어있으면 저도 나가게 되죠. 사람들을 실망시키고 싶지 않으니까요. 어떻게 보면 저 자신을 속여서 글을 쓰게 만든 셈이에요."

속임수든 아니든 이 방법은 효과가 있었다. 손더스는 2007년 8월 샌프란시스코 크로스로즈 카페Crossroads Cafe에서 첫 글쓰기 모임을 연 뒤로 1년 반 만에 장편 세 편과 수많은 중편, 단편집 한 권을 써냈다. 그는 이후로도 10년 동안 모임을 지속했다. 거기서 멈출 수도 있었겠지만, 손더스는 더 나아갔다. 그의 모임은

폭발적인 인기를 끌었고, 그는 수요를 맞추기 위해 샌프란시스코 전역에서 모임을 추가로 개최하고 자원활동가를 모집했으며 미국 내 다른 도시와 다른 나라로까지 조직을 확장했다. 오늘날 레니 손더스는 전 세계적인 열풍을 일으킨 글쓰기 커뮤니티 '셧업 앤 라이트'*의 CEO이자 창립자다. 그리고 이 모든 것은 손더스 자신이 책상 앞에 앉아 글을 쓰기 위한 방편으로 시작된 일이었다. 자택 사무실에서 우리와 대화를 나누던 그는 들뜬 표정을 지어 보였다. 우리가 그가 가장 좋아하는 질문을 던졌기 때문이었다. "셧업 앤 라이트의 성공 비결은 무엇인가요?"

손더스는 셧업 앤 라이트가 전 세계 수백 개 도시에 지부를 둔 10만 명 규모의 커뮤니티로 성장할 수 있었던 것은 결국 단순함 때문이라고 했다. 엥글이 아이오와 작가 워크숍에 '적자생존' 모델을 도입했던 것과 달리 손더스는 경쟁적 요소를 철저히 배제한 모임을 만들었다. 이것이 바로 성공 비결이다. 이 모임에서는 어떤 글이든 자유롭게 쓸 수 있다. 참여자들은 그저 정해진 시간과 날짜에 카페로 모인다. 대부분은 서로 전혀 모르는 사이다. 규칙은 한 시간 동안 (다른 일은 아무것도 하지 않고) 글을 쓰는 것이다. 다 쓰고 나서는 비평도, 판단도, 낭독도 하지 않는다. 동료 참여자들이 서로 배울 수 있게 소감을 나누도록 권장할 뿐이다.

영국 작가 협회Society of Authors의 제임스 매코너키James McConnachie

---

*　　Shut Up & Write!, '닥치고 글쓰기'라는 뜻으로 한국에는 서울 등에 지부가 있다.—옮긴이

는 다음과 같이 말한다. "글쓰기는 외로운 일일 수 있어요. 출판
계는 무자비할 정도로 경쟁이 치열하고요. 하지만 쓰는 사람으
로 산다는 건 다릅니다. 그 삶은 동료애이자 공동체를 상징해
요."[44] 셧업 앤 라이트 모임에는 지지와 공동체 의식만이 존재한
다. 손더스는 이 모임이 '보호막safe bubble'과 같다고 표현한다. 카
페에서 사람들은 보통 각자 다른 일을 한다. 코딩을 하거나(뭐, 여
기는 실리콘밸리니까), 수다를 떨거나, 업무를 보거나, 메시지를 보낸
다. 하지만 셧업 앤 라이트 모임에서는 다들 한 가지 일, 글쓰기
에 집중한다. "사람들이 모두 창작 모드로 전환하면 마치 집단
명상을 하는 듯한 분위기가 되죠. 이곳에서 사람들은 안전하다
는 느낌을 받습니다. 자신이 쓴 걸 함께 들춰보지 않으니 두려움
과 자기 판단을 내려놓을 수 있어요."

¶ ¶ ¶

교회나 도서관, 스포츠 경기장이나 클럽 같은 곳에서 전혀 모
르는 사람들에게 둘러싸인 순간, 그들 모두와 조금은 연결된 느
낌을 받았던 적이 있는가? 그 느낌 덕분에 당신의 행동이 달라
졌을 수도 있다. 더 조용해지거나, 더 소란스러워졌을지도 모른
다. 그렇다면 당신은 스탠퍼드대학교 심리학자들이 '단순 소속
감mere belonging'이라 이름 붙인 현상을 경험한 것이다. 단순 소속
감이란 특정한 목적으로 모인 집단 내에서 모든 사람이 느끼는
소속감을 말한다. 연구자들은 이 현상이 인간의 진화 과정에서

형성된 뇌 구조에 뿌리를 두고 있다고 설명한다. 소속감을 느끼면 책임감이 들며, 집단의 사회적 규범을 어기고 싶지 않은 마음도 생긴다. 여러 연구에 따르면 셧업 앤 라이트 모임처럼 같은 목적이나 목표를 공유하는 사람들과 느슨하게 연결될 수 있는 집단에 속하는 것만으로도 목표를 향해 더 끈기 있게 나아갈 수 있다. 단순 소속감 개념을 제안한 학자들은 "낯선 사람들과의 단순한 사회적 연결감만으로도 자기 자신과 개인적 관심사, 동기에 커다란 변화가 일어날 수 있다."라고 결론 내린다.[45] 요컨대 공동의 목표를 염두에 두고 함께 글을 쓰면 혼자 쓸 때보다 목표를 이룰 가능성이 높아진다.

손더스는 (서로 모르는 사람이든 아는 사람이든) 사람들이 글을 쓰겠다는 공동의 목표를 가지고 모일 때 마법 같은 일이 일어난다고 말한다. 이 '마법'은 작가 애니 머피 폴Annie Murphy Paul이 재정의하는 생각의 개념과도 맞닿아 있다. 그는 '생각'이 머릿속에서만 일어나는 것이 아니라 세상과 상호작용을 할 때 일어나는 것이라고 설명한다. 함께 글을 쓰는 일은 꾸준히 써나가는 데 필요한 외재적 동기를 주기도 하지만(자기 자신보다 다른 사람을 실망시키는 것이 더 힘들 때가 많으므로), 더 깊은 동기 또한 부여한다. 머피 폴에 따르면 "집단에 속해있다는 것은 **내재적** 동기의 형태로 작용한다. 즉, 공동의 노력에 기여하는 데서 오는 만족감 같은 과업 내부의 요인이 우리의 행동을 이끈다는 것이다."[46] 다른 사람과 같은 물리적 공간이나 가상 공간에서 함께 작업하는 것만으로도 글을 쓰는 과정 자체가 더 의미 있고 만족스럽고 즐거워질 수 있다.

그러면 글쓰기는 긍정적 감정과 연결되기 시작하며, 이를 통해 의욕을 가지고 계속 써나갈 수 있게 된다. 물론 혼자 글을 쓰다가도 돌파구나 깨달음의 순간을 맞이할 수 있다. 하지만 그런 순간을 함께 경험한다는 것은 특별한 일이다. 겉으로는 잘 드러나지 않지만, 함께 글을 쓰면 벽에 부딪혔을 때도 더 잘 회복할 수 있으며 장애물을 만났을 때도 더 지지받는 느낌을 받게 된다.

¶ ¶ ¶

지금까지 우리는 집단 내에서 다른 사람과 함께 작업하며 책임감을 유지하는 두 가지 방식, 즉 경쟁과 협력을 통한 방식을 살펴봤다. 하지만 사람들이 함께 일하는 방식은 매우 다양하다. 다음은 작가들이 글을 써내기 위해 그룹이나 팀, 또는 짝을 이루어 일하는 방식의 몇 가지 사례다. 사례들을 읽으면서 어떤 방식이 당신에게 잘 맞을지 생각해 보기를 바란다.

창작열과 부채질

—

닉 콘웰Nick Cornwell은 어머니 제인의 죽음을 다룬 글에서 식구들이 장례식 순서지에 넣을 어머니 사진을 찾기 힘들었다고 회상한다.[47] 남은 사진이 거의 없었기 때문이다. 그나마 찾아낸 몇 장 안 되는 사진은, 콘웰의 표현에 따르면 어머니가 '자취를 감추는 기술'을 익히기 전에 찍은 것이었다. 제인은 심지어 가족사진을 찍을 때도 자리를 피했고 인터뷰 역시 거절했다.

제인 콘웰Jane Cornwell은 남편의 글이 제 모습을 갖추는 데 중추적 역할을 했다. 가까운 친구 몇몇과 가족을 제외하고는 아무도 모르는 일이었다. '작가'는 남편이었으나, 책을 만든 것은 그와 남편 두 사람이었다. 그는 남편의 소설을 뒤에서 고치고 다듬고 빚어냈다. "처음부터 끝까지 매 순간 어머니가 있었다. 어머니는 전면에 나서지 않으면서도 작품 전체에 걸쳐 꾸준히 곳곳에서 존재감을 드러냈다. 아버지가 문장을 써내면 어머니가 함께 고쳤고, 아버지가 창작열에 불타면 어머니는 그 열정을 부채질했다. 이것은 그들 사이의 공모였으며 다른 누구도 아버지에게 해줄 수 없는 일이자 두 사람이 함께 비밀에 부친 일이었다." 제인 콘웰과 데이비드 콘웰David Cornwell은 서로 경계가 모호해질 만큼 깊이 얽힌 관계였기에 결국 존 르 카레John le Carré라는 필명으로 제3의 정체성을 만들어내기에 이른다.

주파수가 맞는 사람

—

베티 컴든Betty Comden과 애돌프 그린Adolph Green은 결혼한 사이가 아니었지만, 협업 관계가 워낙 긴밀해서 많은 사람이 부부로 착각할 정도였다. 컴든과 그린은 60년 넘게 동료로 일하며 종종 역사상 최고의 영화 원작 뮤지컬로 꼽히는 〈사랑은 비를 타고 Singin' in the Rain〉, 레너드 번스타인 Leonard Bernstein이 작곡하고 프랭크 시내트라 Frank Sinatra가 주연한 〈온 더 타운 On the Town〉 등 브로드웨이를 대표하는 여러 뮤지컬의 대본과 가사를 공동 집필했다. 누구나 한 번쯤 따라 불러봤을 법한 노래인 〈뉴욕 뉴욕 New York, New York〉의 가사도 함께 썼다.

공동 작업실인 컴든의 뉴욕 아파트에서 진행된 인터뷰에서 두 사람은 작업 과정과 협업 방식에 관한 질문을 받았다.[48] 그들은 작업 방식의 측면에서 두 사람이 서로 '대체 가능'하며 누가 무엇을 썼는지, 누가 무엇을 더 잘하는지, 역할이 정해져 있기는 한지 구분하기 어렵다고 답했다. 컴든은 다음과 같이 덧붙였다. "정말 거의 반반이에요. 결국에는 누가 어떤 아이디어나 대사를 생각해 냈는지 모르겠다는 말을 자주 하죠. 저희는 주파수가 잘 맞아서 마치 레이더가 신호를 감지하듯 상대의 생각을 바로 읽어내요. 함께 작업하기가 아주 수월하답니다."

팀 플레이어 외 출입 금지

—

각본가 데이비드 퀀틱은 인기 시트콤 〈부통령이 필요해 Veep〉의 집필실*에서 일했던 경험을 두고 "컨베이어 벨트가 없는 수

---

* writing room, 주로 할리우드 영화나 TV 프로그램 제작 현장에서 작가들이 모여 아이디어를 논의하며 대본을 쓰고 수정하는 공간을 말한다. —옮긴이

류탄 공장에서 날아오는 수류탄을 잡으며 일하는 것"과 같았다고 말한다. 수류탄을 던지던 총책임자는 감독 아르만도 이아누치Armando Iannucci였다. 그가 작가 팀에서 일할 사람을 찾는 기준은 명확했다. "좋은 팀 작가가 되려면 먼저 팀 플레이어가 되어야 합니다. 자기 고집을 내려놔야 하죠. 자기가 쓴 글에 소유권이 있는 것처럼 행동해서는 안 돼요."

작가 팀의 일원이 되면 대본과 농담 초안을 빠르게 작성해 다른 작가들과 돌려가며 고쳐 쓰는 작업을 하게 된다. 결과물은 공동의 산물이다. "작가마다 담당하는 에피소드가 있고, 저는 담당 작가와 줄거리에 관해 의견을 주고받은 뒤 대본을 아주 빠르게 써오라고 돌려보냅니다. 빨리 쓰는 게 중요한 이유는 촬영에 들어갈 때쯤이면 거의 모든 내용이 바뀌거나 다시 쓰인 뒤이기 때문이죠. 그러니 자기가 쓴 대사에 감정적으로 집착하는 건 의미가 없어요." 빠르게 돌아가는 집필실의 분위기가 모든 사람에게 맞는 것은 아니지만, 속도야말로 이런 작업 방식의 이점 중 하나다. 글이 막힐 시간 자체가 없으니 매우 생산적인 환경이 될 수 있다.

"공을 놓쳐서는 안 되죠"

—

방송계나 영화계에서는 집필실에서 공동 작업을 하는 일이 흔하지만, 다른 글쓰기 분야에서는 드문 편이다. 하지만 그 틀을 깬 작가가 있으니 바로 앨리스 캠피언Alice Campion이다. 사실 캠피언은 같은 필명으로 함께 소설을 쓰는 여러 명의 작가다.* 그들은 '북 슬럿(Book Sluts, '무엇이든 가리지 않고 읽는다'는 것이 모토다)'이라는 시드니의 한 독서 모임에서 처음 만났다. 소설을 공동 집필한다는 발상은 주말여행 중에 러시아 문학 이야기를 하다가 떠올랐다. 당시에는 베스트셀러를 써서 다음 여행 경비를 마련하자며 가벼운 마음으로 던진 말이었다. 처음에는 '밀스 앤 분Mills & Boon'** 스타일의 에로틱한 역사 로맨스를 재미 삼아 써볼 생각이었지만, 소설이 될 만한 좋은 아이디어와 생산적인 작업 방식을 우연히 발견했다는 사실을 깨닫고는 작업에 더 진지하게 임하게 됐다.

멤버들의 작업 방식은 첫 소설을 쓰는 과정에서 점차 정립됐다. 그들은 일주일에 두 번씩 만나 전체 이야기 구조와 장면을 함께 정리한다. 그런 다음 장면을 하나씩 집으로 가져가서 정해진 마감일까지 작업한 뒤 단체 메일로 공유한다. 다음 모임에서는 자신이 쓴 장면을 낭독하고 피드백과 수정 사항을 정리한 뒤 다른 장면을 가져가서 고친다. 즉, 각 장면을 한 작가가 쓴 뒤 다

---

* 현재 앨리스 캠피언으로 활동 중인 작가는 제니 크로커Jenny Crocker, 제인 리처즈Jane Richards, 제인 세인트 빈센트 웰치Jane St Vincent Welch, 데니즈 타르트Denise Tart 등 총 네 명이다. 처음 출간한 소설은 매들린 올리버Madeline Oliver도 함께 집필했다.

** 문고판 시리즈로 유명한 로맨스 소설 전문 출판사 '할리퀸Harlequin'의 하위 브랜드다.—옮긴이

른 작가가 고쳐 쓰는 방식이다. 이 방식 덕분에 그들은 모두 전업으로 일하면서도 12개월도 안 돼 두 번째 장편소설『변해가는 빛The Shifting Light』을 완성할 수 있었다. "작가나 작가 지망생이라면 다들 알겠지만, 글쓰기 과정에서 가장 어려운 부분은 실제로 쓰는 거예요. 바로 여기서 공동 집필이 큰 장점을 발휘할 수 있어요. 저희는 공동 집필을 한 팀으로 경기를 뛰는 것에 비유하곤 해요. 제 몫을 해야 할 차례에 공을 놓쳐서는 안 되죠. 그러면 팀 전체가 실망할 테니까요. 미루는 습관을 고치는 데 확실히 도움이 돼요."

¶ ¶ ¶

이런 공동 작업의 사례들은 다른 사람들의 존재가 다양한 방식으로 동기를 유지할 수 있게 돕고 지원한다는 사실을 보여준다. 때로는 협업 관계가 너무 긴밀하게 얽혀있어서 누가 무엇을 썼는지가 모호해지기도 한다. 지금 당신이 읽고 있는 이 책도 바로 그런 경우에 해당된다. 그러나 공동 작업의 결과물을 내놓은 우리가 책을 쓰고 몇 달 동안 동기를 유지한 방식은 서로 매우 달랐다. 지금부터 이 부분을 좀 더 살펴볼 텐데, 그러기 위해 이번 장이 끝날 때까지는 나(크리스)로 돌아가서 마치 방백을 하는 배우처럼 당신에게 직접 말을 건네보려 한다.

우리의 작업 방식

—

괜찮다면 벡과 내가 일하는 사무실 풍경을 묘사해 볼까 한다. 지금 당신이 읽고 있는 책을 쓴 바로 그 장소를 말이다.[*] 우리는 집에 있는 다락에서 글을 쓴다. 그곳은 널찍한 정사각형 모양의 방으로 박공지붕에는 천창이 나있어 여름에는 해가 좀 많이 들고 겨울에는 볕이 부족하다. 1890년경에 지어진 집이라 흰색으로 칠한 경사진 천장을 다섯 개의 튼튼한 오크 들보가 가로지르고 있는데, 나는 이 들보에 너무 자주 머리를 부딪히곤 한다. 방의 박공벽에는 지붕 위 굴뚝들이 만나는 노출된 벽돌 아치가 있다. 부동산 중개인이라면 '매력 포인트'라고 부를 만한 이 집의 특색이다. 내 책상(궁금하실까 봐 말씀드리면 붉은색 유리 상판에 오크 다리로 된 책상이다)은 아치의 한 면과 접해있고 집 앞쪽을 내다보는 자리에 있으며, 벡의 책상(자작나무 합판에 파란색 리놀륨 상판을 올렸다)은 내 뒤편에 있어 벡은 반대쪽을 보고 앉는다. 내 왼쪽에는 대학 시절부터 키우던 커다란 유카yucca 화분이 있고, 그 너머에는 갈색 소파가 있다. 우리 래브라두들 페기가 노쇠한 고관절이 허락하는

---

[*] 우리가 이 책을 쓴 방식이 앨리스 캠피언의 멤버들이 소설을 쓴 방식과 비슷하다는 것을 알면 흥미로울지도 모르겠다. 우리는 각자 쓸 장을 배분하고 마감일을 정한 다음 완성한 글을 제출해 서로에게 검토와 피드백을 받았다. 편집자들과 베타 리더들의 피드백을 받은 뒤에는 책 전체의 '목소리'를 일관되게 유지하기 위해 서로 분량을 바꿔 고쳐 썼다. 우리의 노력이 통했기를 바란다!

날이면 계단을 올라와 누워있는 곳이다(오늘은 다행히 상태가 좋은 날이다). 참고로 페기는 보통 코를 골고 있다. 세월이 흐르며 수염이 하얗게 세는 동안 코 고는 소리도 커졌다.

우리는 둘 다 글을 쓸 때 시끄러운 것을 좋아하지 않는다(페기가 코 고는 소리는 겨우 참을 만하다). 나는 워낙에 배경 음악을 틀어놓고 일하는 사람이 못 된다. 우리는 둘 다 차를 많이 마시며 일과 중에 여러 번 휴식을 취한다. 매일 운동을 하면 집중력이 좋아진다는 것을 체감하고 나는 걷기와 달리기, 헬스, 스쿼시, 테니스를, 벡은 걷기와 요가, 헬스, 최근에는 줌바를 하고 있다. 하지만 글을 쓰는 사람으로서 우리의 공통점은 여기까지다.

사실 우리가 일하는 방식은 매우 다르다. 지난 1년여 동안 이 책의 초고와 2차 원고를 쓰면서 벡은 가족과 친구들에게 글쓰기에 관한 이야기를 자주 했다. 얼마나 쓰고 있는지, 어느 정도까지 진행됐는지 말이다. 벡은 인스타그램의 100일 글쓰기 챌린지에 참여해 커뮤니티 사람들과도 진도를 공유했다. '런던 작가 살롱'*의 온라인 글쓰기 모임에 가입해 정해진 시간에 글을 쓰기로 약속했고, '포커스메이트 Focusmate'**에서도 작업 일정을 예약

---

* London Writers' Salon, 2019년 런던에서 설립된 온라인 글쓰기 커뮤니티로 라이터스 아워 Writers' Hour와 같은 글쓰기 모임과 워크숍, 강의, 인터뷰, 팟캐스트와 매거진을 운영한다. ─옮긴이

** 전 세계 사람들과 일대일로 만나 25분, 50분, 75분 단위로 함께 작업하는 화상회의 플랫폼이다. 주로 프리랜서, 재택근무자 등 혼자 일하는 사람들이 집중력을 높이기 위해 이용한다. ─옮긴이

했다. 친구들과 글쓰기 데이트를 하고 숙박이 가능한 도서관으로 나흘간의 창작 휴가도 다녀왔다. 합평 모임에 참여해 진행 중인 작업을 공유하고 피드백을 받았다. 기법적인 면을 배우기 위해 글쓰기 수업도 들었다. 스토리텔링에 중점을 둔 원고의 구조 편집을 위해서 비용을 들였고, 원고를 수정하는 과정에서도 편집자의 도움을 받았다. 수정한 원고를 읽어줄 베타 리더도 모집했다. 작가들의 성장과 안정적 집필 활동을 지원하는 보조금을 신청해 선정되기도 했다. 이 모든 일들 외에도 글쓰기 목표를 세운 뒤 진행 상황을 기록하고 회고 일지를 썼으며, 글을 쓴 날이면 늘 자신의 글에서 적어도 한 가지는 좋은 점을 찾아내려 했다.

그렇다면 같은 기간 내가 글을 계속 써나가기 위해 쓴 전략은 무엇일까? 그런 것은 없다. 전혀. 아무것도. 그저 책상 앞에 앉아 고개를 숙이고 썼을 뿐이다. 벡이 줌 회의를 다시 시작한다는 알림음이 들릴 때마다 나는 재빨리 부엌 식탁으로 자리를 옮겨 조용히 글을 썼다. 벡이 진행 상황을 공유하려고 친구를 만나러 나갈 때마다 나는 집에 남았다. 누군가와 커피를 마시며 글 이야기를 해본 적도, 작업 목표를 말하거나 함께 글을 쓰거나 어디까지 썼는지 공유해 본 적도 없다. 친구들은 대부분 내가 벡과 함께 책을 쓰고 있다는 사실조차 모른다(깜짝 놀랐지!). 나는 글쓰기 모임이나 커뮤니티에 참여한다는 생각만으로도 움찔한다.

무슨 생각을 하는지 안다. 내가 좀 괴팍한 사람이 아닌가 싶을 것이다. 그렇지 않은가? 솔직히 조금은 그런 것도 같지만, 나도 사람들과 잘 어울리며 사람을 만나는 것도 좋아한다. 다만 글을 쓰기 위한 외부적 장치로 책임감을 부여할 필요성을 느껴보지 못했을 뿐이다. 다른 사람에게 글 이야기를 하는 것이 벡에겐 도움이 되지만 나에게는 그렇지 않다. 나는 성인이 된 이후로 카피라이터, 대필 작가, 대본 작가로 일하며 줄곧 글을 썼고 마감을 한 번도 어겨본 적이 없다. 자랑으로 듣지는 않았으면 좋겠다. 나의 방식이 벡의 방식보다 '더 낫다'거나 '더 못하다'는 말이 아니다(벡도 마감을 철저히 지킨다). 두 방식 모두 장단점이 있다. 나는 너무 혼자 일하는 경향이 있다 보니 큰 그림을 놓칠 때가 있고, 벡은 방해 요소를 좀 줄일 필요가 있다. 하지만 결과적으로 우린 둘 다 할 일을 해낸다. 그렇다면 우리는 어떤 점이 다를까?[*]

당신은 어떤 책임감 유형인가?

—

벡과 나는 코칭과 워크숍에서 이 주제를 다룰 때 질문을 하나

---

[*] 이 책을 먼저 읽은 몇몇 독자는 이 대목에서 여백에 '젠더gender'라고 (보통은 큼직한 글씨로) 적어놓았다. 우리가 지난 10년간 작가들을 코칭하고 영국 내 대부분의 창작 교육 기관 및 지원 기관과 일하며 관찰한 결과는 여성이 남성보다 더 자주 지지를 구하는 경향이 있다는 것이다. 연구에 따르면 이것은 젠더 규범과 사회적 압력에 따른 결과라고 한다. 여기서 우리가 말하려는 요점은 자신이 이런 경향을 보이는지 아닌지를 인식하고 스스로에게 유리한 방향으로 활용하라는 것이다(모든 젠더를 위해 가부장제를 전복하는 방향으로 활용한다면 더 이상적이겠다).

던지며 시작한다. 자신에게 어떤 책임 구조가 효과적일지 파악할 수 있도록 돕기 위해서다. 답변에 따라 사람들의 유형이 명확하게 나뉘기 때문에 대화를 끌어내기에도 좋은 질문이다. 이제 당신에게도 같은 질문을 던져보려 한다.

새로운 일을 시작하거나 어떤 일을 정말 꾸준히 해보려 했을 때를 되돌아보자. 삶의 여러 방면으로 생각의 범위를 넓혀보라. 운동 요법을 시작하거나 새로운 언어나 악기를 배우는 것도 예가 될 수 있다. 담배나 고기, 설탕을 끊는 것처럼 무언가를 그만두려고 해본 적이 있을지도 모른다. 자, 이제 질문을 드리겠다. 당신은 그 계획을 혼자서도 쉽게 지킬 수 있었는가, 아니면 주변 사람들이 격려해 주고 책임감을 부여해 줄 때 더 잘 해낼 수 있었는가? 정답이나 오답이 있는 것은 아니니 걱정할 필요는 없다. 이런 질문을 드리는 이유는 나를 더 많이 알수록 내게 맞는 책임 구조를 더 잘 찾을 수 있기 때문이다.

사람들이 동기를 얻는 방식은 저마다 다르다. 외부의 기대(external expectations, 사람들이 거는 기대)에서 동기를 얻는 이들이 있는가 하면, 내면의 기대(internal expectations, 스스로 거는 기대)가 더 큰 동기 부여가 되는 이들도 있다. 만약 혼자서는 새로운 루틴이나 계획을 끝까지 실천하기 어렵다면, 당신은 외부의 기대에서 동기를 얻는 유형이다. 당신은 다른 사람을 실망시키는 것을 매우 싫어할 가능성이 높다. 반대로 혼자서도 쉽게 계획을 지켜나간다면 당신은 내면의 기대에 더 동기 부여가 될 가능성이 높다. 이 경우에는 자신을 실망시키는 것을 싫어할 것이다. 물론 모든 사람이 이 두 유형에 딱 들어맞는 것은 아니다. 중간 어디쯤 있을 수도 있고, 외부와 내면의 기대에 모두 반응하기는 하나 그 정도가 다를 수도 있다.

이 개념을 발전시킨 작가는 그레첸 루빈으로, 그의 연구는 우리가 성격에 맞는 책임 구조를 찾게끔 작가들을 돕는 데 결정적인 도움이 됐다. 루빈이 개발한 4성향Four Tendencies 모델은 사람들이 주어진 기대에 반응하는 방식을 네 가지로 분류한다.

4성향

준수형 Upholder
외부의 기대에 부응
내면의 기대에 부응

질문형 Questioner
외부의 기대에 저항
내면의 기대에 부응

의무형 Obliger
외부의 기대에 부응
내부의 기대에 저항

반항형 Rebel
외부의 기대에 저항
내면의 기대에 저항

저서에서 그는 다른 성향보다 '더 좋거나' '더 나쁜' 성향은 없다는 점을 거듭 강조한다. 그에 따르면 "가장 행복하고 건강하며 생산적인 사람은 특정 성향의 사람이 아니라 자기가 가진 성향의 강점을 활용하고 약점은 보완하며 자신에게 맞는 삶을 만들어가는 법을 터득한 사람이다."[49]

루빈의 연구를 통해 나는 내가 주로 내면의 기대에 부응하는 사람이라는 사실을 알게 됐다. 이를테면 나는 마감일을 지키는 데는 큰 문제가 없지만, 왜 해야 하는지를 먼저 알아야 한다. 사실 어떤 요청을 받든 '이유'가 이해되지 않으면 나는 그 일을 하는 데 어려움을 겪을 것이다. 그런 면에서 내가 과거에 함께 일하기 힘든 사람이었으리라는 점도 깨닫게 됐다(벡은 내가 이 책의 완벽한 공동 저자였다고 안심시켜 주지만 말이다. 본문에 이모티콘을 쓸 수 있다면 여기에 윙크하는 얼굴을 넣고 싶다.). 지시나 요청 사항을 일일이 따져 묻지 않고는 못 배기고 납득이 가기 전까지는 꿈쩍도 하지 않기 때문이다.

반면 벡은 외부의 기대가 있을 때 동기 부여가 더 잘 되는 편이다. 하지만 벡은 이 점을 잘 알고 자신에게 유리하게 활용한다. 다른 사람을 실망시키는 것을 정말 싫어하기 때문에(자신을 실망시키는 것도 싫어해서 종종 번아웃이 오곤 한다) 워크숍과 글쓰기 모임 등 어떤 형태로든 책임감을 부여하는 동료 관계를 맺는 것이 글을 놓지 않게 도와주는 필수적 장치라고 여긴다.

자, 그렇다면 당신은 어떤 책임감 유형인가? 나처럼 주로 자신의 개인적 기대를 충족해야 하는 유형인가, 아니면 벡처럼 다른 사람이 거는 기대에서 더 큰 동기를 얻는 유형인가?[*][50] 이 점

---

[*] 지금까지 약 300만 명이 참여한 그레첸 루빈의 '4성향 자가 진단Four Tendencies Quiz'을 해보고 그의 훌륭한 책에서 더 자세한 설명을 읽어보기를 진

을 생각해 보는 것이 중요한 이유는 내가 어떤 유형인지 알면 나의 성격과 삶에 맞는 책임 구조를 설계할 수 있기 때문이다.

다른 사람의 기대에 크게 영향받는 사람은 보통 자신보다 다른 모든 사람의 요구를 우선시한다. 반면 내면의 기대에 크게 영향받는 사람들은 지나치게 자기비판적일 수 있으며, 이것 역시 해로울 수 있다. 하지만 이제 자신의 책임감 유형이 무엇인지 알고 있으니 막막한 기분이 들 때나 활력이 필요할 때 행동을 취할 수 있다. 이번 챕터 끝에 있는 연습 과제에서 더 많은 실천 방법을 확인해 보자.

사람은 사람이 필요하다 (내향적인 사람도)

—

물론 사람이 사람을 필요로 하는 방식과 정도는 저마다 다르더라도, 글쓰기는 결코 혼자 하는 일이 아니다. 진정한 천재 작가나 창작자는 혼자서 모든 일을 해낸다는 통념이 여전하나, 아무 책이나 펼쳐 감사의 글만 훑어봐도 그런 생각은 전연 사실이 아닌 것을 알 수 있다. 어떤 창작 프로젝트도 단 한 사람의 머리에서 나오지 않는다. 표지에 적힌 이름은 하나일지라도 말이다. 나는 다른 사람의 격려가 필요 없을지 모르지만 아이디어를 주고받거나

심으로 권한다. 참고로 크리스는 질문형이고 벡은 준수형이다.

 ———— 글을 쓰기로 마음먹은 당신을 위한 책

방향을 잡기 위해서는 다른 사람의 도움이 필요하다. 이 책도 결국 두 사람이 함께 작업해 만든 공동의 결과물이다.

글쓰기 연구자이자 교육자인 헬렌 소드가 한 말 중에 늘 곱씹게 되는 것이 있다. "**다른 사람들을 위해** 글을 쓸 때 우리는 독자와 대화를 나눈다. **다른 사람들과 함께** 글을 쓸 때 우리는 동료와 같이 공동의 목표를 향해 글을 쓴다. 그리고 **다른 사람들 사이에서** 글을 쓸 때 우리는 작가들의 공동체를 만든다."[51] 우리의 글쓰기는 이 세 가지 방식으로 형성되고 격려받고 지지를 얻는 듯하다. 누구보다 혼자 있기를 좋아하고 조용하고 내향적인 작가에게도 사람은 필요하다. 이 점을 증명하기 위해 내가 존경하는 작가 중 한 명에 관한 이야기를 짧게 들려드리려 한다.

널리 사랑받는 작가이자 공연 예술가였던 빅토리아 우드 Victoria Wood의 전기에 따르면, 그는 열다섯 살 때 들어간 청소년 극단을 '구원'으로 여겼다고 한다. 마치 제 옷을 입은 듯 편안함을 느낀 것은 그때가 처음이었다. 극도로 수줍음이 많던 우드는 잉글랜드 북부 랭커셔주 버리Bury의 언덕배기에 있는 외딴 단층집에서 자랐다. 네 남매 중 막내로 태어나 어릴 적부터 혼자 노는 시간이 많았다. 훗날 그는 "텔레비전과 피아노와 샌드위치만 덩그러니 놓인 방 한 칸에서 자랐다."라고 회고했다.[52] 친구도 거의 없고 부모나 형제자매와 교류도 많지 않았기에 그는 홀로 책을 읽거나 처음 보는 악보를 바로 연주하는 연습을 하며 어린 시절을 보냈다.

우드를 동네 또래들과 어울리게 하려는 시도가 수없이 실패로 돌아간 끝에(우드는 지시받는 것을 몹시 싫어했고 어딘가에 '참여'하는 것을 기를 쓰고 피했다) 언니 로절린드는 이웃 도시 로치데일Rochdale에서 새로 시작하는 예술 교육 프로그램에 등록하도록 동생을 설득해 냈다. 소규모로 모인 배우들과 마음 맞는 공연자들의 지지, 그리고 멘토의 격려를 받으며 우드는 활기를 찾았다. '워크숍'이라 불리던 극단 활동은 껍데기를 깨고 세상 밖으로 나오는 장이 됐다. 그곳에서 그는 사람들과 어울려 작업하고, 즉흥 연기에 도전하고, 아이디어를 주고받고, 글을 쓰며 가수, 작곡가, 연기자로서 자신감을 키웠다. 대영제국훈장OBE을 받은 우드는 당대에 영국에서 매우 사랑받고 인정받는 예술인 중 한 명이 됐다.[53] 영국 아카데미상 후보에 열네 차례 오르는가 하면 런던 로열 앨버트 홀Royal Albert Hall 공연을 40회나 매진하는 기록도 세웠다.[54]

우드는 대개 홀로 무대에 섰고 좀처럼 속을 드러내지 않는 완벽주의자였지만, 그렇다고 혼자서만 작업하지는 않았다. 관객과 협업자, 동료와 소통하며 글을 다듬어갔다. 그가 재능을 꽃피울 수 있었던 것은 결국 사람들 덕분이었다. 다른 창작자와 협업 관계를 맺으며 경력의 큰 전환점도 맞이했다. 10대 시절 '워크숍'에 참여하며 자신의 목소리를 찾았고, 동료 코미디언 존 도위John Dowie와 투어를 다니며 회복력을 키웠으며, TV 프로듀서 피터 에커슬리Peter Eckersley에게 발탁되며 친구이자 지지자, 멘토를 얻었다. 배우자였던 제프리 더럼Geoffrey Durham은 그가 스탠드업 코미디에 도전하도록 권유하고 공연 스타일을 잡아가는 데 도움을 주었으며, 배우 줄리 월터스Julie Walters와의 만남은 작업을 새로운 방향으로 이끌었다. 그 밖에도 우드에게 영향을 미친 사람을 나열하자면 끝이 없다.

우드는 자신의 경력에 도움을 주고 힘을 실어줄 인적 네트워크를 평생에 걸쳐 다방면으로 구축했다. 함께 글을 쓸 동료들과 관계를 쌓고, (울며 겨자 먹기로나마) 모임에 참여했으며, 사람들과 깊은 유대를 다져나갔다.

당신이 항상 기억해야 할 점이 있다. 다른 사람들을 위해, 다른 사람들과 함께, 그리고 다른 사람들 사이에서 작업하는 방식은 인생의 시기에 따라 달라질 수 있다는 것이다. 처음에는 글을 계속 써나가는 데 필요한 격려와 응원, 피드백을 해주는 모임이 도움이 될지도 모른다. 시간이 지나면 실질적인 지원을 해줄 수 있는 동료가 중요해질 수도 있다. 모든 관계가 당신의 글쓰기에 어떤 식으로든 영향을 줄 것이다.

¶ ¶ ¶

노벨상을 받은 사회과학자 게리 베커Gary Becker는 지구상에서 중독성이 가장 강한 것은 크랙 코카인도, 코카콜라도, 카페인도 아닌 '다른 사람'이라고 했다.[55] 그 이유는 무엇일까? 우리는 세상에서 무엇보다 사람을 필요로 하기 때문이다. 혼자 있기를 좋아하거나, 내향적이거나, 통제적이거나, 수줍음이 많은 작가에게도 타인의 존재는 결정적인 영향을 미친다. 경쟁하든, 협력하든, 자극을 얻을 수 있는 방식으로 함께 작업하든 사람들은 당신의 글쓰기에 필수적인 역할을 할 것이다. 하지만 그 방식은 당신에게 달려있다. 이제 당신의 책임감 유형을 알아보고 그 유형을 바탕으로 글쓰기를 이어가는 데 도움이 될 방법들을 시도해 볼 차례다. 작가의 놀이터 코너도 두 번밖에 남지 않았다. 자, 함께 놀아보자.

사람

1. 나의 책임감 유형 파악하기

지금쯤이면 자신이 어떤 책임감 유형인지 감이 올 것이다. 두 가지 유형을 다시 한번 간단히 정리해 보자.

- **내면의 기대:** 주로 자신에게 책임감을 느낀다면 개인적 목표를 쉽게 달성하는 경향이 있으며 다른 사람의 격려가 굳이 필요하지 않다.
- **외부의 기대:** 주로 타인에게 책임감을 느낀다면 자신보다 타인의 요구를 우선시하는 경향이 있다. 또한 다른 사람의 도움과 지지 없이는 새로운 계획이나 루틴을 끝까지 실천하기 어렵다.

이 두 가지 성격 유형 모두 장단점이 있으며 어느 것도 '나쁘다'거나 '좋다'고 할 수 없다는 점을 기억하자.

2. 유형을 탐색하기 위한 질문들

주로 내면의 기대에서 동기를 얻는가? 그렇다면 글쓰기 모임이 필요하지 않을지도 모르지만, 글을 써야 하는 '이유'를 찾는 데는 도움이 필요할 수 있다. 어떤 일을 완전히 이해하기 전까지 시작을 미루는 편인가? 그것 역시 당신이 내면에 더 집중하는 사람일 수 있다는 신호다.

주로 외부의 기대에서 동기를 얻는가? 자신보다 타인의 요구를 늘 우선해서 글쓰기에 지장이 생긴다면 당신이 외부에 집중하고 있다는 신호다.

양쪽 모두에서 동기를 얻는가? 양쪽의 기대를 동시에 받을 때 자신의 목표와 타인의 요구를 모두 충족하려다 보면 종종 너무 바쁘다고 느끼게 될 수 있다.

자신의 유형을 더 명확히 알게 되면 글을 써내는 데 도움이 되는 책임 구조를 설계할 수 있다.

3. 내면의 기대에서 동기를 더 얻는다면…

― '왜'에서 시작하기

작가 사이먼 시넥 Simon Sinek의 유명한 테드TED 강연과 책의 제목처럼 '왜 why'에서 시작하는 것은 탁월한 성과를 끌어낼 수 있다. 어떤 일을 왜 하는지 이해하고 그 행동을 자신의 가치관과 포부, 목표와 연결하는 것은 강력한 동기를 얻는 방법이다. 이 방법은 크리스처럼 무언가를 본격적으로 시작하기 전에 이유를 먼저 이해해야 하는 성향이라면 특히 더 효과적이다.

— 목표 설정하기

분명한 목표가 있으면 나아갈 방향이 생긴다. 자신이 생각하는 성공의 모습을 명확히 그린 다음 목표를 작은 단계로 나누고, 중간 목표를 설정해 진행 상황을 점검하자. 작은 목표를 세우면 동기와 추진력을 얻는 데 도움이 되며 과도한 생각이나 미루는 습관에 빠지지 않을 수 있다.

— 개인적 도전 목표 세우기

나노라이모에는 매년 수십만 명의 작가가 모여 11월 한 달간 5만 단어 분량의 소설 쓰기에 도전한다. 벡은 야심 찬 목표가 있는 것이 엄청난 동기 부여가 된다고 말한다. 당신은 어떤가? 도전은 자신의 한계를 넘어설 수 있게 도와준다. 우리가 해야 할 유일한 일은 안전지대를 약간 넘어서는 목표를 설정하는 것이다. 사람에 따라 이 목표는 악명 높은 BHAG*(크고 위험하며 대담한 목표)가 될 수도 있고, 연속으로 작업한 기록을 최대한 오래 이어가는 것처럼 간단한 실천이 될 수도 있다.

---

*   Big Hairy Audacious Goal, 제리 포라스와 짐 콜린스가 서서 『성공하는 기업들의 8가지 습관Built to Last』에서 처음 제안한 개념으로 10년 이상의 장기간에 걸쳐 달성하고자 하는 원대한 목표를 말한다. 저자는 이런 원대한 목표가 비현실적 기대를 낳고 조직이나 개인에게 과도한 압박과 스트레스를 줄 수 있다는 점에서 '악명 높은infamous'이라는 표현을 쓴 듯하다. —옮긴이

— 협업하기

다른 사람이 있어야 책임감을 느끼고 글을 쓸 수 있는 사람이 아니라고 해도 함께 글을 쓰는 일은 누구에게나 도움이 된다. 당신이 주로 내면의 기대에서 동기를 얻는다면 자기 생각에 너무 몰두하게 될 수 있으며(크리스도 맞는 말이라고 인정한다), 그러면 균형 잡힌 시각을 잃을 수 있고 때로는 아예 막혀버릴 수도 있다. 함께 글을 쓰는 관계는 아이디어를 주고받는 데 유용하며 글쓰기 자체를 덜 부담스럽고 더 즐거운 경험으로 만들어줄 수 있다. 자신에게 어떤 유형의 집단이 맞는지도 생각해 보자. 당신은 협력적 환경과 경쟁적 환경 중 어느 환경에서 능력을 잘 발휘하는 편인가? 당신은 누군가를 '이기는 것'에서 동기를 얻는가, 아니면 참여하는 것만으로도 충분한가?

— 글쓰기 기록 도구 마련하기

개인적 목표가 동기 부여가 된다면 시간이 지나면서 진전이 쌓여가는 것을 눈으로 확인하는 일이 동기를 유지하는 좋은 방법이다. 자신에게 맞는 방식으로 진행 상황을 기록하자. 종이 다이어리나 벽걸이 달력에 기록하는 아날로그 방식도 좋고, 작업 진도와 연속 작업 일수를 점검하는 데 도움이 되는 수많은 앱 중 하나를 활용해도 좋다.

4. 외부의 기대에서 동기를 더 얻는다면…

― 목표 공개하기

캘리포니아 도미니칸대학교의 심리학자 게일 매슈스 Gail Matthews 박사의 연구에 따르면 친구에게 목표를 알리고 매주 진행 상황을 공유하는 사람들은 목표 달성률이 평균 33퍼센트 더 높았다.[56] 그러니 그냥 사람들에게 말하자! 놀랍게도 많은 사람이 비밀리에 글쓰기 프로젝트를 시작한다. 한 사람에게라도 알리고, 정기적으로 소식을 물어봐 달라고 부탁하면 글쓰기를 이어가는 데 큰 도움을 받을 수 있다.

― 동료와 함께 쓰기

글쓰기 동료와 함께 작업하는 방법은 다양하며, 격식을 갖출 수도 있고 편하게 진행할 수도 있다. 한 가지 방법은 작가 '계약서', 즉 특정한 날에 글을 쓰기로 약속하는 계약서를 실제로 작성하고 서명해서 두 사람의 관계에 일종의 체계를 부여하는 것이다. 아니면 글을 공유하고 서로 피드백을 나누며 조언과 지지를 주고받는 비평의 방식을 택할 수도 있다.

― 글쓰기 모임 참여하기

글쓰기 모임에 참여하는 것은 두 사람 간의 비평에서 한 단계 더 나아간 방식이다. 모임은 규모가 다양하며, 온라인일 수도 있고 대면일 수도 있다. 운영 방식도 각기 다를 수 있다. 앞에서 살펴본 셧업 앤 라이트 같은 모임이 효과적인 이유는 평가하지 않고 서로 지지하고 격려하는 환경을 제공하기 때문이다. 반대로 동료들의 도움과 피드백을 받을 수 있기 **때문에** 효과가 있는 모임도 있다. 집 근처나 온라인에서 열리는 모임을 조사하고 다른 사람들과 글을 공유하고 싶은지, 아니면 그저 다른 작가들 사이에서 작업하며 동기를 얻고 싶은지 결정하자.

─ 친구와 가족에게 피드백 받기

낯선 사람에게 글을 보이는 것이 겁나는 일일 수 있다 보니 일부 작가들은 친구나 가족에게 피드백을 요청하기도 한다. 그들은 당신과 이미 가까운 사이이므로 무엇을, 왜 요청하는지 명확히 전달할 필요가 있다. 구체적인 질문을 하고, 기한을 정해주며, 어떤 방식으로 의견을 주기를 바라는지 알려주자.

─ 글쓰기 코치나 멘토 찾기

코치나 멘토를 두려면 비용이 많이 들 수 있지만, 전문가의 지도를 받으면 글쓰기를 꾸준히 이어가는 데 필요한 맞춤형 조언과 전문 지식을 얻을 수 있다. 좋은 코치는 당신의 요구에 반응하고 글을 쓰는 내내 당신을 지지해 줄 것이다. 하지만 쉬운 여정은 아니다. 결국 글을 써야 할 사람은 당신이며, 약속을 지키지 못하면 추궁을 받게 될 것이다.

10장

숙련

실력 향상에 필요한 것은
시간과 피드백, 의도적 연습이다

지금 우리가 글을 쓰는 웨스트요크셔주에서 몇 킬로미터 떨어진 곳에 한 성직자 가족이 살고 있었다. 조이스 캐럴 오츠Joyce Carol Oates는 다음과 같이 썼다. "아이들은 요크셔의 황무지 언덕, 그러니까 말하자면 세상의 끝과 같은 곳에 세워진 목사관에서 고립된 채 살아갔다. 아이들이 저마다 지닌 상상력은 놀라울 정도로 풍부했다."[57]

그 아이들은 바로 브론테Brontë 남매였다(그들은 브론테 자매로 잘 알려진 샬럿Charlotte과 에밀리Emily, 앤Anne, 남자 형제 패트릭 브랜웰Patrick Branwell 브론테까지 총 네 명이었다). 어머니와 손위 자매 두 명이 세상을 떠난 뒤 남겨진 네 남매는 언덕 꼭대기에 우뚝 선 목사관에서만 생활했다. 어머니를 잃은 아이들이 겪었을 어려움은 흔히 극적으로 묘사되곤 하지만, 사실 네 남매는 어린 시절 책을 읽고,

주변 자연환경을 탐험하고, 아버지에게 받은 열두 개들이 나무 장난감 병정을 주인공 삼아 이야기를 만들어내며 많은 시간을 보냈다. 병정을 소재로 한 이야기 짓기 놀이는 아이들에게 문학적인 연습의 장과도 같았다. 유치한 놀이에서 시작된 이야기는 여러 해를 거치며 복잡하게 얽힌 서사로 발전했고, 나중에는 당대 잡지에서 영감을 받은 아주 작은 손 글씨 책 시리즈로 탄생했다. 이후 성인이 된 브론테 자매는 획기적인 소설과 시로 문학계를 뒤흔들었다.

오츠는 시인이나 소설가의 원숙한 작품을 단순한 놀이로 환원해서는 안 된다고 경고하면서도 작가의 기원은 아이의 꿈꾸는 정신에서 찾을 수 있다고 주장한다. "상상력은 아이의 자유로운 상상과 성인의 전략적 사고를 모두 담아낼 수 있을 만큼 포괄적인 개념이다."

오츠도 분명 그런 경우였다. 그가 어린 시절 썼던 습작 방식은 글쓰기 실력 향상에 관한 여러 학술 논문에서 언급되곤 한다. 그 중 하나는 헤밍웨이 같은 유명 작가의 작품을 모방하는 것이었다. 오츠는 손으로 소설을 썼고, 한 편을 완성하고 나면 종이를 뒤집어 뒷면에 다른 소설을 썼다. 그는 "소설을 연이어 쓰고 완성한 소설은 매번 버리는 식으로 의식적인 훈련을 했다."라고 설명한다.[58]

오츠가 유년 시절에 쓴 작품은 버려지고 없지만, 브론테 남매가 만든 책은 지금까지도 다수 남아있다. 그동안 학자들은 성냥갑만 한 작디작은 책들을 돋보기로 들여다보며 브론테 자매가 작가로 성장한 과정을 탐구했다. 세 자매가 어떻게 그토록 탁월한 문학적 재능을 지니게 되었는지는 많은 이들의 관심사였다. 아이 같지 않은 재능을 타고난 신동이었던 것일까, 아니면 열심히 노력하고 연습하며 배운 결과일까? 그들의 작품과 작업 방식을 분석하면 이야기 짓기 놀이가 어떻게 숙련의 경지로 이어졌는지 파악할 수 있을 것이다. 나아가 브론테 자매의 연습 방식을 우리의 글쓰기에 적용해 볼 수도 있다. 그러면 먼저 아이들이 글을 어떻게 배우는지부터 살펴보자.

글쓰기 학습: 상표에서 '사랑해'까지

—

아이들은 어린 나이부터 글쓰기를 익힌다. 세 살배기 아이도 '목적을 가지고 낙서를 할' 수 있다.[59] 아이들은 문자를 인식하며 인쇄된 문자에 메시지가 담겨있다는 것을 이해한다. 미국 교육부의 연구에 따르면 아이들은 학교에 들어가기 전부터 표지판과 상표를 식별할 수 있을 뿐만 아니라 자신의 이름 이니셜 같은 의미 있는 글자를 알아볼 수 있다. 네 살 무렵이면 대부분의 미취학 아동은 언어를 나타내는 글자, 특히 자신의 이름이나 '사랑해'처럼 중요한 의미를 지닌 단어나 문구를 써보려고 시도할 수 있다.

그것이 바로 20년에 걸친 글쓰기 발달 과정의 시작이다. 연구자 로널드 켈로그Ronald T. Kellogg는 이 과정이 세 단계로 나뉜다고 본다.[60]

1. **지식 전달** knowledge telling: 즐거움과 놀이를 위한 글쓰기

2. **지식 변형** knowledge transforming: 독자를 위한 글쓰기

3. **지식 창출** knowledge crafting: 출판을 위한 글쓰기와 편집

중고등학교나 대학교에 다니는 우수한 학생이라면 첫 번째와 두 번째 단계를 완전히 익힐 수 있을 것이다. 하지만 마지막 단계는 전문 작가를 목표로 하는 성숙한 성인들만의 영역이다. 브론테 자매에게는 각 단계가 어떤 의미였는지 살펴보자.

1. 즐거움과 놀이를 위한 글쓰기

놀이는 브론테 자매가 글쓰기 실력을 키운 토대였다. 더욱이 브론테 자매는 자신들만을 위해 놀이를 했다. 네 남매는 함께 관객 없는 연극을 쓰고 올렸으며 독자 없는 잡지와 책을 만들었다.[61] 켈로그가 '지식 전달'이라고 부르는 글쓰기의 가장 기본적인 형태로, 이 단계에서 글쓰기는 "말하고자 하는 내용을 떠올린 뒤 그 말을 글로 옮기는 것"에 불과하다.[62] 여기서 더 나아가려면 자기중심적 글쓰기를 넘어서서 독자를 대상으로 글을 써야 한다.

2. 독자를 위한 글쓰기

여기서 '젊은 남성들Young Men' 또는 '열두 명Twelves'으로 알려진 나무 장난감 병정이 등장한다. 1826년 6월, 브론테 남매는 병정을 선물 받고 곧 정이 들어 병정마다 이름을 붙여주었다. 아이들의 고립에 대해 많은 이야기가 있지만, 사실 브론테 남매는 바

같세상에 늘 관심을 기울였고 외국에서 벌어진 발견에 관한 이 야기를 탐독했다. 1827년 12월 아이들은 가상의 아프리카 왕국인 글라스 타운Glass Town에 관해 글을 썼고, 이 글은 복잡한 연대기의 시작이 됐다. 병정들은 브론테 자매의 첫 '독자'였으며, 자그마한 책들은 그 인형들에게 꼭 맞는 크기였다. 이 시기에 브론테 자매는 켈로그의 두 번째 글쓰기 발달 단계인 '지식 변형' 단계에 들어서고 있었다. 이 단계에서는 독자에 대한 이해를 바탕으로 글을 재작업할 필요가 생기며, "결과적으로 작가가 말하고자 하는 내용이 바뀌게" 된다.

아이들의 책은 지형이나 건물의 지도와 삽화를 포함할 정도로 정교해졌다. 네 남매는 작품을 함께 구상하고 검토하고 수정하며 이야기를 만들어갔다. 이 공동 창작 단계는 1834년에 끝이 났다. 아마도 형제자매 간의 경쟁의식 때문에 창작적 동반자 관계에 금이 갔거나, 창의적 잠재력이 고갈됐거나, 아니면 그저 병정을 가지고 놀기에는 나이를 많이 먹은 탓이었을지도 모른다.[63] 브론테 자매는 그 뒤로도 계속 글을 썼고 수년간 수백 편의 단편과 희곡, 시, 중편을 쓴 끝에 책을 출간했다.

3. 출판을 위한 글쓰기와 편집

기술을 연마하는 이 모든 작업 끝에 브론테 자매는 글쓰기 발달의 최종 단계인 '지식 창출' 단계에 들어서게 된다. 전문가 수준에 이른 작가는 '잠재 독자를 철저히 염두에 두고 말하고자 하는 내용과 방식'을 구성한다. 그렇게 세 자매는 전문성을 상징하는 이정표인 출판에 도달했다. 1846년 샬럿, 에밀리, 앤 브론테는 커러, 엘리스, 액턴 벨Currer, Ellis, Acton Bell이라는 필명으로 시집을 출간했다. 독자를 염두에 두고 썼을지는 몰라도 성공작은 아니었다. 출간 첫해에 팔린 책은 단 두 권이었다.[*] 세 자매는 그 뒤로 1년간 각자의 소설 작업에 집중했고, 따로 글을 쓰면서도 매일 밤 식탁에 둘러앉아 몇 시간이고 글에 관해 이야기를 나누었다. 그리고 1847년 샬럿의 『제인 에어Jane Eyre』, 에밀리의 『폭풍의 언덕Wuthering Heights』, 앤의 『애그니스 그레이Agnes Grey』가 모두 출간됐다.

하룻밤 사이의 성공이라는 신화는 브론테 자매가 문학계에 혜성처럼 등장한 것처럼 보이게 한다. 하지만 실제로 그들이 작가, 편집자, 출판인 놀이를 처음 시작한 때부터 운명의 직업이었던 작가가 되기까진 20년이 걸렸다.[64] 이 20년이라는 시간은 켈로그가 말하는 전문 작가가 되는 데 걸리는 시간과 정확히 일치한다. 이 말을 듣고 다소 낙담할 수도 있겠지만, 그럴 필요는 없

---

[*] 브론테 자매가 시집을 낸 그해에 아버지 패트릭 브론테Patrick Brontë는 (마취 없이) 눈 수술을 받았다. 성직자의 결혼하지 않은 딸들로서 자매는 아버지에게 경제적으로 의존했다. 아버지가 세상을 떠나면 집과 수입을 잃게 될 처지였다. 당시 자매가 상당한 압박을 느끼고 있었으며 글쓰기로 생계를 꾸리려 했다는 점에 주목할 필요가 있다. 그들의 문학적 포부에는 많은 것이 걸려있었다. 단순히 재미나 놀이로 할 수 있는 일이 아니었다. 애석하게도 글쓰기로 성공을 누릴 수 있을 정도로 오래 산 사람은 샬럿뿐이었다. 그들의 아버지는 결국 세 딸보다 오래 살았다.

다. 브론테 자매는 신동이 아니었다. 그들은 꾸준한 노력파였다. 오늘 시작하든 수십 년간 글을 써왔든 연습할 준비만 되어있다면 당신도 전문가가 될 잠재력을 가지고 있다.

의도적으로 연습하자
—

'고독한 천재'의 신화 이야기를 다시 해보자. 지난 장에서 우리는 작가에게 다른 사람들이 필요하다고 주장했다. 지금부터는 이 문구의 '천재' 부분을 심리학자 안데르스 에릭손K. Anders Ericsson의 도움을 받아 살펴보려 한다. '의도적deliberate' 연습에 관한 에릭손의 연구는 우리가 잠재력을 어떻게 개발할 수 있는지 보여준다. 그는 재능이 일종의 선물이라는 통념을 무너뜨렸다. 설득력이 있으면서도 위험하기 그지없는 이 관념은 너무도 오랫동안 사람들의 사고방식을 지배했다. 고대 그리스인들의 뮤즈 개념을 예로 들어보자. 고대 그리스인들은 기억의 여신 므네모시네Mnemosyne와 제우스Zeus의 아홉 딸을 모든 지식과 예술의 원천으로 여겼다. 호메로스Homer 같은 위대한 작가조차도 뮤즈를 부르지 않고는 글을 시작할 수 없었다. 그의 서사시 『오디세이아Odyssey』를 보면 이야기를 써 내려가기 위해 뮤즈의 도움을 요청하는 내용이 바로 첫 구절에 나온다. 고대의 위대한 시인도 신의 개입이 필요하다고 느꼈으니, 이 신화가 그토록 오랫동안 지속된 것도 놀라운 일은 아니다. 19세기에 이르러 과학이 종교에 도전했지만, 과학은 희망을 주는 대신 천상의 신들을 지상의 신들, 즉 지배계급으로 대체했다. 빅토리아 시대의 명사들은 천재성이 유전적 특성이라고 주장했고, 자신들의 특권을 정당화하는 의심스러운 증거들을 모아 사회와 예술 분야의 지배적 지위를 공고히 할 수 있었다.

다행히도 에릭손이 제시하는 더 엄밀한 증거는 재능이 어떻게 발달하는지에 관한 낙관적이고 공평한 관점을 뒷받침한다. 그는 여러 분야에 걸친 수십 건의 연구를 바탕으로 약 300편의 논문을 발표했으며, 그 결과는 인간의 잠재력에 관한 우리의 이해를 완전히 바꿔놓았다. 에릭손은 "다양한 영역에서 정상에 오른 사람들이 그 자리에 있는 것은 타고난 재능 때문이 아니라 오랜 시간 연습하며 능력을 개발했기 때문이라는 점을 깨달을 때 혁명 같은 생각의 변화가 시작된다."라고 말한다.[65] 의도적 연습에 관한 그의 연구는 인간의 성장에는 한계가 없고, 우리의 몸과 뇌는 적응할 수 있으며, 훈련을 통해 이전에는 없던 기술을 새롭게 익힐 수 있음을 보여준다. 게다가 나이를 먹으면서 더 많은 시간을 들일수록 기술을 계속 발전시킬 수 있다. 의도적 연습은 어느 나이에든 전문성에 이를 수 있는 길을 제시한다. 그처럼 태어날 때부터 축복을 받거나 신의 방문을 받을 필요가 없다는 것은 반가운 사실임이 분명하다. 그런데 바로 이 지점에 문제가 있다. 무언가를 정말 잘하게 되려면 오랜 시간이 걸린다. 그것이 바로 많은 사람이 실력이 늘기도 훨씬 전에 포기하는 이유다.

에릭손의 연구는 체스를 다룬 1973년 논문에서 처음 등장한 개념인 '10년의 법칙'을 기반으로 한다.[66] 이 개념은 이후로 음악부터 수학, 거의 모든 스포츠 종목에 이르기까지 다양한 분야의 여러 연구에서 재현됐다. 바이올리니스트를 대상으로 한 그의 연구는 전문성을 갖추려면 수천 시간의 연습이 필요하다고 결론 내렸다. 좋은 점은 타고난 천재는 없다는 것이다.[67] 하지만 지름길 또한 없었다. 그는 기술을 연습하는 데 훨씬 더 많은 시간을 들인 사람이 적은 시간을 들인 사람보다 평균적으로 기량이 더 뛰어나다는 사실을 발견했다. 이 연구는 특히 말콤 글래드웰Malcolm Gladwell의 저서 『아웃라이어 Outliers』에 소개되며 '1만 시간의 법칙'으로 많은 사람에게 알려졌다.

글래드웰은 이 법칙을 설명하기 위해 1960년대 초 함부르크의 허름한 술집 구석에서 공연하던 비틀스Beatles를 사례로 들었다. 비틀스는 1,200회가 넘는 공연을 하며 1만 시간 이상의 공연 시간을 쌓았고 그 시대의 가장 인기 있는 밴드로 변모했다. 하지만 그렇게 단순한 공식으로 설명될 일은 아니다. 연습 시간의 양이 곧 성공을 보장하지는 않는다. 폴 매카트니Paul McCartney는 『아웃라이어』를 읽고 다음과 같이 말했다. "함부르크에는 1만 시간을 들이고도 성공하지 못한 밴드가 엄청나게 많았으니 확실한 이론은 아니죠. 하지만 성공한 그룹을 보면 항상 그만큼의 노력이 뒷받침되어 있다는 걸 알 수 있을 겁니다."[68]

매카트니의 말이 맞다. 연습이 필요하다는 것은 두말할 나위도 없지만, 전문가가 되고 성공을 거두려면 시간을 채우는 것 이상의 노력이 필요하다. 글래드웰의 책은 베스트셀러 목록 1위에 오르고 비평가들의 찬사를 받았을지 모르나, 에릭손은 글래드 웰이 1만 시간의 법칙을 지나치게 강조한다고 생각했다. 요컨대 연습은 중요하지만, **어떻게** 연습하는지가 더 중요하다.

연습에도 단계가 있다

—

가장 기초적인 단계는 '단순한naive' 연습이다. 말 그대로 단순히 자리를 지키며 같은 일을 반복하는 것이다. 8장에서 언급했듯 우리는 일과의 43퍼센트를 습관적인 작업에 사용한다. 이런 지름길 덕분에 하루를 수월하게 보낼 수 있다. 많은 이들에게 요리나 운동은 이미 몸에 밴 자동적인 행동을 실행하는 일에 가깝다. 그저 먹고 움직이기만 해도 괜찮다면 상관없지만, 요리사나 운동선수가 되고 싶다면 '목적의식 있는purposeful' 연습의 단계로 올라서야 한다.

에릭손은 목적의식 있는 연습을 다음과 같이 설명한다. "자신의 안전지대를 벗어나되 명확한 목표와 그 목표를 달성하기 위한 계획, 계획의 진행 상황을 점검할 방법을 갖추고 집중해서 연습하라. 아, 그리고 동기를 유지할 방법도 찾아야 한다."[69]

에릭손이 말한 목적의식 있는 연습의 예로는 글쓰기 워크숍이 있다. 예를 들어 '주말 동안 단편소설 쓰기' 반에 등록했다면 명확한 목표가 있는 것이다. 수업이라는 체계는 경험 많은 강사의 도움을 받아 그 목표를 달성할 수 있는 계획을 제시한다. 시간제한이 있는 각각의 과제를 해나가면서 페이지 위에 쌓이는 단어 수로 진행 상황을 점검할 수도 있다. 그룹으로 작업하면 자연스럽게 동기 부여가 되며, 특히 시간에 맞춰 글을 써야 한다는 압박감이 더해지면 종종 경쟁심도 생긴다. 그렇게 주말이 끝날 무렵이면 소설 한 편을 완성하게 된다. 스테퍼니 스콧Stephanie Scott이 주말에 열리는 역사 소설 워크숍에 등록했던 것도 그런 생각에서였다. 난생처음 소설을 써본 경험은 그의 삶을 바꿔놓았다. 그전까지 스콧은 창작이라는 것을 해본 적이 없었다. 2010년 당시 그는 투자은행 업계의 유망주였고 약혼자와 결혼을 앞둔 상태였다. 그저 주말을 재미있게 보내려고 수업을 신청했던 스콧은 결국 전업 작가가 되기 위해 직장을 그만두고 10년 동안 장편소설 작업에 몰두하기에 이른다. 스콧의 사례는 의도적 연습의 본보기를 제시한다. 그 점을 살펴보기 전에 일단 그의 첫 워크숍 이야기로 돌아가 보자.

글쓰기 워크숍은 기본기를 익히는 데 매우 효과적이다. 하지만 여러 연구에 따르면 강의를 시청하거나 강좌를 수강하는 것으로는 지식이 늘 수는 있어도 기술이 늘지는 않는다. 결국 좋은 작가가 되려면 기술을 연습하고 전문가의 피드백을 받으며 실력을 키워야 한다. 당시 주말 워크숍을 담당했던 강사는 스콧의 초고에서 잠재력을 발견하고 페이버 아카데미Faber Academy[*]의 소

---

[*] 영국 페이버앤드페이버Faber & Faber 출판사에서 운영하는 작가 양성 기관이다.—옮긴이

설 창작 과정에 지원해 보라고 권했다. 스콧은 조언대로 워크숍에서 쓴 단편을 수정해 지원서와 함께 제출했고, 동시에 옥스퍼드대학교 문예창작 석사 과정에도 유일하게 써둔 그 단편을 보내 지원했다. 그는 두 곳에 모두 합격했고, 직장을 그만두었으며, 일주일 뒤 결혼식을 올리고 바로 다음 날 (식장에서 뿌린 꽃가루를 머리에 아직 붙인 채) 혼자 쓰는 학생 기숙사 방으로 남편과 몰래 함께 돌아왔다. 그것은 연습의 시작에 불과했다.

단순한 연습이나 목적의식 있는 연습으로도 단편소설을 쓸 수 있지만, **좋은** 단편소설을 쓰려면 의도적 노력이 필요하다. 에릭손은 가장 높은 의도적 연습 단계에 이르려면 재미를 포기하고 고된 노력과 희생, 고통스러운 자기평가를 감수해야만 한다는 사실을 발견했다. 주말에 수업을 듣는 수준을 넘어서서 장기적인 헌신이 필요한 것이다. 에릭손은 전문가가 되려면 "현재 역량 수준과 익숙한 영역을 넘어서는 작업에 집중해야 하며, 그러려면 의도적 연습을 지도할 뿐만 아니라 당신이 '셀프 코칭' 역량을 갖추도록 돕는 숙련된 코치가 필요하다."라고 말한다.[70] 주말 글쓰기 워크숍은 스콧에게 이 세 가지를 모두 제공했다. 그는 현재 자신이 가진 능력을 넘어서는 새로운 기술을 익히고 있었고, 소설의 '산파' 역할을 해줄 코치를 만났으며, 기법 면에서 발전이 필요한 영역을 파악하는 방법을 알게 됐다. 하지만 그가 가장 먼저 해야 할 일은 시간을 들이는 것이었다. 그것도 아주 긴 시간을 말이다.

스콧의 사례에서 의도적 연습의 요소들이 어떻게 나타나는지 살펴보자. 첫 번째로 살펴볼 것은 그가 2010년 첫 단편을 쓴 뒤로 2020년 장편을 출간하며 데뷔하기까지 10년이 걸렸다는 점이다. 바로 에릭손 연구의 핵심인 '10년의 법칙'이다. 이번 챕터에선 기준이 되는 시간이 많이 언급된다. 10년의 법칙도 있지만, 전문적인 글쓰기 기술을 개발하는 데는 20년이 걸린다는 켈로그의 관점도 있다. 다행히 두 기간은 별개가 아니라 서로 중복된다. 즉 10년의 법칙은 켈로그가 말하는 글쓰기 발달의 마지막 단계에 포함되며, 켈로그의 연구는 에릭손의 연구를 상당 부분 참고해 글쓰기에 구체적으로 적용한 것이다.

에릭손은 10년의 법칙으로 유명하기는 하지만, 특정한 시간이나 햇수에 크게 집착하지 않는다. 그는 "필요한 만큼 시간을 들이라"고 말하며 단기간에 성과를 기대하지는 말라고 조언한다.[71] 스콧은 시간이 오래 걸리리라는 것을 알았지만, 그렇게까지 오래 걸릴 줄은 예상하지 못했다. 원래 일을 그만둘 수 있을 만큼의 돈을 모아두기는 했으나 그 돈이 영원히 가지는 않을 것이었다. 그래서 석사 과정을 마치기 전까지 글을 계속 쓸지 정규직 일자리로 돌아갈지 결정하기로 했다. "기한을 정해놓아야 해요. 자신에게 결정을 내릴 시간을 주고 맞는 길인지 확인해 보는 거죠."

석사 과정을 마칠 무렵 스콧은 글을 계속 써도 좋겠다는 긍정적 신호를 받았다. 그는 영국 내 여러 공모전에 참여해 최종 후보에 오르거나 상을 받았다. 글이 점점 좋아지고 있다는 피드백이었다. 이런 피드백은 의도적 연습의 필수 요소다. 그에게 큰 힘이 되어준 것은 신진 작가를 위한 A.M. 히스 상A.M. Heath Prize for New Writing을 받고 상금으로 글쓰기를 이어갈 수 있게 된 일이었다. 많은 이들에게 글쓰기를 위한 자금을 마련하는 일은 제약 요인이 된다. 스콧도 마찬가지였다. 그에게는 영국 국립문예창작센터National Centre For Writing의 추가 지원과 소설의 배경인 일본 답사를 위해 도시바 재단Toshiba Foundation과 영국 일본 연구 협회British Association of Japanese Studies의 연구 기금을 지원받은 것이 결정적 도움이 됐다.

"하루아침에 성공하는 사람은 없어요. 완성된 모습으로 갑자기 대중 앞에 나타난 듯 보여도 사실 그 전에 수년의 준비 과정이 있었던 거죠. 저는 기술을 갈고닦는 데 많은 시간을 들였어요." 그가 기술을 익혀나간 과정은 의도적 연습의 구체적 모습을 보여준다.

의도적으로 연습하는 법

—

의도적 연습에는 두 가지 학습 방식이 있다. 하나는 이미 있는 기술을 향상하는 것이고, 다른 하나는 기술의 범위와 영역을 확장하는 것이다. 많은 사람이 학교에서 글쓰기를 배우며, 이 10여 년의 학습 과정을 통해 기초적 기술을 다진다. 이것만으로도 일상생활을 하기에는 충분하나, 전문성을 갖추려면 글쓰기를 계속해서 연습해야 한다. 정규 글쓰기 교육은 수십 년 전부터 시행되고 있지만, SNS상에서는 글쓰기를 과연 가르칠 수 있는지를 두고 논쟁이 자주 벌어진다. 그러나 연구 결과에 따르면 가능하다. 에릭손은 최고 수준의 전문성은 숙련된 활동과 전문 지식으로 구성된 체계적인 정식 훈련 없이는 불가능하다고 주장하기까지 한다.[72]

스콧은 초기 훈련 단계에서 글쓰기 기술의 범위와 영역을 계속 넓혀갔다. "창작 기법에 집중하고 기술적 역량을 키운 것이 작가로서의 성장에 매우 유용했습니다. 장르를 넘나들며 글을 쓸 기회도 마찬가지였고요." 그의 말이 맞다. 작가에게는 단계별, 기술별로 각기 다른 스승이 필요하다. 많은 이들이 지역 서점이나 대학교, 도서관에서 열리는 수업을 들으며 첫발을 디딘다. 이후 전문성을 향해 나아가며 실력을 계속 키우기 위해 더 훌륭한 지도자를 찾아 나선다. 에릭손에 따르면 "결국 모든 정상급 실력자는 세계적 수준의 성과를 거둔 스승들과 긴밀히 협력하게 된다."[73] 영국에는 글쓰기 강좌가 이미 체계적으로 자리 잡혀 있으므로 세계적인 작가들에게 직접 배움으로써 그 과정을 단축할 수도 있다. 벡은 과거에 아르본 재단에서 레지던시 프로그램을 운영했다. 비영리 교육 단체인 아르본 재단은 영국의 역사적인 시골 저택들에서 50년 넘게 글쓰기 교육을 이어오고 있다. 벡이 2013년 스콧을 처음 만난 것도 브론테 자매가 살던 집에서 멀지 않은 우리 고향의 한 시골 저택에서였다. 수많은 사람이 그곳을 거쳐 갔지만, 스콧은 그중에서도 눈에 띄었다. 서로 완전히 다른 두 장르의 수업을 연달아 신청했기 때문이다. 당시에는 다소 이상한 선택처럼 보였으나 이제는 이해가 된다. 그는 시와 라디오 대본이라는 장르를 탐구하며 소설가로서의 역량을 확장하고 있었다.

코치와 멘토와 함께 실력 키우기

—

전문가의 지도를 받는 이점을 최대한 누리려면 개별 피드백에 중점을 두어야 한다. 에릭손에 따르면 진정한 전문가는 건설적이지만 때로는 고통스러운 피드백을 줄 수 있는 코치와 멘토를 적극적으로 찾아 나선다. 코치는 학습 과정에 속도를 더해주는 존재이자 전문성을 키우는 데 필요한 마지막 요소다. 단기 강좌는 실력을 끌어올리는 데는 좋지만, 전담 코치와 함께 작업하며 관계를 쌓는 일을 대신할 수는 없다. 이러한 관계는 작가로서 성장하는 데 필요한 건설적 피드백을 받을 수 있는 안전한 공간을 제공하기 때문이다. 스콧은 오랜 시간 함께한 두 명의 코치가 있었고, 두 사람 모두 그가 수강했던 수업에서 만났다. "젊은 작가에게는 전문성과 신뢰할 만한 판단력을 갖춘 멘토가 있는 것이 무엇보다 중요해요."

신뢰가 코치와 학생 사이에서 핵심적인 이유는 피드백의 성격 때문이다. 에릭손은 최상위 실력자가 되려면 감정을 배제하고 "자신을 도전하게 하며 더 높은 수준의 성과를 내도록 이끄는" 코치를 선택해야 한다고 말한다.[74] 결국 모든 것은 마음가짐의 문제로 돌아간다. 피드백을 열린 자세로 수용하는 태도가 중요하다는 것이다. 스콧은 코치들이 피드백을 줄 때 사정을 봐주는 법이 없었다고 말한다. "친절한 건 아무 소용이 없어요! 글 자체에만 집중하는 사람들과 함께할 수 있다는 건 정말 행운이에요. 물론 우리는 정말 좋은 친구이고 서로 아주 많이 아끼지만, 글 이야기를 할 때는 오직 글만 놓고 이야기하죠."

좋은 코치는 작가가 스스로 코칭할 수 있도록 훈련한다. 에릭손이 말하는 '심적 표상mental representations', 즉 피드백을 예측하는 능력을 개발하는 과정이다. 스콧은 다음과 같이 설명한다. "어느 시점이 되면 멘토를 떠나야 해요. 친구로 연락하고 지낼 수는 있겠지만, 혼자 힘으로 올라서야 할 때가 오죠."

그 시기에 스콧은 틀어박혀 글을 썼다. "배우거나 수업을 듣는 건 그만두었어요. 그냥 동굴로 들어갔죠. 그 시점에는 전문성을 이미 충분히 쌓은 상태였던 것 같아요. 제가 쓴 글을 완전히 스스로 편집하고 평가할 수 있었으니까요." 스콧의 동굴은 그가 작가로서 기술을 연마하던 시기를 나타내는 은유적 표현이다. 그는 혼자 작업하며 수업과 멘토로부터 배운 모든 내용을 실천에 옮겼다. 자신보다 앞선 사람에게 배우는 것은 숙련의 필수 요소지만, 연구 결과가 보여주듯 수업만으로는 부족하며 반드시 연습을 해야 한다. 셀프 코칭은 이 연습을 위한 방법을 제공한다.

이제 숙련의 마지막 단계로 넘어가 보자. 다행히도 이 단계에서는 아무런 비용이 들지 않는다(다만 피, 땀, 눈물은 예외다).

스스로 코칭하는 법

—

셀프 코칭의 가장 유명한 사례로는 미국의 건국을 이끈 이들 중 한 사람이자 과학과 외교, 예술에 조예가 깊은 박식가였던 벤저민 프랭클린Benjamin Franklin을 들 수 있다. 자서전에서 그는 어린 시절의 삶과 책에 대한 사랑을 회고하며 수중에 돈이 생기면 늘 책을 사는 데 썼다고 말한다. 그는 자신의 '책벌레 성향bookish inclination'을 살려 10대 때 인쇄소에서 일을 시작했고, 한편으로는 작가가 되겠다는 포부를 키워갔다.

프랭클린은 어린 시절에 겪었던 무척 창피했을 만한 사건 하나도 소개한다. 그가 친구에게 쓴 편지들을 아버지가 발견한 일이었다. 아버지는 청하지도 않은 피드백을 신랄하게 해주었다. 맞춤법은 맞았지만 "표현의 우아함과 글의 짜임새, 명확성 면에서 한참 부족하다는 점을 여러 예시를 들어 납득시켰다." 그는 이렇게 썼다. "아버지의 말씀에 일리가 있다는 것을 깨달았고, 그때부터 글을 쓸 때 형식에 더 주의를 기울이게 됐으며 실력을 키우기 위해 노력하기로 결심했다."[75]

프랭클린은 아버지에게 코칭을 받는 대신(10대라면 누구나 크게 공감할 만한 결정이다) 스스로 코칭하는 법을 익혔다. 그는 퇴근 후 밤이나 출근 전 이른 아침, 교회에 가야 할 일요일에 글을 썼다. 예배보다는 글쓰기가 우선이었다. 초기에 영감을 준 것은 런던에서 발행되는 정치 잡지 《스펙테이터Spectator》로, 그는 이 잡지에 실린 기사들을 좋은 글의 본보기로 삼았다. "글이 탁월하다고 생각했고 가능하다면 흉내 내보고 싶었다."

그는 기사를 읽고, 필사하고, 기억에 의존해 다시 쓰고, 심지어 시로 고친 다음 다시 산문으로 바꿔 쓰는 연습 방법을 고안했다. 연습하는 내내 원문을 반복해서 참조했다. "글을 쓰고 나면 원문과 비교하며 여러 부족한 점을 발견해서 고쳤다. 때로는 운 좋게도 사소한 부분에서나마 구성이나 표현을 개선했다는 생각에 흐뭇해지곤 했다. 그럴 때면 내가 언젠가는 영어로 글을 웬만큼은 쓸 수 있게 될지도 모른다는 생각이 들었다. 나는 그렇게 되기를 무척이나 갈망했다."

프랭클린이 글쓰기 실력을 향상한 방법은 셀프 코칭이 무엇인지 보여주는 교과서 같은 사례다. 에릭손은 다음과 같이 쓴다. "가르쳐주는 사람 없이 어떤 기술을 효과적으로 연습하려면 '3F'를 명심하는 것이 도움이 된다. 바로 집중Focus, 피드백Feedback, 수정Fix it이다. 기술을 반복과 효과적인 분석이 가능한 요소로 쪼갠 다음 자신의 약점을 파악하고 개선할 방법을 찾아보라."[76] 연습은 단순히 자리에 앉아 글을 쓰는 것이 아니다. 흥미로운 점은 프랭클린이 처음부터 창작을 한 것이 아니라 기술을 연습하는 데 집중했다는 것이다. 많은 작가가 그런 의도적 연습을 하지 않고 연습 시간에만 초점을 맞추는 실수를 한다. 그래서 1만 시간을 채우면 된다는 식으로 시간을 지나치게 강조하는 것은 심각한 오해의 소지가 있다. 이런 연습 방식은 좌절감을 줄 수 있다. 프랭클린은 같은 글을 몇 번이고 반복해서 작업했다. 최종본이 있기는 했는지 의심스러울 정도다. 물론 그는 자신이 고안한 학습 방법에 재미를 느꼈던 것 같지만(정치 기사를 시로 바꾸는 것은 유쾌한 놀이였을 것이다), 이 연습의 목적은 시를 쓰는 것이 아니라 기술을 확장하는 것이었다. 스콧이 서로 다른 수업을 연달아 들었던 것도 같은 이유에서였다. 핵심 목표는 소설을 쓰는 것이었지만, 그는 다른 글쓰기 형식을 더 익히고 싶었다. 스콧은 다음과 같이 설명한다.

"시를 읽고 쓰는 것은 자신의 글쓰기에서 엄밀성과 섬세함을 추구할 때 매우 유용할 수 있다. 마찬가지로 희곡은 재치와 간결함으로 높이 평가받기 때문에 극작가들이 어떻게 대사만 써서 플롯과 감정적 관계를 발전시키는지 배우면 소설의 극적인 장면을 쓸 때 큰 도움이 된다. 여러 형식을 시도해 보면 자신이 어떤 글을 쓰고 싶고 무엇을 이루고 싶은지에 관해 많은 것을 배울 수 있을 것이다."

왜 소설을 쓰지 않는지 반복해서 묻는 친구들과 가족에게는 시와 극작을 공부하는 것이 작업을 미루는 행동으로 보였을지 모르지만, 이는 모두 작가가 되는 과정의 일부였다. 2020년 스콧의 소설 『내게 남은 건 당신의 것 What's Left of Me Is Yours』이 출간됐을 때 《월스트리트저널 Wall Street Journal》과 《가디언》, 《뉴욕타임스》, 《데일리메일 Daily Mail》은 정교하고 감각적인 문장을 칭찬하며, 이 작품은 놀라운 데뷔작일 뿐만 아니라 저자의 나이를 뛰어넘어 대가의 기술을 보여주는 작품이라고 평가했다. 스콧이 글쓰기에 숙달하기까지는 수년간의 연습이 필요했다. 그는 평단의 찬사를 받은 소설을 완성하는 데 필요한 기술을 의도적으로 연마했고, 그 결과 여러 상의 최종 후보에 올랐을 뿐만 아니라 전 세계 독자에게 사랑받는 작품을 만들어냈다.

에릭손은 다음과 같이 쓴다. "이 모든 이야기와 연구에서 우리가 얻어야 할 가장 중요한 교훈은 꿈을 좇지 못할 이유는 없다는 것이다. 의도적 연습은 당신이 도달할 수 없다고 확신했을지도 모르는 가능성의 세계로 나아가는 문을 열어줄 수 있다. 그 문을 힘껏 열어젖혀 보자."[77]

어떤 작가의 성공이든 간에 조금만 들여다보면 수년간의 연습이 그 밑바탕에 깔려있음을 알 수 있다. 많은 연구들은 목적의식을 가지고 의도적으로 글을 써나가는 사람은 계속해서 발전한다고 말해준다. 이때 나이는 상관이 없다. 중국 속담에서 말하듯, "나무를 심기에 가장 좋은 때는 20년 전이었다. 두 번째로 좋은 때는 오늘이다." 이어지는 연습 과제는 숙련도를 키워나가는 과정으로 당신을 안내한다. 전문가가 되는 프로세스를 단축해주진 못하겠지만, 기술을 정교하게 연습하고 글쓰기 시간을 최대한 활용하는 데 도움이 될 것이다. 의도적이고 의식적인 방식으로 글을 쓴다면 쓸 때마다 실력이 향상될 것이라는 점을 반드시 기억하자. 오늘의 연습은 당신을 어제보다, 지난주보다, 작년보다 더 나은 작가로 만들어줄 것이다. 오늘이 '두 번째로 좋은' 때라는 사실을 받아들이고, 시작하자. 그리고 계속 나아가자.

숙련

1. 독자를 염두에 두고 쓰고 고치기

로널드 켈로그는 글쓰기 발달 과정을 세 단계로 설명한다. 지식 전달 단계, 지식 변형 단계, 마지막으로 지식 창출 단계다. 이 단계에서 작가는 잠재 독자를 철저히 염두에 두고 말하고자 하는 내용과 방식을 구성한다. 브론테 자매는 장난감 병정들을 위해 글을 썼다. 당신도 가상의 독자를 위해 글을 써볼 수 있다.[78] 독자의 관점에서 글의 의미를 파악하는 연습 방식이다. 또 하나의 방법은 마케팅과 제품 개발에서 사용하는 페르소나(여러 특성을 조합한 가상의 인물)를 만들어보는 것이다.

자신의 글을 읽는 일은 어려울 수 있다. 객관적으로 바라보기에는 그 글과 너무 가까울 때가 많기 때문이다. 연구자들은 글을 편집할 때 "수정 과정에 영향을 줄 만한 존재감과 기대치를 가진" 독자를 떠올려 보라고 권한다.[79] 다른 사람의 입장에서 글을 바라볼 수 있는 귀중한 외부적 시각을 얻고 싶다면 독자의 이름을 종이에 적어 책상 근처에 두거나 '[이름을 적어보자]는 어떻게 생각할까?'라는 질문을 던져보자. 그러면 독자를 위한 글을 쓸 수 있다.

거리감을 확보하면 객관성을 얻는 데 도움이 되며, 곧 지워야 할

아까운 문장에 너무 큰 애착을 느끼지 않게 된다. 많은 작가가 원고를 서랍에 넣어두고 몇 주 동안 들여다보지 않는 이유이기도 하다. 글을 잠시 치워두면 꼭 필요한 시각을 얻을 수 있다.

2. 의도를 가지고 연습하기

의도적 연습에는 이 책에서 다룬 일부 주제들과 연결되는 여러 요소가 있다. 예를 들면 다음과 같다.

- **추진력**Drive: 과업에 몰입하게 하는 내재적 동기
- **노력**Effort: 성과 향상을 위해 열심히 노력하기
- **도전**Stretch: 현재 능력보다 조금 버거운 수준으로 연습하기
- **피드백**Feedback: 진전과 결과를 파악하기
- **반복**Repeat: 높은 수준의 과업 반복

얼마나 오래, 자주, 규칙적으로 쓰는지를 신경 쓰기보다는 그 시간을 어떻게 쓰는지에 집중하자. 즉, 시간을 의도적으로 쓰자.

안데르스 에릭손에 따르면 의도적 연습의 특징은 "할 수 없는 일(안전지대를 벗어나는 일)을 시도하고, 자신이 정확히 어떻게 하고 있는지, 어떤 부분이 부족한지, 어떻게 해야 더 잘할 수 있을지에 집중하며 반복해서 연습하는 것이다."[80] 경고를 덧붙이자면, 에릭손은 의도적 연습을 노력은 많이 들고 즐거움은 적은 일로 묘사한다. 하지만 진전을 확인하는 것에서 오는 보상이 단기적 고통을

상쇄해 줄 것이다.

3. 멘토를 찾거나 스스로 코치 되기

이전 챕터를 읽었다면 타인의 존재가 어떻게 도움을 줄 수 있으며 자신에게 어떤 유형의 지원이 유익할지 감이 잡혔을 것이다. 어떤 작가든, 글쓰기와 편집 과정의 어느 단계에 있든 도움을 줄 멘토를 찾을 수 있지만, 여기엔 비용이 많이 들 가능성이 있다. 장기적으로는 벤저민 프랭클린처럼 스스로 코칭하는 법을 익혀야 한다.

'3F', 즉 집중Focus, 피드백Feedback, 수정Fix it의 원칙을 따르자. 가장 먼저 할 일은 단기적 또는 장기적으로 발전이 필요한 영역을 파악하는 것이다. 자신의 글쓰기 기술을 관찰하고 분석 가능한 요소로 쪼갠 다음 개선해야 할 영역을 찾아 다양한 해결 방법을 시도해 보자. 매번 글을 쓰고 나면 다음 질문을 활용해 회고하는 것부터 시작하자.

- 잘된 것은 무엇인가?
- 잘 안된 것은 무엇인가?
- 다음에는 무엇을 다르게 해볼 것인가?

4. 너무 오래 작업하지 않기

1만 시간의 법칙과 관련해 사람들이 빠지는 또 하나의 함정은 한 번에 오래 쓰는 것이 정답이라고 생각하며 단순히 시간을 채우는 것이다. 하지만 짧게 집중해서 쓰는 편이 훨씬 효과적이다. 한 번 쓸 때 어느 정도의 시간이 이상적인지에 관해서는 합의된 것이 없지만(결국 생산성은 개인적인 문제이므로), 글쓰기처럼 인지적 부담이 큰 작업에는 1시간에서 4시간 정도가 적당하다고 한다.[81]

규칙적인 글쓰기 루틴을 만들고 나면 집중할 수 있는 시간도 점차 늘어날 것이다. 처음에는 10분이나 15분 정도로 짧게 시작하더라도 연습하다 보면 몇 시간 동안 몰입하게 될 수 있다. 얼마나 오래 집중할 수 있는지, 그때 어떤 기분이 드는지 관찰하고 시간을 조금씩 늘려가며 실험해 보자.

5. 휴식을 취하고, 낮잠을 자고, 잠을 충분히 자기!

에릭손은 주당 연습 시간과 수면 시간 간의 흥미로운 연관성을 발견했다. 그가 연구한 '최우수' 학생들은 "'우수' 학생들보다 평균 수면 시간이 약 5시간 길었고, 그 차이는 대부분 낮잠 시간에서 왔다." 의도를 가지고 쉬는 한 휴식 시간은 연습 시간만큼이나 유익하다.

휴식의 중요성을 과소평가하지 말자. 다른 연구들에 따르면 작가들은 글쓰기에 할당한 시간을 마치고 나면 "남은 하루는 산책, 편지 쓰기, 낮잠 등 부담이 덜한 활동을 하며 보낸다."[82] 글쓰기를 마쳤다면 자신에게 휴식을 허락하자.

6. 계속하자, 당신은 점점 나아지고 있다

의도적으로 연습하는 한 매년 글을 쓸 때마다 당신의 실력은 나아질 것이다. 논픽션 베스트셀러 작가 제프 콜빈Geoff Colvin에 따르면 "많은 과학자와 작가는 20년 이상의 헌신적인 노력 끝에야 가장 위대한 업적을 이룬다. 즉, 19년 차에도 여전히 나아지고 있다는 뜻이다."[83]

¶ ¶ ¶

우리의 은밀한 즐거움 중 하나는 (여기서 우리 나이가 조금 드러나겠지만) 늦은 나이에 책을 낸 작가들의 이야기를 읽는 것이다. 이것은 최근의 현상이 아니다. 대니얼 디포Daniel Defoe는 1719년 59세의 나이로 첫 장편소설 『로빈슨 크루소Robinson Crusoe』를 출간했다. 로라 잉걸스 와일더Laura Ingalls Wilder는 1932년 65세에 첫 책인 『초원의 집Little House in the Big Woods』을 출간했다. 인생 후반에 등단한 작가는 토니 모리슨Toni Morrison, 39세부터 레이먼드 챈들러Raymond Chandler, 51세, 메리 웨슬리Mary Wesley, 어린이책은 57세, 성인 대상 소설은 71세, 프랭크 매코트Frank McCourt, 66세, 밀러드 코프먼Millard Kaufman, 90세에 이르기까지 많다. 이처럼 늦깎이 작가가 많다 보니 벡은 50세 이후에 데뷔한 작가에게 수여하는 영국 왕립 문학 협회Royal

Society of Literature의 크리스토퍼 블랜드Christopher Bland 상에 (아직 쓰지 않은) 첫 소설을 출품한다는 꿈을 꾸고 있다. 블랜드 자신도 다음과 같은 말을 남겼다. "나는 76세에 창작 생활을 시작했으니, 너무 늦은 때란 없죠."

양의 신화

The quantity myth

　마지막 장을 쓰는 것은 힘든 일이었다. 우리는 이 글과 몇 달을 씨름했다. 이 글은 한때 책의 첫 장이었다가, 잘려 나와 일부만 서론에 들어갔다가, 나중에는 책 중간 어딘가에서 등장하기도 했다. 사람들이 초고를 읽고 도움이 되는 피드백을 해주었지만, 피드백이 대개 그렇듯 상충하는 내용이 많았다. 판단은 우리 몫이었다. 우리는 차를 마시고, 머리를 싸매고, 강아지와 산책 나가기를 수도 없이 반복하며 오랜 시간에 걸쳐 서서히 방법을 찾아갔다. 지금은 제대로 된 것일까? 누가 알겠는가? 애초에 '제대로'가 무슨 뜻이라는 말인가?

　독자들은 "그런 자기 감상을 늘어놓는 건 이제 그만해요! 그게 나랑 무슨 상관이죠?"라고 외칠지도 모르겠다. 하지만 이 이야기엔 요점이 있다. 우리는 창작 활동의 최종 결과물이 좋을지

안 좋을지를 절대로 알 수 없다. 작업에 한창 몰두해 있을 때는
마치 사방에 흩어진 부품을 모아 엔진을 조립하려고 애쓰고 있
는 것처럼 느껴지기도 한다. 잘 완성할 수 있을지, 최종 결과물
이 부끄러운 실패작이 될지 획기적인 성공작이 될지는 누구도
장담할 수 없다. 이를 실제로 안다고 상상해 보라! 독자들이 어
떤 아이디어나 결론이나 이야기를 좋아하고 싫어할지 확실하게
안다면 얼마나 많은 수고를 아낄 수 있겠는가. 어떤 부분을 어디
에 배치해야 할지도 쉽게 알 수 있으리라.

하지만 물론, 우리는 아무것도 모른다. 창작 과정은 본래 막다
른 골목과 터널 끝의 희미한 불빛, 잘못된 출발과 급선회로 가득
하다. 다만 글쓰기에 들인 노력의 결과를 정확히 예측할 수 없더
라도 우리는 한 가지 매우 중요한 일을 할 힘을 갖고 있다.

창작의 성공과 실패

—

심리학자 딘 키스 사이먼턴Dean Keith Simonton에 따르면 창작자
들에게 나타나는 매우 흔한 특성 중 하나는 자신이 쓰거나 만들
고 있는 것이 성공할지 실패할지를 놀라울 정도로 잘 판단하지
못한다는 것이다. 심지어 그들이 확신을 품고 있을 때조차도 여
지없이 틀리기 일쑤다. 사이먼턴은 한 논문에서 세계적 성공을
거둔 유명 클래식 작곡가들의 작품을 분석했다. 이를테면 헨델은
자신이 아끼는 몇 곡의 오페라에 모든 희망을 걸었지만 사람들

의 반응은 혹평 일색이었다. 베토벤 역시 어떤 곡이 가장 인기 있을지를 몇 번이고 잘못 예측했다. 사이먼턴이 연구한 작곡가들은 어떤 작품이 걸작이나 실패작이 될지를 도무지 가늠하지 못했다. 작품의 성공 여부는 작곡가가 그 곡에 얼마나 큰 노력을 들였는지 또는 얼마나 빠르게 곡을 써냈는지와 관련이 없었다. 수년간 공들여 만든 많은 곡이 흔적도 없이 묻혀버리는가 하면, 가장 자랑스럽지 않았을 많은 곡이 엄청난 인기를 얻기도 했다. "작곡가가 돈벌이나 홍보 목적으로 수준을 낮춰 '생계형 작품 pot boilers'이나 '행사용 작품 pieces d'occasion'을 대량으로 써낸다고 해서 걸작이 나오지 않는 것은 아니다. 이 연구 결과는 과연 창조적 천재들에게 중요한 작품과 덜 중요한 작품을 구별하는 능력이 조금이라도 있기는 한지 의문을 제기한다. 결국 최종 판단을 내릴 수 있는 것은 후대 사람들뿐이다."[1] 그뿐만 아니다. 그의 연구에 따르면 이 작곡가들이 창작자로서 정점에 이르는 시기에는 어떤 특정한 패턴도 없었다. 어떤 이들은 초기에 대작을 내놓은 뒤 오랫동안 성과 없는 시기를 보내다가 말년에 큰 성공을 거두었다. 다른 이들은 평생에 걸쳐 시계처럼 규칙적으로 명작을 만들어냈다.

후속 연구에서 사이먼턴은 발명가 토머스 에디슨 Thomas Edison의 성공과 실패를 다루었다. 에디슨은 64년의 경력에 걸쳐 1,093건이나 되는 특허를 등록했다.[2] 그는 전구와 전화처럼 세상을 바꾼 발명품으로 잘 알려졌지만, 에디슨이 특허를 낸 발명품 중에는 세상을 그다지 변화시키지 못한 것도 많다. 이를테면 기괴한 발명품인 말하는 '축음기 인형 phonograph doll'(검색해 보면 분명 기겁할 것이다)이나 '영혼 전화기spirit phone'(물론 죽은 사람의 영혼과 대화하기 위한 용도다), 전기 펜 같은 것들이다. 납 축전지로 작동하는 에디슨 펜Edison Pen은 주철로 만든 작은 여행용 가방 크기의 '천공' 장치였다. 글을 쓰는 용도로는 인기를 끌지 못했지만, 한 타투 아티스트가 특허를 사들여 고객의 피부에 구멍을 뚫는 기계로 개조하기도 했다. 에디슨의 펜은 결국 몇 년 뒤 더 작고 확실히 덜 위험한 타자기에 자리를 내주었다. 에디슨은 자신이 발명하고 있던 장치 중 무엇이 더 성공할지 예감했을지도 모르나, 당시에는 확신할 수 없었을 것이다. 모든 발명품이 성공하기를 바라며 하나하나에 똑같은 열정과 에너지를 쏟았을 것이다.

사이먼턴은 수백 명의 유명 작가, 과학자, 발명가, 음악가의 작업과 삶을 연구하며 그들에게 공통된 특성이 있는지, 창조적 천재성이 어떤 식으로든 예측될 수 있는 것인지 알아보려 했다. 그가 찾아낸 것은 많지 않았다. 나이와 성공 사이에는 모든 사람에게 해당되는 공통된 인과 관계가 없었다. 분야에 따라 창작 경력이 평균적으로 더 긴 경우는 있었지만, 나이가 최고의 작품을 만드는 데 걸림돌이 되지는 않았다.[*3] 나이가 많거나 적은 것은

---

*   사이먼턴은 그의 연구에서 다양한 분야에서 활동하는 창작자들의 '반감기 half-life', 즉 창작 경력의 절반을 남겨둔 시점을 계산했다. 시인은 15.4년, 수학자는 21.7년, 소설가는 20.4년, 지질학자는 28.9년, 역사학자는 39.7년이었다. 그는 다음과 같이 썼다. "이 관찰 결과는 시인들이 다른 문인들보다 실제로 수명이 짧은 이유를 이해하는 데 도움이 될 수도 있다. (중략) 시인들은 자신을 상대적으로 매우 빠르게 소진하므로, 젊은 나이에 사망하

제약도 이점도 아니었다. 그는 외부 요인이 창조성에 영향을 미치는지 조사했고, 역사적 사건이 영향을 끼쳤는지도 살펴봤다. 이번에도 별다른 패턴을 발견하지 못했다. 그가 연구한 사람들은 평시에도, 전시에도, 풍요로울 때도, 기근일 때도, 번영기에도, 불황기에도 거의 같은 속도로 창작 활동을 이어갔다. 활동을 중단한 시기가 있다면 병에 걸렸을 때뿐이었다.

그러나 이 모든 이야기 끝에 사이먼턴이 내린 결론은 창조적 '탁월함greatness'에 영향을 미치는 요인들이 우연에 달려있다는 것이 아니었다. 그는 가장 성공한(또는 악명 높은) 창작자들이 대개 공통으로 지닌 한 가지 특징을 발견했다. 이 한 가지 일을 실천하는 것이 성공할 가능성을 가장 높이는 방법이기도 하다. 하지만 유감스럽게도 이 방법은 종종 부정적으로 인식되곤 한다.

생산성에 관한 편견

—

브라이언 클레그Brian Clegg는 세계적으로 호평받는 작가로 지금까지 84권의 책을 출간했다. 24권은 경영서, 50권은 대중 과

더라도 '싹트기도 전에 잘린' 창조적 잠재력이 크지 않을 수 있다. 반면 이례적으로 젊은 나이에 사망하는 소설가나 역사학자는 아직 실현하지 못한 창조적 잠재력이 훨씬 더 클 것이며, 따라서 사후에도 명성을 남길 만한 뛰어난 작품을 충분히 생산하지 못했을 수도 있다."

학서, 10권은 소설인데 아마 이 책이 나올 때쯤이면 몇 권을 더 집필했을지도 모른다. 그의 관심사는 양자 컴퓨팅부터 살인 추리물, 기후 과학에 이르기까지 매우 다양하다. 영국 물리학회 Institute of Physics와 왕립학회 Royal Society 회원인 그는 이따금 영국 TV 프로그램에 나와 복잡한 과학 개념을 쉽고 간결한 언어로 설명해 주기도 한다. 그러나 우리가 블로그에 실을 글을 위해 그를 인터뷰했을 무렵(당시 그는 아인슈타인을 다룬 저서 『중력파Gravitational Waves』를 홍보하느라 바빴다) 과학 전문지《뉴 사이언티스트New Scientist》의 신간 소개 기사에는 다음과 같은 평이 실렸다. "브라이언 클레그는 워낙 다작하는 대중 과학작가이다 보니 우리는 그가 얼마나 대단한지 쉽게 잊어버리곤 한다." 클레그는 칭찬인지 욕인지 애매한 이 말을 트위터에 올리며 코멘트를 남겼다. "물론 작가들에게는 생산성이 높은 게 결점으로 여겨질 수 있다는 위험이 있다." 저명한 잡지의 기자에게 악의가 있었을 리는 만무하지만, 농담 삼아 말한 것도 아니었을 것이다. 하지만 무심코 던진 이 말이 우리에게는 많은 것을 시사했다.

이 책에서 우리는 글을 어떻게 쓰거나 쓰지 말아야 하는지를 두고 사람들이 갖고 있는 잘못된 믿음을 많이 언급했다. 이런 믿음은 점차 굳어져서 우리 행동 방식에 영향을 미치는 신조가 된다고도 했다. 이제 마지막이다. 사람들 사이에 퍼진 잘못된 믿음을 한 가지만 더 이야기해 보겠다. 바로 '양의 신화quantity myth'라는 개념이다. 이 개념을 설명하기 위해 먼저 해당 분야에서 매우 주목받는 학자이자 다작하는 작가 중 한 명인 애덤 그랜트Adam

Grant의 말을 인용하고자 한다. "사람들은 흔히 양과 질 사이에 상충 관계trade-off가 있다고 생각한다. 즉, 작업의 질을 높이려면 작업량을 줄여야 한다는 것이다. 하지만 이것은 잘못된 생각이다. 사실 아이디어의 발상에 있어서는 양이 질로 가는 가장 확실한 길이다."[4]

사이먼턴의 판단도 같았다. 그의 연구에 따르면 작가와 예술가, 발명가를 탁월하게 만드는 것은 생산성과 양이었다. 40년에 걸친 연구를 통해 그는 창조적 탁월함의 핵심 요인이 타고난 재능이 아니라 작가가 쓴 책의 수, 과학자가 발표한 연구 논문의 수, 영화 제작자가 만든 영화의 수, 발명가가 출원한 특허의 수, 작곡가가 쓴 소나타의 수, 공연자가 무대에 오른 횟수 등이라는 점을 발견했다. 물론 사람에 따라 재능의 차이는 있겠지만, 재능 자체가 성공으로 이어지지는 않는다. 연구 결과를 봐도 큰 성공을 거둔 창작자들이 그렇지 못한 동료들보다 반드시 재능이 더 뛰어난 것은 아니었다. 그저 결과물을 더 많이 내놓았기 때문에 성공작이 나올 확률이 전반적으로 높아진 것이었다. 사이먼턴은 다음과 같이 결론 내린다. "양과 질 사이에 밀접한 연관성이 있다고 예측할 수밖에 없다. 좋은 아이디어와 나쁜 아이디어는 모두 경력 전반에 걸쳐 나타나기 마련이다. 실제로 영향력 있거나 성공적인 아이디어가 나올 확률은 아이디어의 총량에 따라 증가하는 함수가 될 것이다. 즉, 질은 양의 확률 함수라고 할 수 있다."[5] 양과 질이 상충한다는 통념과 달리 창조적 천재들은 한정된 영역에만 집중하고, 단 하나의 '위대한 작품'을 만들기 위해 노력하는 방식으로 천재가 되지 않는다. 그들은 성공하리라는 (확신이 아닌) 기대를 품고 폭넓게 시도하며 많은 것을 만들어낸다.[*6]

그런데도 이 신화가 우리에게 그렇게 큰 영향을 미치는 이유는 무엇일까? 그 이유 중 하나는 우리가 대개 창조적 잠재력을 잘못 이해하고 있기 때문이다. 우리는 창조적 역량이 고갈될까 봐, 또는 아이디어가 너무 많으면 내용과 질이 점점 더 나빠질까 봐 두려워한다. 하지만 사실은 정반대다. 이 점을 더 설명하기 위해 책의 서론에서 언급했던 창작 활동의 지속성에 관한 연구로 돌아가 보자.

끈기에는 보상이 따른다

—

2015년 사회심리학자들로 구성된 연구진은 131개 코미디 그룹의 작가들에게 다음과 같은 장면의 도입부를 주고 재미있는 결말을 4분 안에 최대한 많이 만들어달라고 청했다. "네 명의 사람이 무대 위에서 배꼽을 잡고 웃고 있다. 그중 두 사람이 하이

---

* 1901~2005년 노벨상 수상자 전원을 대상으로 한 연구 결과에 따르면 각 분야에서 가장 명성이 높은 사람들은 창작이나 시, 공연, 그림, 노래, 스케치 같은 취미가 가장 많고 다양한 사람들이기도 하다. 예상과 달리 수상 경력이 적은 과학자들은 집중하는 범위가 훨씬 좁으며 과학 외 관심사도 훨씬 적은 경향이 있다.

파이브를 하자 다들 바로 웃음을 멈추고 누군가 이렇게 말한다.”
연구진은 미국 전역의 전문 코미디 창작 극단들을 초청해 열리
는 열흘 간의 축제 스케치페스트Sketchfest에 참석 중이었다. 연구
진이 예시로 든 결말은 이런 것이었다. “이 나라에서 하이파이브
는 ‘난교 파티’를 하자는 신호야. 도망쳐!” “이렇게 해서 본드 형
제Glue brothers가 손바닥이 붙은 채로 살게 된 거랍니다.” 듣는 사
람의 유머 감각에 따라 폭소가 터질 수도, 정적이 흐를 수도 있
는 농담이다.

　연구진이 스톱워치를 누르자 작가들은 부지런히 작업을 해나
갔다. 그들은 평균적으로 한 사람당 약 여섯 개의 결말을 써냈
다. 모두 칭찬받을 만한 결과였다. 그런데 연구진은 여기서 한
단계 더 나아갔다. 같은 과제를 똑같이 반복해 볼 수도 있을까?
4분이 더 주어졌을 때 그들이 만들 수 있는 결말의 수는 첫 번째
과제 때보다 적을까, 비슷할까, 더 많을까? 자, 여기서 기억할 점
은 이 작가들이 코미디 전문가였다는 것이다. 많은 이들이 수년
간 국제 페스티벌 무대를 누벼온 베테랑이었다. 그동안 수천 개
의 개그를 짰고, 산전수전을 다 겪었으며, 전 세계 무대에서 조
롱도 박수도 야유도 받아봤다 (또 어떤 반응이 있었을지 누가 알겠는가).
이렇게 잔뼈 굵은 코미디언들이라면 자신이 무엇을 할 수 있는
지 잘 알고 있으리라고 생각할지도 모른다. 이들이 현장을 찾은
몇몇 연구자를 위해 간단한 과제를 반복해야 한다는 생각에 겁
을 먹으리라고는 예상하지 못할 수도 있다. 하지만 그들은 모두
겁을 먹었다. 평생 글을 쓰고 공연을 해왔어도 새롭고 독창적이

며 재미있는 결말을 계속 생각해 낼 수 있는 자신의 능력을 여전히 과소평가했다.

겸손한 척을 한 것도, 지나치게 조심스러웠기 때문도 아니었다. 전반적으로 이 코미디언들은 연구자들이 스톱워치를 또 한 번 눌렀을 때 실제로 자신들이 생각해 낸 것보다 훨씬 더 적은 아이디어를 낼 것이라고 예상했다. 연구진은 다른 집단(작가와 창작자로 구성됐으며 일부는 전문가, 일부는 비전문가였다)을 대상으로 유사한 실험을 일곱 차례 더 진행하며 시간이나 자원이 더 주어진다면 얼마나 생산적이거나 창의적일 수 있을 것 같은지 물었다. 모든 실험 결과는 사람들이 대개 자신의 창조적 역량을 과소평가한다는 것을 보여줬다.

그들은 자신이 얼마나 많이, 그리고 얼마나 빨리 아이디어를 낼 수 있는지 과소평가했고, 결과물의 내용과 질이 실제보다 훨씬 나쁘리라 생각했으며, 어려운 과제를 해결하는 능력 또한 낮게 평가했다. 나이와 경력은 상관이 없었다. 제 분야에서 수년간 경력을 쌓은 전문 창작자들도 완전한 아마추어만큼이나 자신의 잠재력을 확신하지 못했다.

연구진의 결론에 따르면, 문제는 창작 과정의 시행착오적 성격이 작업을 너무 일찍 포기하게 만들기 쉽다는 것이다. 이것은 심각한 결과를 낳을 수 있다. 연구진은 창작 과정이 너무나 큰 노력을 요구하기 때문에(또는 그들의 용어를 빌리자면 '비유창성'을 너무 많이 유발하기 때문에) 계속할 방법을 찾지 못하면 작업을 아예 놓게 될 수도 있다고 경고한다. "끈기의 가치를 과소평가한다면 창작 활동을 너무 빨리 포기하게 되어 최고의 아이디어를 미처 발견하지 못한 채로 남겨두게 될지도 모른다.”[7]

당신은 자신이 얼마나 뛰어난지 모른다

—

수 타운센드Sue Townsend의 『에이드리언 몰의 비밀일기The Secret Diary of Adrian Mole, Aged 13¾』를 읽어본 적이 있는가? 이 책은 크리스가 어렸을 때 무척 좋아했던 책 중 하나다. 크리스는 이런 책을 한 번도 읽어본 적이 없었다. 정말이지 재미있고 따뜻하며 공감 가는 이야기였다. 어린 시절 힘든 시기를 지나오는 데도 도움이 됐다. 크리스는 이 책을 100번은 읽었을 것이다(그런 책으로 『은하수를 여행하는 히치하이커를 위한 안내서The Hitchhiker's Guide to the Galaxy』가 또 있다). 하지만 이 책은 하마터면 세상에 나오지 못할 뻔했다. 작가인 타운센드가 이 책을 종이 낭비로 생각했기 때문이다.

그는 에이드리언 몰의 이야기를 처음 떠올리고 나서 일기 형식으로 몇 개의 장을 썼지만, 곧 아이디어 자체에 회의를 느끼게 됐다. 아마 당신도 살면서 ‘내가 지금 뭘 하고 있는 거지?’라는 생각이 드는 시기를 겪어봤을 것이다. 그는 커다란 골판지 상자에 원고를 쑤셔 넣고는 이 글이 세상 빛을 다시 볼 일은 없으리라 생각했다. “20년 치의 형편없는 시와 쓰다 만 단편소설, 노래 가사 틈에 파묻혀 버렸죠. 대부분은 아이들이 잠든 한밤중에 쓴 글이었어요.”[8] 당시 타운센드는 세 가지 일을 하고 있었다. 낮에는 지역사회 조직가와 청소년 지도사로 일했고 저녁에는 바에서 서빙 일을 했다. 그는 거의 늘 피로에 지쳐있었지만, 그래도 글을 놓지는 않았다. 스스로에게 체계와 책임감을 부여하기 위해 글쓰기 모임에 참여했고 이따금 지역 공모전에 작품을 출품했다. 거절을 당해도 툭툭 털고 일어나 계속했다. 그리고 마침내 상을 받았다. 작은 지역 문학상에 불과했으나, 갑자기 문이 조금씩 열리기 시작했다. 그는 지역 극단에서 작가로 일하게 됐고 그러면서 인맥과 관계를 쌓아갈 수 있었다. 제작자들과 연출가들은 그의 글에 관심을 보이며 "다음 작품은 어떤 내용인가요?"라고 물어왔다. 그때 그는 자신에게 내놓을 만한 새 작품이 없다는 사실을 깨닫고 미완성 원고로 가득한 오래된 상자를 떠올렸다. 그는 에이드리언 몰 원고를 꺼내보기로 했다. 누군가는 관심이 있을지도 몰랐다.

사람들은 매우 큰 관심을 보였다. 그는 제안서를 제출해 달라는 요청을 받았지만, 시간이 없어서 가지고 있던 세 개 챕터 분량의 원고를 그냥 보냈다. 아마도 그것으로 끝이리라 생각했을 것이다. 하지만 소문은 서서히 퍼져나갔다. 제작자들 사이에서 이야기가 오갔고, 발췌된 원고는 돌고 돌아 한 출판사로까지 흘러 들어갔다. 출판사는 원고를 읽고 마음에 쏙 들어 하며 타운센드에게 정식으로 책을 써달라고 청했다. 그래서 그는 그렇게 했다. 하지만 그 모든 우여곡절과 성공과 실패를 겪은 뒤에도 타운센드는 여전히 자신의 글을 부끄럽게 여겼다. 출판사가 그의 첫 책을 양장본으로 5,000부 출간할 계획이라는 소식을 듣고는 전화를 걸어 인쇄하지 말라고 요청했을 정도였다. 그는 책이 시시해서 팔리지 않으리라 생각했다. 다행히도 당시 출판사는 타운센드보다 안목이 있었다. 우리는 모두 그 점에 무척 감사해야 한다. 오늘날 『에이드리언 몰의 비밀일기』는 500만 부가 훨씬 넘게 팔렸으며 45개 언어로 번역됐다. 타운센드는 재능이 있었지만, 그 재능을 실현할 수 있었던 것은 그가 멈추지 않고 나아갔기 때문이다. 그는 글을 놓지 않고 끝까지, 계속 써나갔다.

자신만이 할 수 있는 일을 찾자

—

작가이자 테크 분야의 선구자인 케빈 켈리 Kevin Kelly 는 자신이 창간한 잡지를 편집하며 일종의 깨달음을 얻었다고 인터뷰에서 설명한다.[9] 《와이어드 Wired》의 기사는 절반 정도가 투고(프리랜서 저널리스트들이 그에게 아이디어를 제안하는 형태)였고 나머지 절반은 의뢰한 원고(그가 저널리스트들에게 기사로 쓸 아이디어를 제안하는 형태)였다. 의뢰하는 원고의 아이디어는 다양한 곳에서 나왔고 켈리 자신이 제안할 때도 자주 있었다. 집필 의뢰가 수월할 때도 있었으나, 고전을 겪을 때도 있었다. 그럴 때는 정말로 애를 많이 먹었다. "아이디어가 떠올라서 작업을 의뢰할 프리랜서를 찾으려 했지만, 그 아이디어를 받아들여 주는 사람을 만나지 못할 때가 종종 있었습니다. 심지어 그냥 가져다 쓰라고 해도 나서는 사람이 없기도 했죠." 그러면 그 아이디어는 그냥 접고 그다지 좋은 아이디어는 아니었겠거니 생각하곤 했다. 그런 아이디어 중 어떤 것은 잊혔지만, 머릿속에 계속 남아있는 것도 있었다. 해마다 번번이 거절당하면서도 그는 내켜하지 않는 저널리스트들을 설득해 기사를 쓰게 하려고 애썼다. 분명 '아이디어가 너무 별로라서 돈을 줘도 쓰겠다는 사람이 없네'라는 생각도 들었을 것이다. 하지만 그는 포기하는 대신 방향을 바꿨다. 바로 자기 자신에게 기사를 의뢰한 것이다.

그는 아무도 원하지 않는 기사들을 직접 쓰기 시작했다. 그는 그 기사들이 관심을 전혀 끌지 못하리라 생각했으나, 놀랍게도 잡지는 날개 돋친 듯 팔려나갔다. 그 기사들은 그가 쓴 글 중 가장 뛰어나고 널리 읽힌 글이자 경력을 대표하는 작품이 됐다. 이것이 그가 얻은 깨달음이었다. "저는 오직 저만이 할 수 있는 일을 하고 있었습니다." 바로 이 점이 기사들을 좋은 글로 만든 것이었다.

끝내 써내는 법

—

이렇게 생각할지도 모른다. "다 좋은데요, 나만 할 수 있거나, 만들 수 있거나, 쓸 수 있는 게 무엇인지는 도대체 어떻게 알죠?" 정답은 계속하는 것이다. 멈추지 않으면 좋은 아이디어가 바닥나리라고 생각할지도 모른다. 하지만 그렇지 않다. 자신이 계속할 수 없다고 생각할지도 모른다. 하지만 해낼 수 있다. 첫 아이디어만큼 좋은 아이디어는 또 없으리라고 생각할 수도 있다. 하지만 아이디어는 쉼 없이 생겨날 것이며 더 좋아질 것이다. 당신의 창조성에는 끝이 없고, 당신의 잠재력에는 한계가 없다. 그러나 당신이 할 수 있는 게 무엇인지 이해하려면 계속해서 만들고, 생산하고, 쓰고, 창조해야만 한다.

우리는 당신이 쓰는 사람으로 계속 살아가도록 돕겠다는 목적 하나로 이 책을 썼다. 하지만 이 책에 담긴 생각은 당신의 삶을 이끌어줄 수도 있다. 결국 우리 모두의 삶 자체가 오르막과 내리막, 돌파구와 장애물로 점철된 시행착오의 과정과 같다. 내가 어떤 믿음을 가지고 어떻게 살아가는지를 더 의식적으로 자각할수록 나를 방해하고 잠재력을 실현하지 못하게 막는 '비유창성'을 더 잘 헤쳐나갈 수 있다. '계속한다'는 것은 말로는 쉽지만 실제로 해내기는 어렵다. 우리는 누구나 글쓰기 여정뿐만 아니라 삶의 여정에서 불가피한 난관을 끊임없이 만나게 될 것이다. 그때마다 당신이 **어떻게** 계속 나아가고 회복력을 키울지에 대한 접근법과 전략을 우리가 제시해 드렸기를 바랄 따름이다.

좋은 일은 기다리는 사람에게 오는 것이 아니라 **행동하는** 사람에게 온다. 세상에 무언가를 내놓고 실험할 준비가 된 사람에게 온다.

그러니 무엇을 하든 계속하자.

무엇을 창조하든 계속 창조하자.

계속 배우고, 실험하고, 적응하고, 나아가자.

결국 우리가 확실히 아는 효과적인 방법은 그것뿐이기 때문이다.

이 책을 읽어주셔서 감사하다는 말씀을 드린다. 책을 덮기 전에 잠시 돌아보자. 자신과 글쓰기에 관해 무엇을 알아차렸는가? 어떤 변화를 줄 것인가? 무엇을 다르게 할 것인가?

우리에게 알려달라. 그러면 실천하는 데도 도움이 될지 모른다. hello@prolifiko.com로 메일을 보내주시기를 바란다.

실천에 관해 말이 나온 김에 우리에게 도움을 주실 수 있는 일도 몇 가지 소개하려 한다.

리뷰를 남겨달라. 다른 사람들이 이 책을 접하는 데 도움이 될 것이다. 또 당신이 무엇을 좋아했는지를 확인하고, 우리가 다른 작가들을 돕기 위해 무엇을 더 할 수 있을지 이해하는 데도 보탬이 될 것이다.

우리가 발행하는 뉴스레터 '돌파구와 장애물Breakthroughs and Blocks'을 구독해 달라. 내면의 비평가를 잠재우고 의심을 쫓아주는 다정한 격려의 메시지다. 시도해 볼 만한 새로운 아이디어와 영감을 주는 이야기, 행동 변화와 심리학, 글쓰기에 관한 최신 연구를 보내드릴 것이다. 구독은 이곳에서 신청할 수 있다. prolifiko.com/newsletter

인스타그램, 트위터, 링크드인 등 SNS에서 우리를 팔로우해 달라. 'Prolifiko'를 검색하면 된다.

계속 글을 쓰시기를,
벡과 크리스

추신: 이 책에 언급된 모든 자료는 다음 사이트에서 내려받을 수 있다는 것을 잊지 마시라! prolifiko.com/writtenresources

이 책이 각본가 지미 맥거번의 말로 시작했던 것을 기억할 것이다. 크리스는 2022년 여름 어느 평범한 아침에 맥거번의 인터뷰를 듣다가 그만 토스트를 태우고 말았다. 그때 들었던 게 바로 "글쓰기를 좋아하지는 않지만, 글을 다 쓴 상태는 좋아합니다."라는 말이었다. 책의 각주에 썼듯 맥거번이 이 말을 하기는 했어도 다른 많은 작가들 또한 비슷한 말을 했다. 이제는 우리도 같은 말을 할 수 있게 됐다. 이번 여정에서 도움을 준 것은(사실 도움이 됐을 뿐 아니라 이 책의 출간을 가능하게 한 것은) 다른 여러 사람들이다. 9장에서 우리는 이 책이 두 사람이 함께 만든 결과물이라고 썼지만, 실제로는 훨씬 더 많은 사람의 노력이 들어갔다.

먼저 이 책을 믿어주고 인내와 끈기, 친절을 보여주었으며 벡의 꼼꼼한 요청 공세를 견뎌준 에이전트 마이클 올콕Michael

Alcock과 존슨 앤드 올콕Johnson and Alcock 에이전시 직원들, 아이콘 북스Icon Books 출판사의 모든 분에게 감사드리고 싶다. 특히 편집자 키이라 제이미슨Kiera Jamison과 해나 밀너Hanna Milner에게 감사를 보낸다.

책의 삽화를 담당한 그래픽 체인지Graphic Change의 카라 홀랜드, 그리고 그 팀원들과 함께한 작업은 큰 즐거움이었다. 우리의 글을 시각적으로 생생하게 구현해 준 점에 대하여 감사하다는 말씀을 드린다.

개발 편집자 파룰 바비시Parul Bavishi와 랜들 설스Randall Surles는 집필 초기에 책의 구성 방식을 조언해 주며 기술과 스토리텔링에 집중할 수 있게 해주었다. 초기 교정본을 읽고 문장과 문법, 스타일에 관해 피드백을 해준 캐럴라인 커티스Caroline Curtis에게 도 큰 신세를 졌다.

책을 위해 인터뷰에 응해준 모든 분(여기서 언급하기에는 너무도 많다)에게 이 프로젝트를 향해 보여준 믿음과 인내에 매우 감사하다는 말씀을 드린다. 베타 리더들은 작가들에게 정말 필요한 조언이 무엇인지에 우리가 집중할 수 있도록 도와주었다. 집필 과정 전반에 걸친 피드백 덕분에 훨씬 더 나은 책이 나올 수 있었다. 내어주신 시간과 친절과 배려에 감사드린다. 베타 리더로 참여한 분은 다음과 같다. 앤절라 빌로스Angela Billows, 애나 줄리아 피펀 노베로Anna Giulia Phippen-Novero, 크리스 J. L. 앨런Chris J L Allen, 이디스 A. 파둘Edith A. Fadul, 제인 크리턴Jane Creaton, 짐 밴더 푸튼Jim Vander Putten, 조 개릭Jo Garrick, 조너선 오도널Jonathan O'Donnell, 카우

샬리아 페레라Kaushalya Perera, 크리스틴 카리 얀케Kristin Kari Janke, 루이즈 배싯Louise Bassett, M. 로즈 발로M. Rose Barlow, 니키 롭슨Nicki Robson, 니나 퍼지Nina Fudge, 필 해리슨Phil Harrison, 라니 엘비어Rani Elvire, 루스 골드스미스Ruth Goldsmith, 세라 브린Sarah Breen, 사이먼 리너커Simon Linacre, 수 버킷Sue Burkett, 순딥 아울라크Sundeep Aulakh, 트리나 가넷Trina Garnett 등 이 모든 분에게 감사를 보낸다.

책을 쓰는 일처럼 굵직한 작업을 할 때면 늘 그렇듯, 친구들과 가족의 도움과 지지, 격려가 없었다면 이 일은 불가능했을 것이다. 먼저 어머니 캐럴 에번스Carol Evans와 조이스 스미스Joyce Smith에게 한없는 감사를 전한다. 우리를 무척 대견해했을 아버지 리처드 에번스Richard Evans와 콜린 스미스Colin Smith에게 이 책을 바친다. 벡의 형제자매인 매슈Matthew, 이머전Imogen, 도미닉Dominic, 트리스탄Tristan과 그들의 동반자인 디Dee, 맷Matt, 제인Jane, 독서와 글쓰기의 미래를 이끌어갈 우리의 조카들 해리엇Harriet, 대니얼Daniel, 엘리스Ellis, 에릭Eric, 루비Ruby, 올리브Olive에게도 감사를 보낸다. 특히 닉 폴리Nick Foley와 솔즈베리 로더스Salisbury Roaders, 책임감 있게 작업에 임하도록 도와준 앨리슨 존스의 12주 전사들12-week warriors에게 감사드린다.

그동안 함께 일해온 모든 글쓰기 단체, 특히 아르본 재단과 럼뱅크 운영진에게 감사드린다. 우리가 워크숍을 진행하고 코칭을 하며 글을 쓰도록 독려했던 모든 작가에게도 감사를 전한다. 작가들을 지원하며 우린 생산성과 행동 변화, 글쓰기에 관한 수많은 연구 중에서 실제로 무엇이 효과가 있는지 더 잘 이해할 수 있었다. 독자 여러분과 글을 쓰고 싶은 마음이 조금이라도 있는 모든 분에게, 당신은 할 수 있다는 말씀을 드리고 싶다. 그저 시작하기만 하면 된다.

마지막으로 그동안 작가의 가장 친한 친구가 되어준, 나이 지긋한 우리 래브라두들 페기에게 크나큰 고마움을 전한다. 감사의 표시로 목덜미를 간질여 주고 우적우적 씹을 돼지 귀도 하나 주고 싶다. 페기는 편집과 관련된 피드백은 거의 해주지 않았지만, 페기와 함께한 산책은 언제나 커다란 변화를 불러왔다. 책상에서 일어나 산책을 나가지 않았다면 이 책은 결코 존재할 수 없었을 것이다. 여기서 마지막으로 이 책의 주제와 어울리는 팁을 하나 끼워 넣자면, **쉬면 안 될 것 같은 기분이 들 때가 바로 쉬어야 할 때다.**

참고 문헌

서문: 글쓰기 방식엔 정답이 없다

1 Lucas, B.J., & Nordgren, L.F., 'People underestimate the value of persistence for creative performance', Journal of Personality and Social Psychology, 109(2), August 2015. https://www.scholars.northwestern.edu/en/publications/people-underestimate-the-value-of-persistence-for-creative-perfor

2 'Falling short: seven writers reflect on failure', Guardian, 22 June 2013. https://www.theguardian.com/books/2013/jun/22/falling-short-writersreflect-failure#Atwood

3 Write, Guardian Books, 2012

4 Maran, Meredith, Why We Write, Plume, 2013 메러디스 매런 엮음, 김희숙, 윤승희 옮김, 『잘 쓰려고 하지 마라』, 생각의길, 2013

5 Evans, B., Smith, C., & Tulley, C. 'The life of a productive scholarly author', 2019 https://prolifiko.com/wp-content/uploads/2019/03/Life-of-a-Productive-Scholar_-Key-Findings-Report.pdf

6 Kwok, Roberta, 'You can get that paper, thesis or grant written —with a little help', Nature, 30 March 2020. https://www.nature.com/articles/d41586-020-00917-5

7 Burkeman, Oliver, 'Is a daily routine all it's cracked up to be?', Guardian, 19 April 2019. https://www.theguardian.com/lifeandstyle/2019/apr/19/daily-routine-cracked-productive-regimen

8 Kamler, B., & Thomson, P. 'The failure of dissertation advice books: Toward alternative pedagogies for doctoral writing', Educational Researcher, 37(8), November 2008. https://doi.org/10.3102/0013189X08327390

1부 당신 자신으로부터 출발하라

1 The Tim Ferriss Show, 'How to Be Creative Like a Motherf*cker - Cheryl Strayed. (#231)', 30 March 2017. https://tim.blog/2017/03/30/cheryl-strayed/

2 Ibid.

3 Sword, Helen, '"Write every day!": a mantra dismantled', International Journal for Academic Development, 21(4), 2016. https://www.tandfonline.com/doi/full/10.1080/1360144X.2016.1210153

4   Gourevitch, Philip (ed.), The Paris Review Interviews, vol. 4, Canongate Books, 2009

5   Maran, Meredith, Why We Write, Plume, 2013 메러디스 매런 엮음, 김희숙·윤승희 옮김, 『잘 쓰려고 하지 마라』, 생각의길, 2013

6   Dore, Madeleine, 'Austin Kleon: A writer who draws', Extraordinary Routines. https://extraordinaryroutines.com/austin-kleon/

7   Maran, ibid.

8   Valby, Karen, 'Who is Elena Ferrante? An interview with the mysterious Italian author', Entertainment Weekly, 5 September 2014. https://ew.com/article/2014/09/05/elena-ferrante-italian-author-interview/

9   Currey, Mason, Daily Rituals: Women at Work, Picador, 2019 메이슨 커리, 이미정 옮김, 『예술하는 습관』, 걷는나무, 2020

10   'Bestselling Crime Writer Jeffery Deaver On 150-Page Outlines, Knowing What Readers Want, and Studying the Greats', Writing Routines. https://www.writingroutines.com/jeffery-deaver-interview/

11   Dweck Carol S., Mindset, Robinson, 2012 캐롤 드웩, 김준수 옮김, 『마인드셋』, 스몰빅라이프, 2023

12   Ibid.

13   Ashworth, Jenn, Notes Made While Falling, Goldsmiths Press, 2019

14   Boice, Robert, Procrastination and Blocking: A Novel, Practical Approach, Praegar, 1996

15   Darwin Correspondence Project, University of Cambridge. https://www.darwinproject.ac.uk/confessing-murder

16   Harper Lee in conversation with WQXR host Roy Newquist, 1964. https://www.youtube.com/watch?v=EfsFeMRF7CU

17   Nocera, Joe, 'The Harper Lee "Go Set a Watchman" Fraud', New York Times, 24 July 2015. https://www.nytimes.com/2015/07/25/opinion/joe-nocera-thewatchman-fraud.html

18   Cep, Casey, Furious Hours: Murder, Fraud and the Last Trial of Harper Lee, William Heinemann, 2019

19   Langer, Ellen J, Mindfulness, Da Capo Press, 1989 엘렌 랭어, 이양원 옮김, 『마음챙김』, 더퀘스트, 2022

20   'Mindfulness in the Age of Complexity', Harvard Business Review, March 2014. https://hbr.org/2014/03/mindfulness-in-the-age-of-complexity

21   'Insanity Is Doing the Same Thing Over and Over Again and Expecting Different Re-

sults', Quote Investigator. https://quoteinvestigator.com/2017/03/23/same/

22 Heffernan, Margaret, *Uncharted: How Uncertainty Can Power Change*, Simon & Schuster, 2021

23 Evans, Bec, 'How to write a book in 100 days', Prolifko, 4 September 2019. https://prolifiko.com/how-to-write-a-book-in-100-days/

24 'Mindfulness in the Age of Complexity'. https://hbr.org/2014/03/mindfulness-in-the-age-of-complexity

2부 글쓰기를 시작하라

1 Allcott, Graham, 'Creativity and productivity', Productive Mag. http://productivemag.com/20/creativity-and-productivity

2 Evans, Bec, 'Get the Habit', Mslexia, 65, Mar/Apr/May 2015

3 The Extraordinary Business Book Club, 'Productivity and Focus with Graham Allcott', 18 April 2016. http://extraordinarybusinessbooks.com/ebbc-episode-5-productivity-and-focus-with-graham-allcott/

4 Newport, Cal, *Deep Work: Rules for Focused Success in a Distracted World*, Piatkus, 2016 칼 뉴포트, 김태훈 옮김,『딥 워크』, 민음사, 2017

5 Evans, Bec, 'How to make time to write −4 approaches to finding time in busy schedules', 8 February 2021. https://prolifiko.com/make-time-to-write/

6 Allcott, Graham, *How to Be a Productivity Ninja: Worry Less, Achieve More and Love What You Do*, Icon Books, 2016

7 Tulley, Christine, *How Writing Faculty Write: Strategies for Process, Product, and Productivity*, Utah State University Press, 2018

8 Schulte, Brigid, 'Why time is a feminist issue', Sydney Morning Herald, 9 March 2015. https://www.smh.com.au/lifestyle/health-and-wellness/brigid-schultewhy-time-is-a-feminist-issue-20150309-13zimc.html

9 Whillans, Ashley. *Time Smart: How to Reclaim Your Time and Live a Happier Life*, Harvard Business Review Press, 2020 애슐리 윌런스, 안진이 옮김,『시간을 찾아드립니다』, 세계사, 2022

10 Evans, Bec, 'Finding time to write: the spontaneous writer', Prolifko, 24 October 2019. https://prolifiko.com/spontaneous-writing/

11 Smith, Chris, 'How writing scholars write: productivity tips from the best of the best',

Prolifko, 1 May 2018. https://prolifiko.com/how-writing-scholars-writeproductivity-tips-from-the-best-of-the-best/

12 Trollope, Anthony, An Autobiography (Sadleir, M., and Page, F., eds), Oxford University Press, 1950 (reissued 1999)

13 Evans, Bec, 'Finding time to write: create a daily writing routine', Prolifko, 21 October 2019. https://prolifiko.com/find-time-to-write-daily/

14 Prolifiko, The Life of a Productive Scholarly Author: How academics write, the barriers they face and why publishers and institutions should feel optimistic, March 2019. https://prolifiko.com/wp-content/uploads/2019/03/Life-ofa-Productive-Scholar_-Key-Findings-Report.pdf

15 Trollope, ibid.

16 The Tim Ferriss Show, 'How to Be Creative Like a Motherf*cker—Cheryl Strayed (#231)'

17 Ibid.

18 Murray, Rowena, Writing in Social Spaces: A Social Processes Approach to Academic Writing, Routledge, 2015

19 Boice, Robert, 'Procrastination, busyness and bingeing', Behaviour Research and Therapy, 27(6), 1989, https://doi.org/10.1016/0005-7967(89)90144-7

20 Evans, Bec, 'Finding time to write: the deep worker', Prolifko, 23 October 2019. https://prolifiko.com/deep-worker-writing/

21 Newport, Cal, 'Fixed-schedule productivity: How I accomplish a large amount of work in a small number of work hours', Study Hacks Blog, 15 February 2008. https://www.calnewport.com/blog/2008/02/15/fixed-schedule-productivityhow-i-accomplish-a-large-amount-of-work-in-a-small-number-of-work-hours/

22 Valian, Virginia, 'Solving a work problem' in Scholarly Writing and Publishing: Issues, Problems, and Solutions (ed. Fox, Mary Frank), Westview Press, 1985, pp. 99–110

23 Evans, Bec, 'Finding time to write: the time boxer', Prolifko, 22 October 2019. https://prolifiko.com/time-boxer/

24 Vanderkam, Laura, 168 Hours: You Have More Time Than You Think, Portfolio Penguin, 2010

25 https://shutupwrite.com/; https://www.focusmate.com/; https://writershour.com/

26 Cirillo, Francesco, 'The Pomodoro Technique'. https://francescocirillo.com/pages/pomodoro-technique

27 Butler, Octavia E., 'Positive Obsession', Bloodchild and Other Stories, Seven Stories Press, 1996, reissued 2005 옥타비아 버틀러, 이수현 옮김, 「긍정적인 집착」, 『블러드차일드』,

비채, 2016

28   Butler, Octavia E., 'Afterword to Crossover', in Bloodchild and Other Stories 옥타비아 버틀러, 이수현 옮김, 「넘어감」, 『블러드차일드』, 비채, 2016

29   Eyal, Nir, Indistractable: How to Control Your Attention and Choose Your Life, Bloomsbury, 2019 니르 이얄, 김고명 옮김, 『초집중』, 안드로메디안, 2020

30   Doidge, Norman, The Brain That Changes Itself: Stories of Personal Triumph from the Frontiers of Brain Science, Penguin, 2008 노먼 도이지, 김미선 옮김, 『기적을 부르는 뇌』, 지호, 2008

31   Peale, Norman Vincent, The Power of Positive Thinking, Prentice Hall, 1952 노먼 빈센트 필, 이갑만 옮김, 『노먼 빈센트 필의 긍정적 사고방식』, 세종(세종서적), 2020

32   The Secret website: https://www.thesecret.tv/history-of-the-secret/

33   Jennings, Rebecca, 'Shut up, I'm manifesting!' Vox, 23 October 2020. https://www.vox.com/the-goods/21524975/manifesting-does-it-really-work-meme

34   Google Trends data: https://trends.google.com/trends/explore?q=manifesting

35   @tomdaley, Instagram Reel, 24 January 2021. https://www.instagram.com/reel/CKcBpS-fHVeZ/?

36   Daley, Tom, YouTube channel, 'Visualisation is key!', 24 January 2021. https://youtu.be/LdwfN4tom1o

37   Amos, Georgina, & Chouinard, Philippe, 'Mirror neuron system activation differs in experienced golfers compared to controls watching videos of golf compared to novel sports depending on conceptual versus motor familiarity', Journal of Vision, 18(10), September 2018. https://jov.arvojournals.org/article.aspx?articleid=2699421

38   Bernardi, N.F., De Buglio, M., Trimarchi, P.D., Chielli, A., & Bricolo, E., 'Mental practice promotes motor anticipation: evidence from skilled music performance'. Frontiers in Human Neuroscience, 7, August 2013. https://doi.org/10.3389/fnhum.2013.00451; Iorio, C., Brattico, E., Munk Larsen, F., Vuust, P., & Bonetti, L., 'The effect of mental practice on music memorization', Psychology of Music, 50(1), 2022. https://doi.org/10.1177/0305735621995234

39   Mielke, S., & Comeau, G., 'Developing a literature-based glossary and taxonomy for the study of mental practice in music performance', Musicae Scientiae, 23(2), June 2019. https://doi.org/10.1177/1029864917715062

40   Driskell, J.E., Copper, C., & Moran, A., 'Does mental practice enhance performance?', Journal of Applied Psychology, 79(4), 1994. https://doi.org/10.1037/0021-9010.79.4.481

41   Open Culture, 'Behold Octavia Butler's Motivational Notes to Self', 29 June

2020. http://www.openculture.com/2020/06/behold-octavia-butlersmotivational-notes-to-self.html

42 Locke, E.A., Shaw, K.N., Saari, L.M., & Latham, G.P., 'Goal setting and task performance: 1969 – 1980', Psychological Bulletin, 90(1), 1981. https://doi.org/10.1037/0033-2909.90.1.125

43 Locke, Edwin A., & Latham, Gary P., A Theory of Goal-Setting and Task Performance, Prentice Hall, 1990

44 Evaristo, Bernardine, Manifesto: On Never Giving Up, Hamish Hamilton, 2021

45 Latham, G.P., Ganegoda, D.B., & Locke, E.A., 'Goal-setting: A state theory, but related to traits', in Chamorro-Premuzic, T., von Stumm, S., & Furnham, A.(eds.), The Wiley-Blackwell Handbook of Individual Differences, Wiley Blackwell, 2011

46 Rhimes, Shonda, Year of Yes, Simon & Schuster, 2016 숀다 라임스, 이은선 옮김, 『1년만 나를 사랑하기로 결심했다』, 부키, 2018

47 Holland, Cara, 'How to visualise your writing dreams and goals', Prolifko, 19 December 2017. https://prolifiko.com/visualise-writing-dreams-goals/

48 Cameron, Julia, The Artist's Way, Pan Macmillan, 1995 줄리아 캐머런, 박미경 옮김, 『아티스트 웨이』, 위즈덤하우스, 2025

49 2018년 인터뷰 이후 가비아 톨리키타Gabija Toleikyte 박사는 저서에서 이 조언을 더 상세한 연습 과제와 함께 다루었다. 다음 책을 읽어보라. Why the F*ck Can't I Change? Insights From a Neuroscientist to Show That You Can, Thread, 2021 (가비아 톨리키타, 이영래 옮김, 『당신의 뇌는 변화가 필요합니다』, 비즈니스북스, 2022)

50 www.futureme.org를 참고하라.

51 Evans, Bec, 'How small steps lead to great progress', 30 January 2020. https://prolifiko.com/small-steps/

52 Saad, Layla, F., 'I need to talk to spiritual white women about white supremacy (Part One)', 15 August 2017. http://laylafsaad.com/poetry-prose/whitewomen-white-supremacy-1

53 Ctrl Alt Delete podcast, 'Layla F Saad: Doing the anti-racism work', 4 June 2020. https://play.acast.com/s/ctrlaltdelete/-266laylasaad-doingtheanti-racismwork

54 Lao Tzu, Tao Te Ching: A New English Version (trans. Mitchell, S.), HarperPerennial, 1992, Chapter 63 노자, 소준섭 옮김, 『도덕경 (무삭제 완역본)』, 현대지성, 2019 외 다수, 63장

55 Saad, ibid.

56 Maurer, Robert, One Small Step Can Change Your Life: The Kaizen Way, Workman Publishing, 2004 로버트 마우어, 장원철 옮김, 『아주 작은 반복의 힘』, 스몰빅라이프, 2023

57 Fogg, B.J., Tiny Habits: The Small Changes That Change Everything, Penguin Random House, 2019 B. J. 포그, 김미정 옮김, 『습관의 디테일』, 흐름출판, 2020

58 http://laylafsaad.com/meandwhitesupremacy

59 @laylafsaad, 'Today is the two year anniversary of the Me and White Supremacy Instagram challenge', 28 June 2020. https://www.instagram.com/p/CB-QxnEJbgl/

60 Saad, Layla, F., 'Leveling up: Welcome to my next (r)evolution', 7 August 2018. http://laylafsaad.com/poetry-prose/leveling-up

61 Lao Tzu, Tao Te Ching: A New English Version (trans. Mitchell, S.), HarperPerennial, 1992, Chapter 64 노자, 소준섭 옮김, 『도덕경 (무삭제 완역본)』, 현대지성, 2019 외 다수, 64장

62 Fogg, ibid.

63 Leow, Rachel, @idlethink, 'just misread "24hr bookdrop" as "24hr bookshop". the disappointment is beyond words', 15 November 2008, https://twitter.com/idlethink/status/1006813155

64 Sloan, Robin, Mr. Penumbra's 24-Hour Bookstore, the story. https://www.robinsloan.com/books/penumbra/short-story/

65 Kickstarter, 'Robin writes a book (and you get a copy)'. https://www.kickstarter.com/projects/robinsloan/robin-writes-a-book-and-you-get-a-copy

66 Sloan, Robin, 'Penumbra has a posse', https://www.robinsloan.com/notes/penumbra-posse/

67 Nickels, Colin, & Davis, Hilary, 'Understanding researcher needs and raising the profile of library research support', Insights 33(1), 2020. http://doi.org/10.1629/uksg.493

68 Lodge, David, Consciousness & the Novel: Connected Essays, Harvard University Press, 2004

69 Alter, Alexandra, 'EL James interview: "There are other stories I want to tell. I've been with Fifty Shades for so long"', 17 April 2019. https://www.independent.co.uk/arts-entertainment/books/fatures/el-james-fifty-shade-grey-mister-newnovel-a8873216.html

70 Bandura, A., & Schunk, D.H., 'Cultivating competence, self-efficacy, and intrinsic interest through proximal self-motivation', Journal of Personality and Social Psychology, 41(3), 1981. http://dx.doi.org/10.1037/0022-3514.41.3.586

71 Fogg, ibid.

72 Sloan, Robin, 'Writing and lightness', March 2020. https://www.robinsloan.com/notes/writing-and-lightness/

73 Jung R.E., Wertz, C.J., Meadows, C.A., Ryman, S.G., Vakhtin, A.A., & Flores, R.A., 'Quantity yields quality when it comes to creativity: a brain and behavioral test of the

equal-odds rule', Frontiers in Psychology, 6, article 864, 25 June 2015. https://doi.org/10.3389/fpsyg.2015.00864

74 Gaiman, Neil, 'Entitlement issues…' Journal, 12 May 2009. https://journal.neilgaiman.com/2009/05/entitlement-issues.html

75 Renfro, Kim, 'George R.R. Martin's friends explain the complicated reasons his next book might be taking so long to write', Insider, 25 April 2018. https://www.insider.com/why-winds-of-winter-is-taking-so-long-2017-1

76 '"Winds of Winter" release date: George R.R. Martin explains why it's taking so long to complete book: "Writer's block isn't to blame"', HNGN, 22 October 2014. https://www.hngn.com/articles/46711/20141022/winds-of-winterrelease-date-george-r-r-martin-explains-why-its-taking-so-long-to-completebook-writers-block-isnt-to-blame.htm

77 Martin, George R.R., 'Back in Westeros', Not a Blog. 15 August 2020. https://georgerrmartin.com/notablog/2020/08/15/back-in-westeros/

78 Kahneman, Daniel, Thinking, Fast and Slow, Penguin, 2012 대니얼 카너먼, 이창신 옮김, 『생각에 관한 생각』, 김영사, 2018

79 Ibid.

80 Ibid.

81 Carr, Nicholas, The Shallows: What the Internet Is Doing to Our Brains, Atlantic Books, 2010 니콜라스 카, 최지향 옮김, 『생각하지 않는 사람들』, 청림출판, 2020

82 Gallagher, Winifred, Rapt: Attention and the Focused Life, Penguin, 2009 위니프레드 갤러거, 이한이 옮김, 『몰입, 생각의 재발견』, 오늘의책, 2010

83 Zhu, Erping, 'Hypermedia interface design: the effects of number of links and granularity of nodes', Journal of Educational Multimedia and Hypermedia, 8(3), 1999. https://eric.ed.gov/?id=EJ603768

84 Dolan, Paul, Happiness by Design: Finding Pleasure and Purpose in Everyday Life, Penguin, 2014 폴 돌런, 이영아 옮김, 『행복은 어떻게 설계되는가』, 와이즈베리, 2015

85 'Interview Larry King with Gabriele Oettingen', 26 March 2020. https://www.youtube.com/watch?v=6TfO2fNW_ZU

86 Oettingen, Gabriele, Rethinking Positive Thinking: Inside the New Science of Motivation, Penguin, 2015 가브리엘 외팅겐, 이종인 옮김, 『무한긍정의 덫』, 세종(세종서적), 2015

87 Ibid.

88 Elliot, Jeffrey, M., Conversations with Maya Angelou, University Press of Mississippi, 1989

89 Gourevitch, Philip (ed.), The Paris Review Interviews, vol. 4, Canongate, 2009

90   'Maya Angelou with George Plimpton: 92NY/The Paris Review Interview Series'. https://www.youtube.com/watch?v=XYn3HFg_T0o&t=18s

91   Cialdini, Robert, Pre-suasion: A Revolutionary Way to Influence and Persuade, Random House, 2016 로버트 치알디니, 김경일 옮김, 『설득의 심리학 2』, 21세기북스, 2023

92   Ibid.

93   Hemingway, Ernest, 'Monologue to the maestro: A high seas letter', Esquire, 1 October 1935. https://classic.esquire.com/article/1935/10/1/monologueto-the-maestro

94   Evans, Bec, 'Oliver Burkeman's ten top tips for a productive and happy writing life', Prolifko, 28 November 2014. https://prolifiko.com/oliverburkemans-top-ten-tips-for-a-productive-and-happy-writing-life/

3부 멈추지 말고, 계속 쓰라

1   Gittings, G., Bergman, M., Shuck, B. and Rose, K, 'The impact of student attributes and program characteristics on doctoral degree completion', New Horizons in Adult Education and Human Resource Development, 30(3), 2018. https://doi.org/10.1002/nha3.20220

2   Lindner, Rebecca, Barriers to Doctoral Education: Equality, Diversity and Inclusion for Postgraduate Research Students at UCL, UCL Doctoral School, July 2020. https://www.grad.ucl.ac.uk/strategy/barriers-to-doctoral-education.pdf

3   Masten, Ann S., Ordinary Magic: Resilience in Development, Guilford Press, 2014

4   American Psychological Association, 'Building your resilience', 1 January 2012. https://www.apa.org/topics/resilience/building-your-resilience

5   'Interview Larry King with Gabriele Oettingen', ibid.

6   WOOP Toolkit, https://woopmylife.org/en/home

7   Pink, Daniel H., The Power of Regret: How Looking Backwards Moves us Forward, Canongate, 2022 다니엘 핑크, 김명철 옮김, 『다니엘 핑크 후회의 재발견』, 한국경제신문, 2022

8   Doney, P., Evans, R., & Fabri, M., 'Keeping creative writing on track: Co-designing a framework to support behaviour change', in Marcus, A. (ed.), Design, User Experience, and Usability. Theories, Methods, and Tools for Designing the User Experience, Lecture Notes in Computer Science, 8517, 2014. https://doi.org/10.1007/978-3-319-07668-3_61

9   Chapter XVIII: 'How we should struggle against appearances', from Book 2 of Arrian's

Discourses of Epictetus (ed. Long, George). http://www.perseus.tufts.edu/hopper/text?doc=urn:cts:greekLit:tlg0557.tlg001.perseus-eng1:2.18

10 Harvard University, Department of Psychology, 'William James'. https://psychology.fas.harvard.edu/people/william-james

11 James, William, The Principles of Psychology, vol. 1, Henry Holt & Company, 1918 윌리엄 제임스, 정양은 옮김, 『심리학의 원리 1』, 아카넷, 2005

12 Andrews, B.R., 'Habit', American Journal of Psychology, 14(2), April 1903. https://doi.org/10.2307/1412711

13 Barnett, Michaela, 'Good habits, bad habits: a conversation with Wendy Wood', Behavioral Scientist, 14 October 2019. https://behavioralscientist.org/good-habits-bad-habits-a-conversation-with-wendy-wood/

14 The Booker Prize, 'The Man (Booker) in a Van', 5 August 2016

15 Duncan, P., Ulmanu, M., & Louter, D., 'How to finish a novel: Tracking a book's progress from idea to completion', Guardian, 20 March 2017. https://www.theguardian.com/books/ng-interactive/2017/mar/20/how-to-finish-a-novel-tracking-book-progress-wyl-menmuir

16 Landay, William, 'How writers write: Graham Greene', 8 July 2009. https://www.williamlanday.com/2009/07/08/how-writers-write-graham-greene/

17 Freakonomics podcast, 'Here's why all your projects are always late — and what to do about it', episode 323, 7 March 2018. https://freakonomics.com/podcast/heres-why-all-your-projects-are-always-late-and-what-to-do-about-it/

18 Menmuir, Wyl, 'Why I track and monitor my writing progress', Prolifko, 8 September 2017. https://prolifiko.com/benefits_of_tracking_your_writing/

19 Norcross J.C., & Vangarelli D.J., 'The resolution solution: longitudinal examination of New Year's change attempts', Journal of Substance Abuse, 1(2), 1988-9, pp. 127-34. https://doi.org/10.1016/S0899-3289(88)80016-6

20 Wood, Wendy, Good Habits, Bad Habits: The Science of Making Positive Changes That Stick, Pan Macmillan, 2021 웬디 우드, 김윤재 옮김, 『해빗』, 다산북스, 2019

21 Ibid.

22 Duhigg, Charles, The Power of Habit: Why We Do What We Do and How to Change, Penguin Random House, 2013 찰스 두히그, 강주헌 옮김, 『습관의 힘』, 갤리온, 2012

23 Steinbeck, John, Working Days: The Journals of The Grapes of Wrath, Penguin, 2019

24 Wood, ibid.

25 Ward, A.F., Duke, K., Gneezy, A., & Bos, M.W., 'Brain drain: The mere presence of

one's own smartphone reduces available cognitive capacity', Journal of the Association for Consumer Research, 2(2), April 2017. https://www.journals.uchicago.edu/doi/10.1086/691462

26   Lally, P., van Jaarsveld, C.H.M., Potts, H.W.W., & Wardle, J., 'How habits are formed: Modelling habit formation in the real world', European Journal of Social Psychology, 40(6), October 2010. https://doi.org/10.1002/ejsp.674

27   Wood, ibid.

28   Fogg, ibid.

29   Dictionary.com, 'Incentive'. https://www.dictionary.com/browse/incentive

30   Rubin, Gretchen, Better Than Before: What I Learned About Making and Breaking Habits — to Sleep More, Quit Sugar, Procrastinate Less, and Generally Build a Happier Life, Two Roads, 2015 그레첸 루빈, 유혜인 옮김, 『나는 오늘부터 달라지기로 결심했다』, 비즈니스북스, 2016

31   In Writing with Hattie Crisell podcast, 'Meg Mason, novelist', series 4, episode 37, 5 November 2021. https://audioboom.com/posts/7974168-mcgmason-novelist

32   Trapani, Gina, 'Jerry Seinfeld's productivity secret', Lifehacker, 24 July 2007. https://lifehacker.com/jerry-seinfelds-productivity-secret-281626

33   Duhigg, ibid.

34   Chonotype: Automated Morningness-Eveningness Questionnaire (AutoMEQ): https://chronotype-self-test.info/

35   Fogg, ibid.

36   Currey, Mason, Daily Rituals: How Great Minds Make Time, Find Inspiration, and Get to Work, Picador, 2013 메이슨 커리, 강주헌 옮김, 『리추얼』, 책읽는수요일, 2014

37   오스틴 클레온은 출력해서 벽에 붙여놓고 쓸 수 있는 멋진 100일 진도표를 그의 웹사이트에 올려놓았다. https://www.dropbox.com/s/16are47xphabayb/practice-suck-less-100-days.pdf?dl=0

38   McGrail, M.R., Rickard, C.M., & Jones, R.M., 'Publish or perish: A systematic review of interventions to increase academic publication rates', Research & Development, 25(1), 2006

39   Duhigg, , ibid.

40   Dowling, David, O., A Delicate Aggression: Savagery and Survival in the Iowa Writers' Workshop, Yale University Press, 2019

41   Doherty, Maggie, 'Unfinished work: How sexism and machismo shapes a prestigious writing program', New Republic, 24 April 2019. https://newrepublic.com/article/153487/

sexism-machismo-iowa-writers-workshop

42   Ibid.

43   Trust Me, I'm a Doctor, 'The big motivation experiment', BBC2. https://www.bbc.co.uk/
      programmes/articles/3hRf JqQDPLW5ZbqQCQS1K1v/the-big-motivation-experi-
      ment

44   McConnachie, James, 'Emerging from lockdown', The Author, summer 2020. https://
      societyofauthors.org/News/The-Author/Summer-2020

45   Walton, G.M., Cohen, G.L., Cwir, D., & Spencer, S.J., 'Mere belonging: The power of so-
      cial connections', Journal of Personality and Social Psychology, 102(3), 2012. https://doi.
      org/10.1037/a0025731

46   Murphy Paul, Annie, The Extended Mind: The Power of Thinking Outside the Brain,
      Houghton Mifflin Harcourt, 2021 애니 머피 폴, 이정미 옮김, 『익스텐드 마인드』, 알에
      이치코리아RHK, 2022

47   Cornwell, Nick, 'My father was famous as John le Carre. My mother was his crucial, covert
      collaborator', Guardian, 13 March 2021. https://www.theguardian.com/books/2021/
      mar/13/my-father-was-famous-as-john-lecarre-my-mother-was-his-crucial-covert-
      collaborator

48   Daniell, Tina, & McGilligan, Pat, 'Betty Comden and Adolph Green: Almost impro-
      visation', in McGilligan, Patrick (ed.), Backstory 2: Interviews with Screenwriters of the
      1940s and 1950s, University of California Press, 1991. http://ark.cdlib.org/ark:/13030/
      ft0z09n7m0/

49   Rubin, Gretchen, The Four Tendencies: The Indispensable Personality Profiles That Reveal
      How to Make Your Life Better (and Other People's Lives, Too), Two Roads, 2017 그레첸 루빈,
      윤희기 옮김, 『4성향』, (사)마인드랩, 2025

50   The Four Tendencies Quiz: https://quiz.gretchenrubin.com/

51   Sword, Helen, Air & Light & Time & Space: How Successful Academics Write, Harvard
      University Press, 2017

52   Rees, Jasper, Let's Do It, The Authorised Biography of Victoria Wood, Trapeze, 2020

53   Jeffries, Stuart, 'Victoria Wood obituary', Guardian, 20 April 2016. https://www.
      theguardian.com/culture/2016/apr/20/victoria-wood-obituary

54   https://www.bafta.org/heritage/in-memory-of/victoria-wood, https://www.royalalber-
      thall.com/about-the-hall/news/2016/april/remembering-victoriawood-the-royal-al-
      bert-halls-record-breaking-comedian/

55   Levittt, Steven D., 'Gary Becker, 1930-014', Freakonomics, 5 May 2014. https://freako-

nomics.com/2014/05/gary-becker-1930-2014/

56   Matthews, Gail, 'The impact of commitment, accountability, and written goals on goal achievement', Psychology: Faculty Presentations, 3, 2007. https://scholar.dominican.edu/psychology-faculty-conference-presentations/3

57   Oates, Joyce Carol, 'The Magnanimity of Wuthering Heights', Critical Inquiry, winter 1983

58   Oates, Joyce Carol, quoted in Plimpton, G. (ed.), Women Writers at Work: The Paris Review Interviews, Penquin Press, 1989

59   US Department of Education, 'Typical language accomplishments for children, birth to age 6 – Helping your child become a reader'. https://www2.ed.gov/parents/academic/help/reader/part9.html

60   Kellogg, Ronald T., 'Training writing skills: A cognitive development perspective', Journal of Writing Research, 1(1), 2008

61   The British Library, 'Earliest known writings of Charlotte Brontë'. https://www.bl.uk/collection-items/earliest-known-writings-of-charlotte-bronte

62   Kellogg, ibid.

63   Friar, Nicola, 'The importance of the child author', 17 July 2017. https://brontebabeblog.wordpress.com/2017/07/17/first-blog-post/

64   Friar, Nicola, 'Autobiography, wish-fulfilment, and juvenilia: The "fractured self" in Charlotte Brontë's paracosmic counterworld', Journal of Juvenilia Studies, 2(2), 2019. https://journalofjuveniliastudies.com/index.php/jjs/article/view/21/39

65   Ericsson, Anders, & Pool, Robert, Peak: Secrets from the New Science of Expertise, Penguin Random House, 2016 안데르스 에릭슨, 로버트 풀, 강혜정 옮김, 『1만 시간의 재발견』, 비즈니스북스, 2016

66   Chase, W.G., & Simon, H.A., 'Perception in chess', Cognitive Psychology, 4(1), 1973. https://doi.org/10.1016/0010-0285(73)90004-2

67   Ericsson, K.A., Krampe, R.T., & Tesch-Romer, C., 'The role of deliberate practice in the acquisition of expert performance', Psychological Review, 100(3), 1993. https://doi.org/10.1037/0033-295X.100.3.363

68   'Interview: Paul McCartney heads to Canada', CBC, 6 August 2010. https://www.cbc.ca/news/entertainment/interview-paul-mccartney-heads-tocanada-1.942764

69   Ericsson & Pool, ibid.

70   Ericsson, K.A., Prietula, M.J., Cokely, E.T., 'The making of an expert', Harvard Business Review, July – August 2007. https://hbr.org/2007/07/the-makingof-an-expert

71 Ibid.

72 Ericsson, K.A., 'Commentaries: Creative expertise and superior reproducible performance: Innovative and flexible aspects of expert performance', Psychological Inquiry, 10(3). https://doi.org/10.1207/S15327965PLI1004_5

73 Ericsson, Prietula & Cokely, ibid.

74 Ericsson, Prietula & Cokely, ibid.

75 Franklin, Benjamin, Autobiography of Benjamin Franklin (ed. Woodworth Pine, Frank), Henry Holt and Company, 1916 벤자민 프랭클린, 강주헌 옮김, 『벤저민 프랭클린 자서전』, 현대지성, 2022 외 다수

76 Ericsson & Pool, ibid.

77 Ibid.

78 Ong, Walter J., An Ong Reader: Challenges for Further Inquiry, Hampton Press Communication, 2002

79 Sommers, Nancy, 'Revision strategies of student writers and experienced adult writers', College Composition and Communication, 31(4), December 1980. https://doi.org/10.2307/356588

80 Ericsson & Pool, ibid.

81 Ibid.

82 Ericsson, K.A., Krampe, R.T., & Tesch-Romer, C., 'The role of deliberate practice in the acquisition of expert performance', Psychological Review, 100(3), 1993. https://doi.org/10.1037/0033-295X.100.3.363 quoting Cowley, M. (ed.), Writers at Work: The Paris Review Interviews, Viking Press, 1959 and Plimpton, G. (ed.), Writers at Work: The Paris Review Interviews, Penguin Books, 1977

83 Colvin, Geoff, Talent Is Overrated: What Really Separates World-Class Performers from Everyone Else, Nicholas Brealey, 2008 제프 콜빈, 김정희 옮김, 『재능은 어떻게 단련되는가?』, 부키, 2010

결론: 양의 신화(The quantity myth)

1 Simonton, D.K., 'Creative productivity, age, and stress: A biographical timeseries analysis of 10 classical composers', Journal of Personality and Social Psychology, 35(11), 1977. https://doi.org/10.1037/0022-3514.35.11.791

2 Simonton, D.K., 'Thomas Edison's creative career: The multi-layered trajectory of trials,

errors, failures and triumphs', Psychology of Aesthetics, Creativity and the Arts, 9(1), 2015. https://doi.org/10.1037/a0037722

3   Simonton, D.K., 'Creative productivity: A predictive and explanatory model of career trajectories and landmarks', Psychological Review, 104(1), 1997. https://citeseerx.ist.psu.edu/viewdoc/download?doi=10.1.1.391.5108&rep=rep1&type=pdf

4   Grant, Adam, Originals: How Non-Conformists Move the World, Viking, 2016 애덤 그 랜트, 홍지수 옮김, 『오리지널스』, 한국경제신문, 2020

5   Simonton, ibid.

6   Smith, Chris, 'The surprising creative hobbies of superstar scholars – and what you can learn', 24 April 2018. https://prolifiko.com/surprsingcreative-hobbies-of-super-star-scholar/

7   Lucas & Nordgren, 'People underestimate the value of persistence for creative performance'

8   Townsend, Sue, 'Book Club: The Secret Diary of Adrian Mole, Aged 13¾ by Sue Townsend', Guardian, 18 December 2010. https://www.theguardian.com/books/2010/dec/18/adrian-mole-sue-townsend-bookclub

9   Longform, podcast, '#376: Kevin Kelly', January 2020. https://longform.org/posts/long-form-podcast-376-kevin-kelly

글을 쓰기로 마음먹은 당신을 위한 책

끝까지 써내는 힘은 어디에서 오는가

발행일	2026년 4월 20일 초판 1쇄

지은이	벡 에번스, 크리스 스미스
옮긴이	방수연
편집	박성열, 신수빈
디자인	박은정
인쇄	재원프린팅
제본	라정문화사

발행인	박성열
발행처	도서출판 사이드웨이
출판등록	2017년 4월 4일 제406-2017-000041호
주소	서울시 영등포구 선유로 114, 양평자이비즈타워 705호
전화	031)935-4027　팩스 031)935-4028
이메일	sideway.books@gmail.com

ISBN　　979-11-91998-72-6　03800